FEU ET GLACE
ANDREW GREY

FEU ET GLACE

ANDREW GREY

Publié par
DREAMSPINNER PRESS

5032 Capital Circle SW, Suite 2, PMB# 279, Tallahassee, FL 32305-7886 USA
www.dreamspinnerpress.com

Feu et glace
Copyright de l'édition française © 2019 Dreamspinner Press.
Titre original : Fire and Ice
© 2015 Andrew Grey.
Première édition : mai 2015
Traduit de l'anglais par Zophia M. Evans.

Illustration de la couverture :
© 2018 Kanaxa.
Les éléments de la couverture ne sont utilisés qu'à des fins d'illustration et toute personne qui y est représentée est un modèle

Édition imprimée en français : 978-1-64405-170-2
Première édition française : mars 2019
v 1.0

Édité aux États-Unis d'Amérique.

À Connie Bailey ; pour le prêt du nom Ickle.
Qui aurait pensé que ton chien inspirerait la création d'un personnage ?
Je t'adore !

I

— Alors, tu as finalement convaincu le capitaine de te laisser sortir patrouiller, dit Red tout en s'asseyant en face de Carter dans la salle de repos du poste de police qui avait désespérément besoin d'être rénovée.

Carter accepta le gobelet qu'il lui offrit avec un sourire.

— Ça t'a pris un moment.

Carter Schunk grogna.

— Sans blague. Dès que tout le monde a découvert que j'avais des compétences en informatique, ils semblaient déterminés à me garder enfermé dans le sous-sol derrière un écran à faire leur travail d'investigation pendant qu'ils allaient sur le terrain. Je suis un agent de police entraîné et je suis aussi allé à l'Académie.

Carter interrompit sur sa lancée la diatribe qui menaçait d'arriver pour boire. Il prit une profonde inspiration pour se calmer, mais cela ne fonctionna pas. Rien que cet après-midi, il avait reçu des demandes pour de simples recherches internet qui, lui avait-on dit, étaient tellement importantes que son devoir de patrouille avait été reporté à la soirée afin qu'il ait le temps de les faire. Cela l'énervait, les agents pouvaient faire ces recherches eux-mêmes, mais il ne devrait pas reporter sa colère sur Red.

— J'apprécie que tu aies été de mon côté.

— Je le serai toujours, mon pote.

Red lui fit un rapide sourire qui disparut aussitôt. Carter savait qu'il était complexé par ses dents, donc il souriait rarement longtemps. Ses véritables sourires semblaient être réservés à Terry, son petit ami maître-nageur, qui s'entraînait dans l'espoir d'obtenir la médaille d'or aux Jeux olympiques l'année prochaine.

— Tout le monde mérite d'avoir une chance de faire ses preuves.

Carter ricana.

— Tu sais que tu es devenu un vrai nigaud ces derniers mois.

Il recula, s'attendant à ce que Red tente de le frapper. Red était énorme, aussi bien en taille qu'en carrure, facilement le plus costaud des forces de police. Il avait eu un accident quand il était jeune, et même si Terry avait travaillé avec lui afin d'aider Red à s'accepter, ce dernier portait encore les cicatrices de cet accident.

— Pas que tu ne l'aies pas mérité.

Bon sang, Carter deviendrait volontiers un nigaud malade d'amour comme Red si cela signifiait qu'il avait quelqu'un comme Terry l'attendant à la maison tous les soirs.

Red finit son café et jeta son gobelet dans la poubelle.

— Es-tu prêt ?

Carter avala le liquide chaud puis jeta aussi son gobelet avant de suivre Red hors de la salle de repos. Il choisit une voiture de patrouille et s'installa derrière le volant. Red se tint debout à côté de la vitre alors que Carter, excité, passait mentalement tout en revue. Il avait déjà fait ça, mais cela faisait un moment depuis la dernière fois et cela faisait du bien d'être un « vrai » flic de nouveau au lieu d'être le geek de service.

— Je suis prêt.

— Bien.

Red tapota le rebord de la fenêtre deux fois.

— Je serais de sortie aussi. Tu m'appelles si tu as besoin de quelque chose. En fait, tu m'appelles si tu *penses* que tu as besoin de quelque chose. Je serais là.

Carter eut un petit rire.

— Merci.

Red était devenu un bon ami au cours des six derniers mois. Auparavant, il s'était toujours tenu à l'écart, mais depuis que Terry était entré dans sa vie, Red s'était épanoui en un homme heureux. Pour être franc, Carter était jaloux de ce qu'ils avaient, mais pas de Red. Cela n'aurait pas pu arriver à un homme plus gentil. Carter souhaitait simplement que cela lui arrive aussi.

Il démarra la voiture et sortit du parking, Red derrière lui. La zone de patrouille de Carter s'étendait à l'extrême nord de Carlisle. Il tourna donc dans cette direction et remonta Hanover Street avant de tourner sur East Louther. Il finit lentement son chemin à travers les quartiers les plus difficiles, s'assurant de faire connaître sa présence. Souvent, le simple fait d'être dans les rues de ces quartiers était suffisant pour éviter les problèmes. Ce soir ne semblait pas être un de ces soirs. Presque immédiatement, il reçut par radio un appel pour une violation de domicile. Le cœur de Carter se mit à battre à tout rompre alors qu'il répondait à l'appel, allumait son gyrophare puis accélérait. Il était seulement à une rue du signalement et il arriva juste au moment où deux hommes portaient une télévision à écran plat entre deux maisons. Dès qu'ils virent Carter, ils lâchèrent la télévision, s'enfuirent et grimpèrent dans leur camionnette. Une autre voiture de patrouille remonta la rue de la direction opposée, leur barrant la route. Carter entendit la voix de Red gronder dans la rue. Les deux hommes sortirent de la camionnette et s'allongèrent sur le sol, face contre terre, comme ordonné. C'était fini presque aussitôt que cela avait commencé.

Red et lui menottèrent les deux hommes et ils leur lurent leurs droits alors qu'une autre unité répondait. Les dépositions des propriétaires de la maison furent prises, avec Carter ajoutant ce qu'il avait vu. Puis les hommes furent emmenés au poste.

— Je vais me charger de la paperasse, proposa Red. Va garder les rues en sécurité.

Red lui fit un clin d'œil et Carter retourna à sa voiture afin de continuer sa patrouille.

Les heures qui suivirent furent plutôt normales et ennuyeuses. Carter avait oublié comment pouvait se passer une patrouille : des heures d'attentes et d'observation pour un moment d'excitation.

— Dispute conjugale au 100 du quartier de l'East North, dit le Central à la radio.

Carter réprima un grognement et prit l'appel. Les appels domestiques étaient les pires. La moitié du temps, ce n'était rien, des voisins qui appelaient parce que les gens de l'appartement d'à côté criaient trop fort. La majorité des autres appels était des gens qui avaient besoin d'aide, mais qui souvent refusaient de porter plainte. Ceux-là étaient les plus frustrants pour tout le monde dans la police. Carter évita d'y penser, alla aussi vite qu'il osa le faire et atteignit la maison en quelques minutes.

Il y avait peu de doute sur ce qui avait incité l'appel. Aussitôt qu'il ouvrit la portière de la voiture, des cris aigus lui donnèrent des frissons dans le dos. Ils avaient l'air de provenir de la maison aux fenêtres ouvertes. Carter appela des renforts et passa à l'action. Il semblait que quelqu'un avait été blessé. Des sirènes retentirent au loin et des voitures de patrouilles arrivèrent sur les lieux, bloquant la route. Carter expliqua ce qu'il avait entendu et les cris recommencèrent, cette fois plus fort et plus frénétiques. Les policiers se dispersèrent et Carter se dirigea vers la porte d'entrée.

— Police, cria-t-il en essayant d'ouvrir la porte.

Celle-ci s'ouvrit et il se précipita à l'intérieur, son arme prête.

Il entendit d'autres policiers entrer par l'arrière de la maison. Il sécurisa rapidement les premières pièces et les autres, celle de l'arrière. La maison était maintenant silencieuse et Carter se dirigea vers l'escalier.

— Sortez de chez moi ! cria un homme en descendant précipitamment l'escalier, le visage rouge et les yeux emplis de rage.

— À plat ventre, maintenant ! hurla Carter avec force en pointant son arme sur lui, le doigt sur la gâchette.

L'homme atteignit le bas des marches et Carter n'était pas certain qu'il allait s'arrêter. Son doigt commença à bouger contre la gâchette. Son entraînement fit rapidement surface.

— À terre ! cria-t-il à nouveau.

L'homme s'arrêta et tomba à genoux. Carter inspira et retira son doigt de la gâchette, mais resta vigilant. Il y avait au moins une autre personne dans la maison, cet homme n'était pas celui dont il avait entendu les cris.

Un des autres policiers menotta l'homme tandis que Carter commençait l'ascension de l'escalier. Il resta près du mur, l'arme à la main, prêt à se défendre. Il atteignit le haut des marches et entendit des pleurs. Les policiers derrière lui se dispersèrent, vérifiant les autres pièces tandis que Carter se dirigeait vers le bruit. Il entrouvrit la porte et eut un petit cri de surprise.

Une femme était allongée sur le lit, entortillée dans des draps miteux, presque nue, secouant la tête d'avant en arrière en pleurant

4

tout en s'agrippant au matelas. Carter observa rapidement la pièce. Des comprimés dans un sac plastique étaient disposés sur la table de chevet.

— Madame, est-ce que vous allez bien ? demanda-t-il, mais elle continua de pleurer et de balancer sa tête sur le lit. Appelez une ambulance, dit-il par-dessus son épaule.

— Déjà fait.

Carter se tourna rapidement, s'assurant qu'il connaissait celui qui était derrière lui. Aaron Cloud était un enquêteur de la police, et Carter se sentit immédiatement plus à l'aise en sachant qu'il était là. Aaron était un agent de police expérimenté et un homme qui croyait dur comme fer à la solidarité entre collègues, en particulier les nouveaux.

— Ils sont en chemin.

Aaron le contourna pour rejoindre la femme.

— Va et vérifie le reste de la maison. Je vais rester avec elle.

Carter acquiesça et quitta la pièce.

— Il n'y a personne d'autre ici, lui dit Kip Rogers, un autre agent de patrouille.

Carter hocha la tête et commença à regarder dans les autres pièces. Elles étaient pour la plupart vides, mais quelque chose dans le coin d'une des chambres attira son regard. Il entra prudemment. La maison était une ruine avec des moquettes déchirées, des murs endommagés et de la peinture crasseuse qui avait dû être appliquée une décennie plus tôt. Il fronça le nez à l'odeur d'urine provenant de la moquette et se pencha pour examiner ce qu'il avait vu.

Un petit lapin brun en peluche était posé dans le coin de la chambre. Carter regarda Rogers puis sortit un gant de sa poche. Il le mit et ramassa le jouet. Une des oreilles retomba tandis que l'autre restait bien droite. Le lapin lui souriait, un contraste frappant en comparaison à l'endroit.

— À quoi penses-tu ? demanda Rogers.

Carter replaça le jouet en peluche où il l'avait trouvé et ouvrit la porte du placard. Une paire de petites chaussures était posée en vrac dans un coin, un petit jean et une chaussette étaient posés sur la moquette sale.

— Y a-t-il un enfant ici ? se demanda Carter dans un murmure, puis il se tourna vers Rogers. Nous devons nous assurer qu'il n'y a pas un enfant quelque part dans ce foutoir.

Rogers regarda dans le placard, puis Carter.

— Ça pourrait être là depuis des années.

— Peut-être, mais nous devons être certains que nous avons regardé partout.

Carter quitta la pièce et retourna dans le petit couloir.

— Peux-tu t'assurer que le sous-sol a été fouillé ? Je vais regarder s'il y a un grenier.

Il commença à ouvrir les portes, mais ne trouva aucun escalier.

L'ambulance arriva et Carter s'écarta du chemin pour laisser passer les urgentistes. Puis il entra dans la dernière chambre. Il y avait un lit avec un matelas nu et rien d'autre. Il ouvrit la porte du placard, mais il était vide. Il ne devait pas y avoir assez d'espace pour un grenier dans cette maison, mais il savait que la plupart en avaient un. Il retourna ensuite dans la chambre principale et ouvrit le placard. Il poussa les vêtements d'un côté et trouva ce qu'il cherchait : un escalier qui montait.

— Qu'est-ce que tu fais ? demanda Aaron.

— Je vérifie quelque chose.

Il alluma sa lampe torche et entra prudemment dans l'espace libéré. L'escalier tournait et il devait baisser la tête pour ne pas se la cogner.

L'odeur fut la première chose qui l'agressa et il réprima des haut-le-cœur répétitifs. Il faisait de plus en plus chaud au fur et à mesure qu'il montait, et l'air… bon sang, les larmes lui montèrent aux yeux et il s'attendait presque à trouver quelque chose ou quelqu'un de mort. Alors qu'il atteignait le haut de l'escalier et jetait un coup d'œil dans la pièce, il sursauta presque en arrière lorsqu'il croisa le regard de quelqu'un. Presque instantanément, il entendit du mouvement. Carter éclaira la zone d'où provenait le bruit et haleta de surprise.

Un petit lit avait été poussé contre le mur le plus éloigné – si on pouvait appeler cela un mur. Plus précisément, c'était la charpente de la toiture. Une petite pile de vêtements était posée tout près.

— Tout va bien, dit Carter d'un ton calme et doux. Je ne vais pas te faire de mal, promis.

Il entendit des geignements et il suivit le son. Alors qu'il s'approchait du lit, une petite tête en surgit et de grands yeux remplis de terreur le fixèrent.

6

Carter pouvait difficilement respirer alors qu'il réalisait ce qu'il voyait. C'était un enfant, un petit garçon à première vue.

— Tout va bien. Je m'appelle Carter et je suis là pour t'aider.

De la transpiration coula dans le dos de Carter et il se demanda depuis combien de temps le gamin était ici.

— Je te le promets.

Il avait vu plus qu'assez de choses merdiques dans sa vie et en avait entendu encore plus au sein des services de police, mais ça… Sa bouche devint sèche et il faillit pleurer devant ce qu'il voyait. Mais il se contint et tendit lentement la main.

— Tout va bien.

— Ils criaient, dit le garçon sans bouger pour autant.

— Oui, dit Carter. Mais tout va bien maintenant. Ils ne crient plus.

Il aurait aimé voir un peu mieux le gamin, mais il ne voulait pas lui braquer sa lampe torche dans les yeux. Il jeta un coup d'œil vers le haut pour voir s'il y avait de la lumière dans cet espace autre que la minuscule fenêtre à l'avant, mais il ne vit rien du tout.

— S'il te plaît, sors. Je te promets que tout va bien.

Le garçon commença à se lever.

— Qu'est-ce que tu as trouvé ? demanda un des autres agents de police depuis le bas de l'escalier.

Le garçon se cacha de nouveau derrière le lit. Carter jura dans sa barbe.

— Une petite seconde, répondit-il sans élever la voix.

La dernière chose qu'il voulait, c'était de rameuter la moitié des forces de police ici et d'effrayer le gamin plus qu'il ne l'était déjà.

— Tout va bien. Il a simplement une grosse voix.

— Il a crié, vint la réponse étouffée.

— Tout va bien. Il parlait juste fort. Promis.

Le garçon releva la tête et lentement, se leva. Il n'était pas très grand. Carter attendit qu'il grimpe sur le lit puis le prit dans ses bras.

— Comment t'appelles-tu ?

— Petite merde, répondit-il sérieusement.

Carter avait vraiment besoin de sortir de là, mais il resta figé sur place en entendant sa réponse.

— Est-ce la seule façon dont ils t'appellent ?

Des larmes lui montèrent aux yeux et sa gorge commençait à le brûler. Et la chaleur… comment ce petit garçon pouvait-il supporter de rester ici ?

— Maman m'appelle Alex parfois.

— Alors nous t'appellerons Alex. C'est un joli prénom.

Il tint le garçon plus proche de lui et le porta vers l'escalier. Il plaça une main sur la tête d'Alex et descendit lentement les marches. Alex tremblait dans ses bras au fur et à mesure qu'ils se rapprochaient de l'entrée du grenier.

— Tout va bien. Personne ne va te faire de mal.

— Il a dit que je devais rester ici, dit Alex, puis il commença à pleurer.

Carter pensa qu'il allait aussi se mettre à pleurer avec lui. Bon sang, peut-être qu'il n'était pas taillé pour ça et qu'il aurait dû rester derrière son ordinateur.

— Eh bien, je suis là maintenant, et je dis que tu peux sortir.

Il se plia presque en deux afin de passer la porte, se faufila dans le placard puis dans la chambre. Différentes paires d'yeux se tournèrent vers lui, presque étonnées. Carter ne dit rien. Il maintint simplement la tête d'Alex contre son épaule afin qu'il ne puisse pas voir sa mère sur le lit. Il le sortit de la pièce et descendit l'escalier jusqu'au rez-de-chaussée. Presque instantanément, il put respirer plus facilement, l'oppression et l'odeur à l'étage se dissipant légèrement.

— Oh mon Dieu, dit Rogers lorsque Carter entra dans le salon.

Ce dernier mit un doigt devant ses lèvres et Rogers baissa d'un ton.

— Était-il dans le grenier ?

— Oui. Tu devrais envoyer quelques personnes là-haut, mais donne-leur des masques. C'est nauséabond.

Carter repositionna Alex dans ses bras et le petit garçon raffermit sa prise sur lui le serrant plus fortement.

Rogers acquiesça.

— Nous devrions appeler…

Carter leva la main. Il savait déjà ce que Rogers allait dire, mais il ne voulait pas qu'Alex l'entende au cas où il réagirait mal et soit bouleversé. Il était calme dans ses bras, et il voulait que cela reste ainsi.

— Je sais.

Rogers hocha la tête en signe de compréhension et quitta la pièce. Carter se déplaça plus avant dans le salon pour s'asseoir sur le canapé. Alex gémit doucement et, alors que Carter allait s'asseoir, il commença à se débattre.

— Non, non, non, cria-t-il en relâchant Carter et plaçant ses mains sur sa petite tête.

— Tout va bien, dit calmement Carter.

Il se demandait ce qui avait bien pu être fait à ce pauvre enfant. Il avait de toute évidence été relégué au grenier. L'abus émotionnel était tellement évident que cela lui faisait mal au cœur, mais il devait mettre ses sentiments de côté. Il devait faire son travail, il savait qu'il ne pouvait pas se laisser atteindre ou alors il pouvait retourner au sous-sol avec ses ordinateurs pour compagnie plus vite qu'ils pouvaient dire : « On savait que tu ne pouvais pas le supporter ».

Carter s'éloigna du meuble et se tint simplement sur le côté, faisant de son mieux pour calmer Alex.

— Je ne… dit Alex avant de s'arrêter. Je suis mauvais.

— Non. Tu n'es pas mauvais.

Carter prit une profonde inspiration.

Du bruit à l'étage attira son attention et il se tourna afin qu'Alex ne puisse pas voir ce qu'ils faisaient. Les urgentistes descendirent ce qu'il supposa être la mère d'Alex sur une civière et l'un d'eux les laissa pour les rejoindre.

— Comment va-t-il ?

— Pouvez-vous apporter un peu d'eau et de nourriture pour lui ? Autrement, il semble aller assez bien, mais quand vous aurez une minute j'aimerais que vous l'auscultiez, dit Carter avant de déglutir difficilement. Nous avons déjà passé les appels nécessaires.

— Très bien. Je vais aller récupérer quelques affaires dans l'ambulance et je reviens. Nous allons la conduire à l'hôpital. Je vais rester ici et m'occuper de lui.

— Parfait.

Carter respira un peu plus facilement.

— Au fait, je m'appelle Chuck.

— Carter, répondit-il en regardant Chuck se dépêcher de sortir.

Il revint quelques minutes plus tard avec une bouteille d'eau et un petit paquet d'Oreos. Chuck ouvrit la bouteille et Carter la tint pour Alex qui but et but. Carter n'était pas surpris ; le petit garçon devait être assoiffé. Carter l'était certainement, et il avait été là-haut seulement quelques minutes.

— Tout va bien, dit-il tandis qu'il éloignait la bouteille. Prends ton temps. Tu peux en avoir autant que tu veux.

Il parlait doucement et Alex leva la tête, ses grands yeux bleus emplit de peur.

— Je te le promets. Détends-toi.

Carter replaça la bouteille contre les lèvres d'Alex et celui-ci but un peu plus.

— Veux-tu un cookie ?

Il ouvrit le paquet et tendit un Oreo à Alex. Ce dernier le regarda et tendit prudemment la main pour le prendre. Une fois qu'il l'eut en main, il poussa le cookie entier dans sa bouche et mâcha frénétiquement.

— Tout va bien. Personne ne va te le prendre, et j'en ai encore plus. Tu vois ? Donc, mâche et avale, puis je t'en donnerais un autre.

Carter sortit un autre cookie. Alex le lui arracha des mains et le tint contre lui. Aussitôt qu'il avala, le second cookie connut le même sort. Alex tendit la main pour en réclamer un autre, l'attrapant dès qu'il le put et une fois encore, le maintint contre lui. Carter remarqua qu'Alex observait attentivement Chuck, lui cachant sa nourriture.

— Je ne vais pas prendre tes cookies, petit homme, dit Chuck. J'en ai encore si tu les manges tous. Donc, ne t'inquiète pas.

Carter réussit à arrêter Alex de manger assez longtemps pour lui faire boire un peu plus d'eau, puis plus de cookies furent dévorer. En quelques minutes, les quatre cookies étaient avalés et Alex rassasié. Carter ne voulait pas faire la comparaison, mais il lui rappelait un chien qu'il avait eu étant jeune. Snickers avait toujours dévoré sa gamelle de nourriture, mangeant comme un fou, comme si la nourriture allait brusquement disparaître. Que diable avait-il été fait à ce petit garçon ?

Maintenant qu'il avait mangé et qu'il avait eu quelque chose à boire, Alex se reposa contre lui.

Chuck se rapprocha.

— Est-ce que je peux t'examiner ? demanda-t-il.

Alex le regarda en plissant des yeux, mais ne dit rien ni n'amorça de geste. Il se contentait de respirer. Lorsque Chuck se rapprocha encore, Alex entrouvrit les lèvres, montrant des dents.

— Hé, ce n'est pas gentil, dit calmement Carter. Il veut s'assurer que tu n'es pas blessé, d'accord ? Il ne te fera pas de mal. Je te le promets.

Alex plissa les yeux en le regardant.

— Est-ce que tu veux bien remonter ton tee-shirt pour qu'il puisse voir ton ventre ?

Alex continua à regarder Carter, qui hocha la tête et le petit garçon remonta son tee-shirt.

Il était couvert de saleté. Carter se demanda combien de temps cela faisait depuis son dernier bain. Chuck sortit un stéthoscope et écouta le cœur d'Alex. Puis il se déplaça dans son dos.

— Son cœur et ses poumons semblent bien aller.

Chuck prit le poignet d'Alex et vérifia son pouls.

— Il est un peu rapide, mais c'est probablement dû à ce qui s'est passé. Nous pouvons le prendre à l'hôpital si vous voulez.

— Je ne…

Carter n'était pas certain de ce qu'il voulait.

— Nous avons des personnes qui arrivent. Ils peuvent prendre les décisions pour lui.

— Pour le moment, je pense qu'il a besoin de nourriture et d'eau plus qu'autre chose.

Chuck se tourna vers Alex.

— Merci, dit-il à Alex puis il rabaissa son tee-shirt sale.

Carter lui donna un peu plus d'eau.

— As-tu besoin d'utiliser les toilettes ? lui demanda doucement Carter.

Il n'était pas certain de l'âge d'Alex – quatre ans étant son estimation de départ –, mais il tenta sa chance et devina qu'il avait été entraîné à aller sur le pot. Alex acquiesça et Carter traversa la maison jusqu'à la salle de bain.

— Avez-vous fini là-dedans ? demanda Carter à l'un des agents alors qu'il sortait de la salle de bain.

— Oui. Il n'y a rien de suspect ici.

Il continua son chemin, puis Carter déposa Alex. Il se précipita vers les toilettes, releva le battant puis abaissa son pantalon et se soulagea.

Carter se retourna lorsqu'on lui tapota sur l'épaule.

— Ceux de la protection de l'enfance sont arrivés, dit doucement Rogers.

— OK. Nous les rejoignons dans le salon dans quelques minutes.

Carter attendit pendant qu'Alex tirait la chasse d'eau puis courait vers le lavabo. Carter le souleva et ouvrit le robinet d'eau pour qu'il puisse se laver les mains. L'acte semblait tellement étranger, étant donné l'environnement. Carter le reposa et trouva ce qui paraissait être une serviette propre. Alex essuya ses mains puis leva les yeux vers Carter. Il le prit de nouveau dans ses bras, puis marcha jusqu'au salon.

Carter réprima un profond grondement qui menaçait de s'échapper de sa gorge. Pourquoi diable cela devait-il être lui ?

— Bonjour, Donald, dit-il formellement alors qu'il entrait dans la pièce.

— Carter, lui revint l'habituelle réponse froide de Donald Ickle. Est-ce le garçon pour lequel j'ai été appelé ?

— Oui. Nous l'avons trouvé dans le grenier.

Plusieurs agents entrèrent dans la pièce. Ils avaient fini d'inspecter la maison et Carter les vit transporter des choses à l'extérieur.

— Apparemment, il vivait là-haut. Je ne sais pas depuis combien de temps, mais il y a du bazar dans un coin, donc je dirais depuis au moins quelques jours. Ses effets semblent avoir été déplacés là-haut depuis l'une des chambres à l'étage.

Donald se tourna vers Alex.

— Peux-tu me dire comment tu t'appelles ?

— Petite merde, répondit Alex exactement comme il l'avait fait plus tôt sur le même ton, comme un perroquet répétant ce qui lui avait été dit.

— Tu as dit que ta maman t'appelait Alex, insista Carter.

Alex se tortilla pour descendre, et quand Carter le remit sur ses pieds, le petit garçon alla jusqu'à l'accoudoir du canapé sale, abaissa son pantalon et se pencha en avant, son petit derrière à l'air. Carter était sidéré ; il jeta un coup d'œil à Donald à la recherche d'aide. Lorsqu'il reposa les yeux sur Alex, Carter vit clairement des lignes rouges zébrant la peau du petit garçon. Il laissa échapper un petit cri de surprise puis il se couvrit rapidement la bouche. *Doux Jésus.*

— Non. Tout va bien. Tu n'as rien fait de mal, dit Carter alors qu'il réalisait qu'Alex s'attendait à être puni.

Donald ne dit pas un mot et Carter voulait lui mettre son poing dans la figure. Oui, Donald Ickle était un connard, du moins de son avis, un froid et arrogant connard. Carter marcha jusqu'à Alex et lui remonta son pantalon. Puis il le prit dans ses bras et le serra contre lui.

— Tu m'as dit la vérité. C'est ce que font les bons garçons.

Carter jeta un regard noir par-dessus l'épaule d'Alex en direction de Donald, qui se contenta de le regarder en retour comme si c'était complètement normal.

— Nous lui avons donné un peu d'eau et quelques cookies parce que nous n'étions pas certains de ce qu'il avait eu à manger ou à boire récemment. Je n'avais pas vu les marques sur lui jusqu'à maintenant. Il n'y en avait pas sur son dos ou sur son ventre, ou du moins je n'en ai vu aucune quand le secouriste l'a ausculté. Je me suis dit que tu déciderais s'il devait aller à l'hôpital.

— Je le ferais, puis je vais passer quelques appels et voir si je peux le faire rentrer dans une famille d'accueil. Sais-tu autre chose que le prénom Alex ?

— Non, répondit Carter.

Donald sortit un bloc-notes de son attaché-case et griffonna dessus.

— Je vais l'emmener à l'hôpital afin qu'il puisse être ausculté minutieusement.

Donald sortit son téléphone et composa un numéro.

— J'ai plusieurs foyers qui devraient être capables de le recueillir pendant quelques jours.

Donald passa plusieurs appels, mais d'après ce qu'entendait Carter, il se heurtait à un mur.

— J'en ai encore un.

Donald passa encore un appel tandis que Carter essayait de calmer Alex qui devenait tendu et agité.

— Voulez-vous que je reste ? demanda Chuck en passant la tête dans la pièce.

— Non. Je vais l'emmener et m'assurer que ses blessures soient répertoriées, lui répondit Donald de la même voix désintéressée que Carter imaginait il utilisait lorsqu'il passait commande pour de la nourriture chinoise.

Il se dit que peu importait ce qu'il pensait de Donald « Glaçon » Ickle, il avait les meilleurs intérêts d'Alex à cœur, même s'il ne le montrait pas. Du moins, c'était sa réputation.

— Très bien.

Chuck hocha la tête et se tourna pour partir. La plupart des autres agents de police étaient également partis. Red se tenait près de la porte d'entrée qu'il referma derrière Chuck quand il sortit.

— Je vais m'assurer que les lieux sont sécurisés, lui dit Red. Toi, assure-toi que le gamin va bien.

— Je m'en occupe, dit Donald en regardant Red, qui l'ignora et continua de fixer Carter.

— Ne t'inquiète pas, dit ce dernier, puis il reporta son attention sur Donald qui s'était encore heurté à un mur et passait un autre appel.

Il faisait nuit dehors et il était bien après l'heure du dîner. L'estomac de Carter lui dit qu'il aurait dû manger depuis un certain temps maintenant, mais il l'ignora. Il y avait quelqu'un de plus important qui avait besoin de soin pour le moment.

Donald finit son appel.

— Pour le moment, je peux le placer avec le comté.

Il prit un peu plus de notes puis rassembla ses affaires.

— J'ai un siège auto dans mon coffre. Je vais aller l'installer dans ma voiture et l'emmener à l'hôpital. De là, je le conduirai au foyer du comté pour la nuit. Ils ont un lit pour lui.

Carter était furieux, mais il ne voulait pas qu'Alex le sache. Donald s'approcha et essaya de lui prendre le petit garçon. Celui-ci grogna et montra les dents.

— Alex, ne fais pas ça. Il essaie de t'aider, même s'il est pénible.

Carter durcit son regard, transperçant le Glaçon.

— Je vais l'emmener à l'hôpital et nous te retrouverons là-bas.

Alex ne se calma pas avant que Donald se soit reculé.

— Très bien. Je vous rejoins là-bas.

Carter réprima un sourire au soupçon de peur qu'il vit dans les yeux de Donald. Carter s'éloigna et sortit de la maison. Donald installa le siège-auto sur la banquette arrière de la voiture de patrouille de Carter, puis une fois qu'Alex fut installé en sécurité, Carter fit savoir à Red qu'il partait avant de conduire en direction de l'hôpital.

Officiellement, il n'était plus de service. Il conduisit aussi prudemment qu'il le put afin de ne pas bousculer Alex. Le gamin était aussi blanc qu'un linge tout le long du trajet, mais il resta assis immobile et silencieux. Au moment où ils atteignirent l'entrée des urgences de l'hôpital, il respirait difficilement et tremblait.

— Tout va bien, dit Carter d'une voix douce.

Il gara la voiture et se dépêcha de faire le tour, ouvrit la portière puis déboucla Alex. Finalement, il le sortit de la voiture et le prit dans ses bras. Il tremblait comme une feuille.

— Il n'y a rien à craindre.

Alex regarda le bâtiment et trembla un peu plus dans les bras de Carter. Une voiture se gara derrière eux et Donald en sortit puis marcha à grands pas vers eux.

— Il est méchant, murmura Alex tandis que Donald se rapprochait d'eux.

— Non, il ne l'est pas. Il est juste…

Carter sourit.

— … grincheux.

Il chatouilla légèrement Alex et celui-ci rit puis enroula ses bras autour du cou de Carter.

— Je suis professionnel, pas grincheux, dit Donald, puis il se dirigea vers la porte d'entrée de l'hôpital.

Carter le suivit.

— Il est grincheux, confirma-t-il à Alex en entrant.

Donald était déjà au bureau d'accueil et, après quelques minutes, il revint et leur indiqua de s'installer sur les chaises.

— Nous devons attendre, mais cela ne devrait pas être long. Je me suis aussi servi de ton nom.

Carter regarda la femme derrière son bureau et elle lui fit un petit sourire. Il soupira et s'assit. Alex resta sur ses genoux et Donald s'installa à côté de lui. Ils ne parlèrent pas, mais toutes les quelques minutes, Donald bougeait nerveusement. Carter garda son attention sur Alex, mais de temps en temps il ne pouvait pas s'empêcher de jeter un coup d'œil à Donald dans son costume cravate, tout boutonné.

Carter connaissait le corps exquis qui se cachait sous tous ces vêtements. Donald et lui avaient… eh bien, ils avaient eu une aventure, un coup d'un soir qui avait fini par s'étendre tout un week-end un an plus tôt. Cela avait été torride, moite et Carter avait pensé que cela valait bien la peine d'être répété autant de fois que possible, mais évidemment, le Glaçon avait pensé autrement. Aussitôt que le week-end s'était fini, Carter avait réalisé pourquoi tout le monde se référait à lui comme « le Glaçon », parce que non seulement Donald l'avait battu froid, mais ses « noix » avaient été complètement gelées.

— Vous pouvez y aller, leur dit une infirmière en venant les chercher.

Carter se leva et la suivit, portant toujours Alex.

— Je peux le prendre. Tu n'as pas besoin de passer toute ta soirée ici avec lui, dit Donald en tendant prudemment les bras pour prendre Alex.

Ce dernier n'essaya pas de le mordre à nouveau, mais il n'était définitivement pas content, et après un moment, il commença tout simplement à pleurer. Pas des geignements, mais de gros sanglots avec des larmes de désespoir.

— Tout va bien. Je vais rester avec lui. Peut-être qu'il va se calmer.

Alex sauta pratiquement des bras de Donald pour retourner dans ceux de Carter. Cela sembla régler la question, puis ils entrèrent ensemble dans la salle d'examen.

Carter allongea Alex sur le lit en espérant qu'il y reste. Heureusement, il paraissait assez confortable et le petit garçon resta immobile. Carter trouva l'interrupteur et baissa la lumière. Alex bâilla et Carter prit sa main dans la sienne. Finalement, le petit garçon s'endormit.

— Je ne sais pas depuis combien de temps il est éveillé.

— Comment l'as-tu trouvé ? Tu as dit qu'il avait été découvert dans le grenier, demanda Donald.

Carter hocha la tête.

— Il était enfermé là-haut. Il faisait chaud comme l'enfer et tout ce qu'il avait, c'était un petit lit et une pile de ses vêtements.

Il aurait aimé pouvoir l'oublier.

— Comment quelqu'un peut-il traiter un enfant de cette façon ? Tu étais là. Quand tu lui as demandé son prénom, il nous a dit ce qu'il lui a été dit, et puis quand je lui ai rappelé ce que sa mère avait dit, il s'attendait à être puni. Et quelqu'un l'a définitivement blessé. Que diable lui ont-ils fait d'autre ?

Carter grimaça et déglutit difficilement. Bien sûr, il avait été entraîné en tant qu'agent de police, mais il devait admettre qu'il n'était pas émotionnellement préparé pour ce genre de situations.

Donald jeta un regard noir, le visage fermé, par-dessus le lit.

— J'ai vu des choses que tu ne croirais pas.

Il se détourna et s'assit sur une chaise, le regard fixé droit devant lui.

— Tu vas vraiment le placer avec le foyer du comté ? Il va crier à s'en érailler la voix et…

Donald ne se tourna pas pour le regarder.

— Il n'y a pas d'autre solution. Jusqu'à ce que nous trouvions qui il est et s'il a de la famille pour s'occuper de lui, j'ai besoin de lui trouver une place, et c'est tout ce qui est disponible.

— Il doit y avoir quelque chose d'autre que là-bas.

Carter voulait contourner le lit et frapper Donald à la poitrine.

— Je sais qu'ils t'appellent le Glaçon, mais tu ne peux pas être aussi froid, murmura-t-il de façon menaçante.

Il savait que c'était un coup bas, mais s'il obtenait des résultats, ainsi soit-il.

— Ce gosse a traversé l'enfer, et tu veux en rajouter.

Alex ouvrit les yeux et commença à s'agiter.

— Tu as crié, geignit Alex.

— Non, je n'ai pas crié, dit doucement Carter pour le calmer tout en caressant sa petite main. Rendors-toi. Tout va bien se passer.

— Que veux-tu que je fasse ? répondit Donald en gardant un ton bas. Si tu es si inquiet, alors prends-le avec toi cette nuit.

— Très bien, dit Carter en croisant les bras sur son torse.

Donald leva les yeux au ciel.

— As-tu une chambre pour lui ?

— Il peut prendre mon lit et je dormirais sur le canapé.

Il l'avait déjà fait lorsque ses parents étaient venus lui rendre visite… une fois. Il pouvait le refaire.

Donald soupira de manière dramatique.

— Bien. J'ai une chambre en plus. Il peut rester avec moi, et demain, je lui trouverais un endroit plus permanent. Voyons si nous pouvons savoir qui il est. Ensuite, nous pourrons être en mesure de lui trouver une maison définitive.

— Bien, dit Carter.

Merde, ils ressemblaient à un couple de collégiens se disputant pour savoir qui avait mangé le dernier hot-dog, plutôt que la garde d'un petit garçon. Mais il ne voulait pas à nouveau bouleverser Alex, donc il garda une voix basse.

— Tu sais que nous avons l'air tout droit sorti d'une stupide sitcom, dit Donald.

— Oui, peut-être, mais j'ai réussi à te faire faire ce qui est juste. Je le supporterai.

Donald leva à nouveau les yeux au ciel. Mais avant qu'ils puissent finir cette querelle – conversation, quoi que ce soit –, le docteur entra. Alex geignit et se rapprocha de Carter.

— Qu'est-ce qui semble être le problème, jeune homme ?

— Alex a été secouru d'une situation potentiellement dangereuse. Apparemment, il a été enfermé dans le grenier pendant un temps indéterminé. Nous avons aussi vu des preuves de possibles abus physique, donc nous voudrions qu'il soit examiné pour nous assurer qu'il va bien, du moins physiquement, répondit Donald.

— Très bien, dit le docteur.

— Soyez prudent. Il a tendance à mordre, ajouta rapidement Donald.

— Seulement toi, le contra Carter avant de se tourner vers Alex. Vas-tu être sage et faire ce que le docteur te demande ? Il ne va pas te faire de mal. Ça va être comme avec le gentil monsieur à la maison.

Alex le fixa.

— Tu veux bien relever ton tee-shirt pour le docteur ?

Alex cligna des yeux plusieurs fois puis releva son tee-shirt exactement comme il l'avait fait pour le secouriste. Le docteur écouta son cœur, puis Carter aida Alex à s'asseoir penché en avant, et le médecin pressa le stéthoscope sur son dos. Il vérifia Alex partout, et les seules marques sur lui semblaient être celles qu'ils avaient vues plus tôt. Le docteur prit sa température, ainsi que sa tension et son pouls. Le tensiomètre ne dérangea pas Alex plus que ça, mais une fois le docteur parti et qu'une infirmière entrait pour prendre un peu de sang, il cria au meurtre dès qu'il vit l'aiguille. L'infirmière lui donna une sucette qu'il mangea en quelques secondes. Puis il lui tendit le bâtonnet.

— Merci.

— De rien, répondit l'infirmière qui donna quelques sucettes supplémentaires à Carter. Prenez-les pour lui à la maison. Il en a besoin bien plus que les autres enfants.

Elle partit et le docteur revint un moment plus tard.

— Il semble aller bien. Peut-être un peu déshydraté, mais sinon il va bien. J'ai demandé des tests sanguins et les résultats initiaux sont bons. J'ai demandé à ce qu'il en fasse d'autres, ainsi qu'un test ADN qui pourrait aider à identifier s'il a de la famille qui pourrait s'occuper de lui. Nous enverrons les résultats à votre bureau, monsieur Ickle, avec une copie à la police ainsi que le rapport de ce que nous avons pu observer.

Nous aurons seulement besoin que vous signiez quelques papiers avant de partir.

Carter prit Alex dans ses bras et le souleva hors du lit. Celui-ci se recroquevilla contre sa poitrine, mit ses bras autour de son cou et reposa sa tête contre son épaule. Donald signa ce qui devait être signé, puis Carter installa Alex à l'arrière de sa voiture de patrouille.

— Je dois m'arrêter au poste, puis j'amènerais Alex chez toi. Je me souviens où ça se situe.

— Bien. Je vais voir ce que je peux rassembler sur ce qu'il pourrait avoir besoin pour la nuit.

Donald se retourna et marcha à grandes enjambées vers son véhicule. Carter monta dans la voiture de patrouille et conduisit jusqu'au poste de police.

II

— MERDE, MERDE, merde ! jura Donald une fois qu'il fut dans sa voiture et en route pour rentrer chez lui.

Ce n'était vraiment pas bon. Il expira un profond soupir et se demanda ce que diable il allait faire. D'une certaine manière, il avait laissé Carter le pousser à prendre Alex chez lui. Il avait toujours fait son travail et l'avait bien fait, il avait très peu de vie privée pour le prouver. Mais quelque part, il avait réussi à garder ses distances. Bien sûr, les gens l'appelaient le Glaçon. Et alors quoi ? Comme si cela l'importait de savoir ce que les autres pensaient. Son travail était de s'assurer que les enfants qui avaient besoin d'aide l'obtiennent. Purement et simplement.

Donald se gara en face de sa petite maison du côté sud de Carlisle et sortit de sa voiture. Il déverrouilla la porte et entra. La première chose qu'il fit fut de jeter un coup d'œil autour de lui pour s'assurer que l'endroit était raisonnablement propre. Bon sang, c'était pratiquement vide. Il avait acheté la maison quelques années auparavant. Il avait tellement de grands projets pour chacune des pièces, mais en dehors d'un peu de peinture et de photos sur les murs, il n'avait pas eu l'occasion d'en faire beaucoup. Chaque fois qu'il pensait avoir le temps de commencer un projet, quelque chose survenait.

Il rassembla les vestiges du repas qu'il allait manger lorsqu'il avait reçu l'appel pour Alex et les jeta. Il s'assura également que le journal qu'il n'avait pas eu le temps de lire soit jeté. La cuisine était propre et le salon semblait bien ordonné, donc il monta l'escalier et fit rapidement son lit avant de se diriger vers la chambre d'ami.

Les précédents propriétaires avaient peint cette pièce d'un jaune léger et il l'avait aimé, donc avec le lit blanc et des touches de bleu clairs dispersés dans la pièce, celle-ci semblait assez joyeuse. Donald vérifia pour s'assurer qu'il y avait bien des draps sur le lit. Finalement, il entra dans la petite pièce supplémentaire qu'il utilisait pour des provisions d'urgence : lingettes, couches, un assortiment de vêtements de différentes tailles, ce genre de choses. Le comté était un tel importun et prenait tellement de temps pour obtenir ce dont les familles avaient besoin que Donald s'était lentement reposé sur ces propres provisions et les avait utilisées quand c'était nécessaire, puis il avait laissé le comté les remplacer. C'était plus facile, et les familles avaient ce dont elles avaient besoin plus rapidement.

Donald jeta un coup d'œil autour de lui jusqu'à ce qu'il trouve ce qu'il voulait : un pyjama et quelques sous-vêtements qui vraisemblablement iraient à Alex. Il les plaçait dans la chambre d'ami lorsqu'il entendit frapper à la porte d'entrée. Il se dépêcha de descendre et ouvrit. Carter se tenait debout sur ses marches dans toute sa gloire d'agent de police geek, tenant Alex dans ses bras tandis que l'enfant enfournait des nuggets de poulet dans sa bouche.

— Désolé que cela ait mis autant de temps. Je suis passé par le drive-in pour lui.

Carter fit rebondir légèrement Alex.

— Va doucement. Ils sont tout à toi. Personne ne va te les prendre. Je te le promets.

Il fit un pas à l'intérieur, et Donald ferma la porte avant de parler :

— Pourquoi ne l'emmènerais-tu pas dans la cuisine ?

Carter traversa la pièce, et les yeux de Donald furent attirés par la façon dont le pantalon de son uniforme étreignait ses fesses. Donald voulait se gifler pour avoir de telles pensées. Il était en train de travailler, pas en train de lorgner un homme dont il n'avait pas l'intention de se rapprocher plus que nécessaire. Carter plaça Alex dans une des chaises tandis que Donald cherchait un verre en plastique et y versait un peu de lait. Alex l'attrapa et le but d'une traite. Lorsqu'il reposa le verre sur la table, il leur sourit à tous les deux avec une énorme moustache de lait et soupira.

— Je pense qu'il est rassasié, dit Carter avec un sourire ridicule sur les lèvres.

— Je l'espère.

Donald versa un peu plus de lait dans le verre et Alex y jeta un œil avant de boire un peu plus et de replacer le verre sur la table.

— As-tu eu l'occasion de manger ? demanda Donald à Carter.

— Nope. Tout cela s'est produit et j'ai été trop occupé depuis.

Donald hocha la tête et plaça une casserole d'eau à chauffer avant de sortir une boîte de macaroni au fromage.

— Je sais que ce n'est pas beaucoup, mais c'est tout ce que j'ai pour le moment. J'allais manger quand j'ai reçu l'appel. Je suppose que nous pouvons partager avec Alex et peut-être lui faire prendre un bain avant de le coucher.

Donald se rendit compte que le seul moyen d'obtenir de Carter qu'il parte était qu'Alex soit bien installé, donc il pouvait aussi bien le faire aussitôt que possible.

— J'apprécie, dit Carter. J'aurais certainement dû prendre quelque chose quand j'ai acheté les nuggets pour Alex, mais...

— Tu te concentrais sur lui et ne pensais pas à grand-chose d'autre, compléta Donald quand Carter sembla hésiter.

— Ouais, dit Carter arquant légèrement un de ses sourcils.

Donald acquiesça et se détourna puis, lorsqu'il vit que l'eau bouillait, il y mit les macaronis à cuire. Il avait besoin d'un peu de temps pour rassembler ses pensées et reprendre pied. Toute cette situation était déstabilisante et faisait resurgir des choses qu'il préférait laisser enfouies. Il mélangea les pâtes pendant quelques minutes de façon à ce qu'elles ne collent pas... et parce que cela lui donnait quelque chose à faire.

— Je ne vais pas retourner sur ce chemin, marmonna-t-il pour lui-même.

Il prit une profonde inspiration purifiante. Puis il se tourna et ouvrit le réfrigérateur et en sortit plusieurs tranches de jambon. Il les disposa sur une assiette et les mit dans le micro-onde pour les chauffer. Puis il les plaça sur la table.

Il réussit rester occupé jusqu'à ce qu'il mette la nourriture sur la table. Il fit un petit bol pour Alex et lui donna une cuillère. Le petit garçon commença aussitôt à manger.

— Je pense qu'il est un estomac sans fond, commenta Carter alors qu'il entamait son propre repas.

— Non, dit doucement Donald. Je pense qu'il a appris à manger tout ce qu'il peut pendant que c'est disponible, parce qu'il ne sait pas quand sera la prochaine fois qu'il pourra manger.

Il avait vu ça plus de fois qu'il pouvait les compter.

— Son petit corps est devenu tellement habitué à manger ici et là qu'il se bourre, et si la nourriture est toujours disponible, il mangera encore plus parce que son esprit ne sait pas quand il mangera de nouveau.

— Bon Dieu, maugréa Carter.

Il déposa sa fourchette et Alex claqua sa cuillère sur la table et la lâcha avec encore la moitié des macaronis au fromage toujours dans son bol. Il fixa Carter comme s'il demandait ce qui allait se passait ensuite.

— Tu es plein ?

Alex acquiesça et ses yeux commencèrent à se fermer.

— Quand Carter et moi aurons fini, nous te donnerons un bain puis tu iras dormir, expliqua gentiment Donald afin qu'Alex sache à quoi s'attendre.

Le petit garçon commença à geindre et se glissa hors de son siège. Il courut dans le salon et se cacha derrière le canapé.

— Merde, murmura Carter sans chaleur. Je parie qu'il pense que nous allons le ramener dans cette horrible pièce au grenier.

Carter repoussa sa chaise et s'accroupit près du canapé.

— Sors de là. Hé ! Qu'avons-nous dit sur le fait de mordre ?

Carter garda sa voix remarquablement calme, et finalement Alex sortit. Carter le souleva dans ses bras.

— Tout va bien. Tu ne vas pas retourner dans cette chaude et puante pièce. M. Donald a un agréable lit pour toi en haut avec des draps propres... et...

— Lapinou... dit Alex en essuyant ses yeux pleins de larmes. Lapinou... il l'a pris.

Il s'appuya contre l'épaule de Carter et se mit à pleurer. Donald regarda Carter pour voir s'il avait une explication.

— J'ai trouvé un lapin en peluche dans une des chambres. C'est ce qui m'a fait penser qu'il pourrait y avoir un enfant dans la maison. Je sais que c'était plus une intuition qu'une certitude, mais j'avais ce sentiment, tu sais, et cela ne voulait pas me laisser tranquille.

24

Carter se tourna vers Alex.

— J'ai besoin que tu ailles avec M. Donald pour moi afin que je puisse voir si je peux trouver ton lapinou. D'accord ?

Donald se leva et Carter lui passa lentement Alex. L'enfant était si léger. Carter avait pensé qu'il avait trois ou quatre ans, mais après l'avoir porté et bien regardé, il avait réalisé qu'il pourrait être plus vieux.

Carter sortit son téléphone et passa un appel.

— Red, c'est Carter. Est-ce que, par hasard, tu aurais vu un lapin en peluche à la maison avec le petit garçon ?

Pause.

— C'était sur le sol dans la chambre en haut de l'escalier.

Une autre pause.

— Vraiment ? C'est cool.

Carter lui donna l'adresse de Donald puis raccrocha.

— Un ami à moi va aller chercher ton lapinou, dit-il à Alex. Maintenant, vas-tu laisser M. Donald et moi finir de manger ? Puis nous t'emmènerons en haut où nous allons te rendre tout propre et à l'aise avant d'aller dormir.

À la surprise de Carter, Alex se calma dans les bras de Donald, donc il se rassit pour finir son dîner. Peut-être que le nourrir avait été ce qu'il fallait pour entrer dans ses bonnes grâces. Il semblait suffisamment satisfait pour l'instant, ce qui était un soulagement, en sachant qu'il allait rester avec Donald, du moins pour la nuit.

Alex se tendit lorsqu'on frappa à la porte au moment où ils finissaient de manger, le repas ayant pris plus de temps avec Alex sur les genoux.

— C'est certainement Red. Je peux aller répondre pour toi, proposa Carter avant de se lever.

Il plaça sa vaisselle dans l'évier puis traversa la maison pour répondre à la porte. Donald finit de manger du mieux qu'il le put tandis que Carter parlait doucement dans l'autre pièce. Il entendit des pas approcher et Carter entra dans la cuisine avec un autre agent de police.

— Donald, je te présente Red.

L'homme immense tenait un lapin en peluche qu'il tendit à Alex. Le petit garçon sourit en le prenant et le câlina contre son torse.

— Je suis ravi de vous rencontrer, dit Red.

— Voudriez-vous quelque chose ? Je peux vous proposer un soda, dit Donald.

— Non, ça va. Merci.

— Red a dit qu'il pouvait rester quelques minutes, commença Carter, puis Alex gigota, voulant Carter.

Donald le lui passa et Alex se jeta directement dans les bras de Carter.

— Je vais monter et donner un bain à ce petit gars.

— J'ai mis un pyjama et d'autres choses dans la chambre d'ami en haut de l'escalier. Il y a des serviettes dans le placard de la salle de bain.

Alex semblait plus à l'aise avec Carter, donc qu'il s'occupe seul de l'étape du bain paraissait être une bonne idée.

Carter monta l'escalier et Donald offrit un siège à Red dans le salon.

— Je vais juste nettoyer la cuisine.

Donald s'occupa de la vaisselle puis éteignit la lumière avant de rejoindre Red. Il n'entendit aucun pleur provenant de l'étage et finalement Carter redescendit avec Alex dans un pyjama propre.

— Je vais voir si je peux le faire dormir puis je redescends tout de suite.

Carter caressa le dos d'Alex et Donald devait admettre qu'il semblait savoir s'y prendre avec le petit garçon. L'enfant lui faisait confiance, du moins jusqu'à un certain point.

— C'est habituel pour vous de récupérer des enfants ? demanda Red une fois que Carter fut remonté.

— Non. C'est la première fois.

Et espérons la dernière.

— Toutes les autres ressources que j'avais étaient au complet, et le fait que ce soit un vendredi soir rend les choses plus difficiles. J'aurais pu le mettre dans le foyer du comté, mais…

Il laissa de côté la partie à propos de Carter lui faisant pression pour prendre Alex.

— C'est une bonne chose ce que vous faites. Sa mère ne s'en sort pas bien, et l'homme que nous avons arrêté ne veut rien dire, donc nous nous demandons tous ce qui se passe vraiment.

— Connaissez-vous le nom complet d'Alex ?

— Sa mère est Karen Groves, donc il devrait être Alex Groves, mais nous devons confirmer qu'elle est bien sa mère. Toute cette affaire ne devient qu'un gigantesque bazar, et à ce stade, nous ne savons pratiquement rien, soupira Red.

— Pourriez-vous me faire savoir lorsque vous trouverez quelque chose ? demanda Donald. J'espère pouvoir placer Alex avec de la famille. Autrement, il sera placé en famille d'accueil et si sa mère ne s'en remet pas...

À ce moment-là, Carter descendit l'escalier.

— Il est endormi. Le pauvre gamin était tellement fatigué. Tout ce qu'il a eu à faire, c'est serrer ce lapin contre sa poitrine, rouler sur le côté et il dormait.

Carter s'assit dans le dernier fauteuil.

— Merci Red. Je pense que ce lapin a vraiment fait la différence, soupira-t-il. En savons-nous plus à son sujet ?

Red expliqua ce qu'il avait appris puis se leva.

— Je dois rentrer à la maison avant que Terry commence à se poser des questions. Donald, j'ai été ravi de vous rencontrer, et c'est vraiment gentil de votre part ce que vous faites pour ce gosse. Carter, je te vois lundi.

— Fais-moi savoir si nous en apprenons plus.

— Je le ferai. Profitez de votre week-end.

Red partit, et Donald se retrouva seul avec Carter.

— Donc... commença Carter en étirant le mot. Snobes-tu souvent les hommes avec lesquels tu passes du temps ou c'était juste moi ?

Donald aurait dû se douter que Carter avait attendu pour poser une question dans ce genre. Il est vrai que ce n'était pas la première fois qu'on lui posait une version de cette question, donc il avait déjà une réponse toute prête. Dommage que ce ne soit pas ce qui sortit de sa bouche.

— Carter, nous avons passé un très bon moment, mais je ne suis pas du genre à m'engager dans une relation. Bon sang, je fréquente rarement le même homme plus d'une nuit. Pas que je voie beaucoup d'hommes non plus...

27

Il avait dévié de son script habituel et maintenant il était en territoire inexploré.

— Ce travail requiert de faire des heures inhabituelles et il peut être vraiment imprévisible. Donc je ne m'engage pas.

Là, ça semblait plutôt convaincant.

— D'accord, dit doucement Carter. Je suppose que je peux le comprendre.

Il se pencha en avant.

— L'explication a l'air très plausible, mais je reconnais de la merde quand je la vois, et toi, mon ami,tu es plongé dedans jusqu'aux yeux. Si tu ne m'appréciais pas, tout ce que tu avais à faire était de me le dire au lieu de ne pas prendre mes appels.

Il se leva et marcha vers la porte.

— Tu dois avoir mon numéro, quelque part, ajouta Carter, puis il sortit une carte de sa poche.

Il y écrivit un numéro au dos et la lui tendit.

— Mais, tiens, je te le redonne. Appelle-moi si tu as besoin de quoi que ce soit… pour Alex.

Il se dirigea vers la porte et l'ouvrit.

— J'ai toujours ton numéro, donc je t'appellerai demain et il se pourrait que je vienne passer quelques minutes avec Alex.

Il sortit et referma la porte derrière lui.

Donald fixa la carte dans ses mains en se demandant ce qui venait exactement de se produire et pourquoi tout d'un coup, il se sentait seul. Il se rassit et fixa dans le vide pendant quelques minutes avant d'allumer la télévision. Il avait besoin de se détendre un peu avant de monter se coucher. Pour une raison inconnue, il se dit que la nuit allait être longue.

BON SANG, il avait eu raison.

Donald alla vérifier si Alex dormait toujours ; il le regarda même dormir quelques minutes avec son lapin tellement pressé contre lui qu'il paraissait presque plié en deux. Donald savait que c'était pour se protéger ; la position fœtale était un mécanisme de défense inné. Mais quand même, Donald l'observa pendant un moment puis rejoignit sa propre chambre. Il se déshabilla et grimpa dans le lit puis éteignit la lumière et s'installa confortablement.

Il venait juste de s'endormir quand un hurlement à vous glacer le sang le réveilla. Donald se redressa en sursaut puis bondit hors du lit et se précipita dans la chambre d'Alex. Il était toujours allongé, mais il tremblait comme une feuille, hurlant à pleins poumons. Donald le prit dans ses bras, mais Alex se débattit encore plus.

— Hé, réveille-toi. Tu vas bien.

Il essaya d'imiter le ton que Carter avait utilisé, mais avec peu de succès à en juger par les cris qui continuaient si fort que Donald eût peur que ses oreilles se mettent à saigner à tout moment.

— Alex, essaya-t-il plus fort. Réveille-toi. Tu es en sécurité. Personne ne te fait de mal.

Les cris diminuèrent et furent suivis de pleurs et des larmes sans fin. Donald fit de son mieux pour le calmer, mais il n'avait aucun succès. Il récupéra le lapin d'Alex et le lui donna. Le petit garçon le prit, le pressa contre sa poitrine et continua de pleurer. Donald le porta au rez-de-chaussée et trouva la carte que Carter avait laissée. Il prit son téléphone et composa le numéro.

Ouais…

— Carter… commença-t-il avant d'être coupé.

— Est-ce que c'est Alex ? Qu'es-tu en train de lui faire ?

— Je pense qu'il a fait un cauchemar ou quelque chose de semblable et il n'en sort pas. J'ai essayé de l'apaiser, mais ça n'aide pas.

— J'arrive.

Il raccrocha et Donald lâcha le téléphone sur le fauteuil et commença à faire les cent pas, espérant qu'un mouvement régulier aiderait à calmer Alex.

Rien n'aida, et finalement on frappa à la porte. Donald ouvrit celle-ci d'un coup sec et Carter se précipita à l'intérieur, lui prit Alex des bras et celui-ci se calma. Les larmes continuaient de couler, avec un flot de paroles que Donald ne pouvait pas comprendre, mais Carter paraissait y arriver.

— Tout va bien. Les méchants hommes ne vont pas te prendre, je te le promets. Personne ne va faire de mal.

Carter fit les mêmes cent pas que Donald plus tôt.

— Tiens ton lapin et calme-toi. Tout va bien.

— Les méchants hommes ? demanda Donald.

— Oui. Il répète sans cesse les méchants hommes. Je ne sais pas ce qu'il veut dire, mais il a peur des méchants hommes, murmura Carter sur le même ton qu'il pendrait pour chanter une berceuse. Tout va bien. Les méchants hommes sont partis.

Alex s'était finalement calmé et avait reposé sa tête sur l'épaule de Carter. Maintenant que le petit garçon était calme, Donald se sentit lui-même se détendre et il réalisa plusieurs choses. Un, il se tenait debout avec Carter et portait seulement un pantalon. Et deux, Carter portait un pantalon de jogging et un tee-shirt qui devait être d'une taille trop petite. Du moins, il était trop court parce que de temps en temps il remontait, donnant à Donald des aperçus d'une peau pâle. Selon l'opinion de Donald, Carter était un geek jusqu'à la moelle. Et même s'il était mieux bâti que la plupart des geeks que Donald avait rencontrés – cela devait être le flic en lui – les lunettes et le fait qu'il ne semblait jamais avoir passé ne serait-ce qu'une minute au soleil lui donnait cet air d'homme « vivant derrière un ordinateur ». Si Donald était honnête, Carter était très proche de son idéal, mais ce genre d'honnêteté était un peu plus que ce qu'il était disposé à admettre, même pour lui-même.

— Je devrais enfiler quelque chose d'autre, dit Donald en se tournant vers l'escalier.

— Tu n'as pas à te préoccuper de ça à cause de moi, dit Carter, Donald se retourna juste à temps pour voir le détourner le regard et le focaliser sur Alex.

— Je devrais effacer ce sourire suffisant de ton visage avec une gifle, dit Donald avec légèreté, essayant de couvrir la chaleur qui le traversait, l'éclair de désir né de l'attention de Carter qui courut le long de sa colonne vertébrale et s'installa à la base de son cerveau, envoyant des frissons dans ses épaules.

Pas que ce soit important, parce qu'il n'allait rien faire à ce sujet. Il avait décidé longtemps auparavant comment il allait vivre sa vie, et jusqu'à aujourd'hui, le programme avait fonctionné. Il avait l'intention de continuer ainsi.

— Ce serait une agression d'un agent de police, sans parler de compromettre la sécurité d'un mineur.

Carter sourit et continua de bercer Alex doucement.

— Voyons voir si on peut le remettre au lit. Il est endormi pour le moment.

Donald hocha la tête en signe de compréhension et se dirigea vers l'escalier, dirigeant Carter à l'étage. Il ouvrit la porte de la chambre dont Alex se servait et Carter allongea doucement le petit garçon sur le lit. Il s'installa facilement, agrippant son lapin. Carter le recouvrit puis, à la surprise de Donald, l'embrassa doucement sur la joue.

— Bonne Nuit, petit homme. Fais de beaux rêves, Dieu seul sait que tu les mérites.

Carter se redressa et resta près d'Alex quelques secondes, juste assez pour permettre à Donald d'essuyer ses yeux.

Carter quitta la pièce, Donald le suivant de nouveau au rez-de-chaussée.

— Je peux te préparer le canapé si tu veux, proposa Donald.

C'était le moins qu'il puisse faire étant donné que Carter était venu ici en plein milieu de la nuit.

— Je ne sais pas s'il va dormir le reste de la nuit ou si c'est quelque chose qui va se reproduire plusieurs fois.

— Merci, répondit Carter.

— Il semble vraiment bien réagir à ton contact.

Donald ne savait pas s'il devait se sentir insulter ou non. Après tout, il avait été formé comme travailleur social. C'était son travail de s'occuper des enfants, et c'était le travail de Carter en tant qu'agent de police de maintenir l'ordre. Il avait toujours pensé aux policiers comme étant de grands et rudes gaillards, et il supposait que Carter pouvait l'être si cela était nécessaire.

— Je suis celui qui l'a trouvé et sorti de cet endroit, puis je lui ai donné quelque chose à manger et j'ai retrouvé son lapin. J'étais gentil et je pense qu'il réagit à cela plus qu'à toute autre chose. À le regarder et à en juger par ses réactions, je dirais qu'il n'a pas eu beaucoup de gentillesse dans sa vie. Il connaît seulement la négligence, l'abus même, et le besoin, soupira Carter. Tu n'as pas vu ce cloaque pathétique et sale dans lequel il vivait. Personne ne peut voir ça et ne pas être affecté, pas même le Glaçon.

— Bon sang, répliqua Donald. Alors quoi ? Je ne t'ai pas rappelé après avoir passé tout un week-end au lit avec toi. C'était juste du sexe. Ça ne veut pas dire que je suis le diable incarné ou quoi que ce soit que tu aies pu imaginer. Je suis un gars comme toi, et je voulais m'envoyer en l'air. Nous avons couché ensemble. Tu as passé un bon moment, et moi aussi. Alors quoi ? Je ne t'ai pas rappelé pour voir si… quoi ? Tu voudrais sortir au drive-in et boire un lait malté ? Mince alors, peut-être que j'aurais dû voir si tu aurais pu emprunter la Studebaker de ton père.

Ouais, il devenait absurde, mais, bon sang, à quoi s'attendait Carter ?

— Tu as raison. Je n'avais aucun droit de m'attendre à quelque chose. Nous n'avons fait aucune promesse et nous avons juste échangé nos numéros.

Carter se rapprocha, ses yeux normalement d'un bleu intense s'assombrissant à un bleu plus azur.

— Je suppose que j'ai laissé mon jugement être obscurci par mes sentiments blessés. Ce qui importe c'est Alex et ce qui est le mieux pour ce petit garçon, pas ce qui a pu se passer entre nous.

Carter soupira doucement dans sa barbe.

— Si tu peux me procurer une couverture, je vais rester ici sur le canapé au cas où Alex se réveille à nouveau.

Carter se tourna et s'assit sur le canapé.

— Ou si tu veux que je parte, tu peux simplement m'appeler si tu as besoin de quelque chose.

— Non. Tu es le bienvenu pour rester.

Donald grimpa l'escalier et se demanda pourquoi diable Carter pouvait l'atteindre si facilement. La manière dont Donald faisait les choses fonctionnait pour lui et le protégeait. Cela rendait sa vie plus facile et définitivement plus sécuritaire. Il marcha plus silencieusement en arrivant en haut de l'escalier et jusqu'au placard où il rangeait son linge de maison, attentif à ne pas réveiller Alex. Il retira une couverture légère et un oreiller, puis les porta au rez-de-chaussée. Il les donna à Carter, puis après un rapide « bonne nuit » il remonta l'escalier et retourna dans sa chambre aussi vite que possible.

Il ferma la porte et poussa un soupir de soulagement. Quand il était retourné en bas avec la couverture, Carter avait déjà retiré son tee-shirt et ses chaussures. Donald avait été à quelques secondes de se jeter sur lui et avait eu besoin de s'enfuir rapidement. Il était en fait en train de s'appuyer contre la porte et respirait comme s'il venait de courir un marathon. Qu'est-ce qui n'allait pas avec lui ? Carter était juste un autre gars ! Il s'éloigna de la porte et grimpa sur son lit.

Il pouvait se dire tout ce qu'il voulait, que Carter n'était qu'un autre homme parmi tant d'autres avec qui il avait couché. Mais alors, pourquoi était-il hyper-conscient que Carter était juste en bas, torse nu, endormi sur son canapé ? Donald se tourna et se retourna plusieurs fois puis se leva et ouvrit la porte de sa chambre afin qu'il puisse entendre Alex s'il avait besoin de lui. Alors pourquoi se tenait-il dans l'encadrement de sa porte à écouter les légers grincements des ressorts du canapé ? Il imaginait Carter se retournant, la couverture glissant de ses épaules.

Arrêtant le film qu'il se faisait dans la tête, Donald retourna sur son lit et ferma les yeux, roulant sur son côté et faisant de son mieux pour s'endormir. Bien sûr, plus il essayait et plus il restait allongé dans le noir à fixer le vide. Alex resta silencieux, et après un certain temps, plus aucun grincement ne vint du salon. Donald devina qu'il était le seul éveillé dans la maison.

Finalement, l'épuisement dut le submerger parce que la seule chose dont il fut conscient par la suite fut la lumière se déversant à flots par la fenêtre de sa chambre. Il eut un petit cri de surprise et se redressa, attentif au moindre bruit. Lorsqu'il n'entendit rien, il se leva et marcha jusqu'à la chambre d'ami. Le lit était vide. La première pensée qu'il eut fut qu'Alex pouvait être en train d'errer dans la maison ou avait tout aussi bien pu partir. Il se précipita au rez-de-chaussée pour le chercher et s'arrêta net dans sa lancée. Carter était assis dans un fauteuil du salon, la tête en arrière, les yeux fermés, la bouche ouverte, avec Alex sur les genoux, sa petite tête pressée contre la poitrine de Carter, serrant son lapin près de lui.

Donald resta complètement immobile. Il souhaitait avoir un appareil photo sous la main pour qu'il puisse prendre une photo et la donner à Carter. Dans son travail, il voyait le pire de la société et la façon dont les gens traitaient les plus jeunes, les membres les plus vulnérables. Il prit une profonde inspiration, remplissant ses poumons d'oxygène comme s'il pouvait se remplir d'énergie et d'espoir. Cette image lui donnait de l'espoir. La veille, Alex vivait dans des conditions inimaginables, mais rien de cela ne se voyait maintenant sur son visage. Il paraissait se sentir en sécurité dans les bras de Carter. C'était ce que voulait Donald pour chacun des enfants qui lui étaient confiés. Cela n'arrivait pas tant de fois, et... Donald repoussa les pensées de ce qu'il considérait comme ses échecs. Il ne voulait pas penser à eux en ce moment, pas avec cette image parfaite sous les yeux.

D'accord, c'était seulement une image. Alex n'était pas le fils de Carter, et il était loin d'être installé dans une maison pour le long terme, mais Donald allait faire de son mieux afin que cela se produise. Il s'éloigna et remonta à l'étage enfiler un tee-shirt. Puis, il se brossa les dents et les cheveux avant de redescendre dans la cuisine. Il sortit quelques poêles et commença à préparer le petit-déjeuner.

Après quelques minutes, Carter entra en portant un Alex toujours à moitié endormi, sa tête reposant sur l'épaule de Carter.

— Maman, gémit Alex avant de devenir silencieux.

— Tout va bien, Ti-gars, dit Carter d'une voix apaisante. Je sais.

Alex trembla dans les bras de Carter, et le cœur de Donald se mit à battre plus fort. Il se détourna et revint à ses œufs brouillés, les versant dans la poêle. Il écoutait toujours Carter calmer Alex. Il se demanda s'il aurait été capable de faire ça, aurait-il pu le faire si Carter n'avait pas été là ? Oui, il aurait pu dire les bonnes choses, mais aurait-ce été ce qu'il aurait ressenti ? Carter semblait avoir cet instinct... il savait ce qui pourrait calmer et apaiser Alex. Il ne lui disait pas ce qu'il voulait entendre, ce que Donald aurait essayé de deviner puis lui aurait dit de la manière la plus véridique possible. Les mots qui lui venaient à l'esprit lui semblaient faux, même pour lui, tandis que les simples mots apaisants de Carter étaient authentiques.

Il y avait peu de doute que Carter s'inquiétait sincèrement pour l'enfant. Cela se voyait à la manière dont il le tenait, lui parlait, et même en plaçant Alex avant son propre confort en dormant sur le vieux canapé cabossé de Donald. Il se demanda s'il était capable de tout ça. Il avait choisi ce métier parce qu'il voulait rendre les choses meilleures pour les enfants comme Alex, et il faisait bien son travail ; il le savait. Tous les superviseurs et les autres assistants sociaux le lui disaient. Il travaillait sur chaque cas autant qu'il le pouvait, se battant contre vent et marée pour obtenir ce dont l'enfant avait besoin. Il faisait cela tous les jours, mais toujours de loin.

Il réalisa qu'il avait presque brûlé les œufs et éteignit rapidement le feu. Puis il regarda la poêle et se rendit compte que pendant qu'il avait été perdu dans ses pensées, il avait oublié de préparer quoi que ce soit d'autre. Il sortit du pain et en fit griller quelques tranches. Après avoir sorti des assiettes et un bol pour Alex, il divisa les œufs et les déposa sur la table.

Alex glissa des genoux de Carter et grimpa sur une chaise puis commença directement à manger, restant silencieux. Donald alla chercher du jus de fruit et remplit les verres. Une fois que les tranches de pain furent grillées, il les beurra et déposa une tranche sur l'assiette de Carter avant de découper l'autre tranche pour Alex, qui dévorait ses œufs comme un homme affamé.

— Tu peux en ravoir si tu veux, lui dit Donald en touchant gentiment ses cheveux.

Alex s'arrêta une seconde en levant la tête pour le fixer avec ses grands yeux bleus puis retourna à sa nourriture.

— Je pense qu'il veut te croire, mais il a beaucoup de mal à cause de ce qu'il lui est arrivé.

— Je sais, répondit Donald. Je vais devoir m'assurer d'expliquer les choses très attentivement à ceux avec qui je vais le placer.

Carter ne dit rien et prit une grosse bouchée de ses œufs. Était-il possible de mâcher de façon coléreuse ? Si c'est le cas, alors c'était exactement la façon dont Carter mangeait. Il ne mordit pas dans sa tranche de pain grillé, il en arracha des morceaux. Donald ne comprenait pas sa soudaine hostilité, mais il ne pouvait pas s'y attarder. Alex arrêta de manger, fixa Carter puis sauta de sa chaise et courut jusque dans le salon pour se cacher derrière le canapé comme il l'avait fait la veille.

— Merde, murmura Carter juste assez fort pour que Donald puisse l'entendre, puis il se leva de sa chaise.

Après quelques minutes, il revint avec Alex.

— M. Donald et moi étions juste en train de parler, c'est tout.

Alex avait l'air de ne pas du tout le croire.

— Là, dit Donald en donnant son lapin à Alex. Est-ce que ton lapin a un nom ?

Alex secoua la tête alors qu'il lui arrachait des mains le lapin et le pressait contre lui.

— Veux-tu qu'il en ait un ? demanda Donald.

Alex cligna plusieurs fois des yeux avant de tourner la tête. Après un petit moment, Carter le replaça sur sa chaise et Alex mangea un peu plus de son petit-déjeuner.

Quelqu'un frappant à la porte fit légèrement sursauter Alex. Donald se leva et alla ouvrir la porte. Red, le policier de la nuit dernière, se tenait sur son porche avec un autre homme plus petit et plus svelte.

— Donald, je vous présente mon compagnon, Terry. J'espère que nous ne vous dérangeons pas, mais Terry a supposé que le petit garçon ne devait pas posséder grand-chose, donc je suis retourné à sa maison ce matin, nous avons récupéré quelqu'un de ses vêtements et les avons lavés.

Terry souleva une panière à linge.

— J'espère vraiment qu'ils sont à sa taille.

Donald ne savait pas vraiment quoi dire.

— Entrez. Nous étions en train de prendre le petit-déjeuner, puis il va falloir que je voie pour lui trouver une maison un peu plus permanente.

— Allez-vous être capable de faire ça un samedi ? demanda Terry en entrant dans la maison.

— La protection de l'enfance n'est pas un travail cinq jours sur sept et de sept heures par jours, mais je n'ai pas réussi à trouver quoi que ce soit hier, donc honnêtement je pense qu'il va rester ici jusqu'à lundi.

Donald sourit, surpris d'aimer cette idée. Peut-être qu'il s'attachait de plus en plus au petit garçon.

— J'apprécie vraiment votre prévenance.

Il prit la panière qui lui était tendue et la déposa au sol à côté du canapé.

— Je vous en prie, venez dans la cuisine. Puis-je vous offrir un café ?

Red jeta un coup d'œil à Terry.

— Un peu d'eau serait bien, dit Terry.

— Il est déjà allé nager ce matin. Il a réussi à persuader le club de le laisser utiliser la buanderie pour qu'il puisse respecter son planning, expliqua Red avec une fierté évidente dans son ton.

Ils le suivirent dans la cuisine où Alex finissait son dernier morceau de pain grillé.

— Je t'avais dit que nous aurions dû apporter quelques jouets aussi, dit Terry à Red.

— Ceux à sa maison étaient si sales qu'il ne me semblait pas juste de les apporter, expliqua Red. Savez-vous quel âge il a ?

Donald passa en mode professionnel.

— Quand nous avons passé en revue la maison, nous avons trouvé des papiers et avons été capables de localiser l'acte de naissance d'Alex. Il vient d'avoir cinq ans. J'aurais pensé qu'il avait trois ou quatre ans, mais s'il n'a pas reçu suffisamment à manger, il peut avoir un retard sur sa croissance et son développement. Pour certaines choses, il semble être un peu plus âgé et pour d'autres…

Donald soupira.

— Sa petite carrure et son immaturité sont probablement les résultats de la façon dont il a été traité.

Red hocha la tête.

— Je suis assez d'accord avec vous. C'est certainement un adorable petit garçon maintenant qu'il est propre.

— Tu es tellement gentil, commenta Terry, cognant son épaule avec celle de Red.

Carter les rejoignit et Alex fit le tour du salon puis s'assit dans un des coins de la pièce et joua avec son lapin. Ils semblaient avoir une conversation à sens unique que Donald ne comprenait pas et il aurait sacrément souhaité le pouvoir.

— Je suis passé parce que nous avons besoin de l'aide de Carter, dit doucement Red. La femme que nous avons essayé d'aider ne s'en est pas sortie et il semblerait qu'elle était la mère d'Alex.

— Elle est morte ? demanda Donald à voix basse.

— Oui. Il y avait trop de drogue dans son organisme et son cœur a lâché.

— Mais vous êtes certain qu'elle était la mère d'Alex ? demanda Donald pour confirmation.

— Oui, c'était elle. Il est né à Mifflintown. L'acte de naissance recense le père comme étant inconnu.

— D'accord, dit Donald en se tournant vers Alex qui était toujours dans son pyjama, jouant avec son lapin, inconscient du changement total de sa situation.

— Donc nous devons lui expliquer ce qui s'est passé, dit Carter en soupirant. Je vais le faire.

Donald plaça sa main sur son bras.

— Non, chuchota-t-il. Il t'aime bien et il te fait confiance.

Donald prit une profonde inspiration.

— Je ne te laisserai pas être celui qui lui prend sa mère. Je vais lui dire. De cette manière, il peut me détester s'il veut.

Donald regarda les autres.

— De plus, c'est mon travail et ce que je suis censé faire.

— Qu'en est-il de l'homme que nous avons arrêté ?

— Byron Harker, répondit Red. C'est un sacré morceau. Nous ne saurons jamais comment la mère d'Alex s'est retrouvée impliquée avec lui, mais c'est une sacrée petite… saloperie.

Red se tourna vers Carter.

— C'est pour cela que nous avons besoin de ton aide. Certaines des choses dans lesquelles il était impliqué sont plutôt dans ton domaine, en ce qui concerne les ordinateurs en tout cas. Le chef a dit de t'amener ton ordinateur et de te demander si tu pouvais voir ce que tu peux trouver sur les activités de M. Harker.

Red jeta un œil à Alex puis reposa son regard sur eux.

— Il a des antécédents d'utilisation d'enfants pour... il a été arrêté pour des accusations de pornographie infantile dans le Maryland, mais les accusations ont été abandonnées faute de preuves suffisantes.

Carter devint blanc comme un linge. Donald avait déjà vu ça et se contenta d'acquiescer.

— Comment peux-tu agir de cette façon ? cracha Carter. Et s'il avait été... ?

— Carter, claqua Red tout bas. Ce n'est pas la faute de Donald. Mais nous avons besoin de toi pour voir ce que tu peux trouver parce que nous ne voulons pas que ce déchet soit relâché. Tout ce dont nous pouvons l'accuser pour le moment, c'est détention de substances illicites et peut-être homicide involontaire. Il soutient qu'il ne savait même pas que le gamin était dans le grenier. Que sa mère la mit là-bas, et qui peut réfuter ça maintenant ? Lui ?

Red était remonté, cependant quand Terry mit sa main sur son bras, il se calma immédiatement.

— Désolé. Cela peut être difficile de faire parler Alex à ce propos, donc nous avons besoin de trouver des preuves qui peuvent parler pour lui.

— D'accord. Je devrais probablement aller au poste et...

— Je t'ai apporté l'ordinateur qui était sur ton bureau et j'ai un code d'accès au réseau. Ils sont dans la voiture. Je n'étais pas certain de combien de temps cela te prendrait et j'ai supposé que cela serait plus facile si tu travaillais de là où tu te trouvais.

— Savais-tu que j'étais ici ? demanda Carter.

Red sourit.

— Non. Nous allions déposer les vêtements pour Alex puis venir chez toi, mais tu nous as épargné un arrêt.

— Pourquoi n'irais-tu pas chercher son matériel ? suggéra Terry.

— Je pense vraiment que je devrais aller au poste, dit Carter en regardant Alex qui jouait toujours avec son lapin. Si je trouve quelque chose, nous aurons besoin de l'historique d'activité et d'en retracer la source.

— Tu peux obtenir tout ce dont tu as besoin ici, mais si tu veux y aller, c'est à toi de voir, proposa Red.

Carter semblait déchirer.

— Je pense que je vais vraiment avoir besoin de plus que mon ordinateur pour ça.

Il jeta à nouveau un coup d'œil à Alex et Donald pouvait voir à quel point il était déchiré. Il voulait de toute évidence rester avec lui, et pourtant il voulait aussi travailler pour essayer de l'aider.

— Nous irons bien, dit Donald.

— Je peux rester aussi, si tu veux, proposa Terry. Je sais que nous ne connaissons pas, mais j'adore les enfants.

— Tout va bien, dit tranquillement Donald. Alex et moi nous en sortirons très bien. Vas-y et vois ce que tu peux trouver sur ce que préparait Harker. Je ne dirais rien à Alex jusqu'à ce que tu reviennes.

— Très bien, répondit Carter avant de se préparer à partir.

Terry et Red le suivirent. Aussitôt que la porte se referma, Donald s'assit dans l'une des chaises et regarda Alex jouer. Ce qui lui était étrange, c'était le fait qu'il soit dans sa propre maison fondamentalement seul. D'accord, Alex était là, mais Donald était seul, comme il l'avait toujours été. Mais maintenant, après avoir eu Carter ici, la maison dégageait vraiment un sentiment de vide. Donald se redressa et prit une profonde inspiration. Il allait bien. Il avait passé la majorité de sa vie seul, ne comptant que sur lui-même, et c'était la façon dont cela allait continuer. C'était le seul chemin pour aller de l'avant. Il l'avait appris longtemps auparavant, une dure leçon qu'il ne planifiait pas de réapprendre.

III

CARTER QUITTA la maison de Donald et se dirigea vers sa voiture. Il rentra chez lui où il se doucha et changea de vêtements avant de se dépêcher d'aller au poste, puis à son bureau et ses ordinateurs au sous-sol.

— Très bien, dit Red alors qu'il se laissait tomber dans la chaise à côté du bureau de Carter. Je t'ai envoyé par mail les informations pertinentes sur Harker et j'ai son ordinateur.

— OK. Qu'est-ce que tu cherches précisément ?

— Je n'en suis pas certain. Nous devons savoir ce qu'il mijote. Aaron n'a laissé personne regarder l'ordinateur, et nous espérons qu'il y aura quelque chose d'incriminant dedans que nous pourrons utiliser.

— D'accord. Laisse-moi m'y mettre.

— Y a-t-il quoi que ce soit que je puisse faire ? demanda Red.

— Bien sûr, apporte-moi du café pendant que je retire le disque dur et le branche à mon ordinateur. Ensuite, nous pourrons commencer à regarder et voir ce que nous avons.

Red partit et Carter se mit au travail. Retirer le disque dur ne prit pas longtemps, et il le brancha à un commutateur qu'il relia ensuite à son ordinateur. Il isola aussi le disque dur afin que rien ne contamine son système. Au moment où Red revint, Carte commençait à passer en revue les fichiers.

— Je me concentre sur les fichiers vidéo et photos. Ce sont les fichiers qui sont les plus probables de nous intéresser.

Carter ouvrit les premiers fichiers qu'il trouva, mais il n'y avait rien d'autre que ceux qui étaient installés dès le départ sur l'ordinateur et des images de chiens méchants. Pas d'enfants. Rien.

— Je suppose que cela aurait été trop facile. Il n'y a aucun fichier vidéo non plus. Nous devons donc creuser plus profondément.

Carter tapa sur son clavier et mit en route l'analyse du disque dur.

— Y a-t-il des choses qui ont été supprimées ? demanda Red.

— Ouais. Beaucoup de choses, marmonna Carter alors qu'il continuait de travailler. Tu sais que quand quelque chose est supprimé, il n'est pas forcément complètement retiré de l'ordinateur. Et je suis connu pour récupérer ces choses, mais ce système a eu tellement de fichiers ajoutés et supprimés un nombre incalculable de fois que c'est un vrai fouillis. Je ne peux pas restaurer beaucoup de fichiers.

Il continua à travailler, espérant qu'un miracle se produise, mais cela n'aboutit à rien.

— D'accord, ce gars est intelligent. Il n'a rien gardé d'incriminant dans son système, mais ça ne veut pas dire qu'il n'a pas les mains sales. Il est juste prudent.

Carter alla sur l'historique de navigation d'Harker. Bien sûr, la mémoire cache avait été nettoyée, et à première vue Harker la nettoyait régulièrement. Donc il creusa encore plus profondément et il eut de la chance. Il trouva une vieille copie de l'historique de navigation.

— Oui !

— Quoi ?

— On dirait que l'ordi a planté ou que le système a détecté un problème et qu'il a enregistré une sauvegarde d'urgence de certains fichiers.

Carter sourit tandis qu'il ouvrait le fichier.

— C'est vieux, mais cela nous donne quelques indices de ce qu'il faisait.

Carter pianota quelques secondes sur son clavier.

— Ce sont des sites internet, j'en reconnais quelques-uns. Ce sont des sites douteux avec de très jeunes hommes et femmes. Ils sont légaux, mais à peine. C'est un indice que nous sommes sur la bonne voie, mais ce n'est pas ce que nous...

Carter se figea, ses doigts planant sur son clavier.

— Qu'est-ce qui ne va pas ? demanda Red, sa chaise grinçant alors qu'il bougeait.

— Je dois ouvrir une page internet, mais je veux le faire de façon à ce que le système reconnaisse son ordinateur à la place du mien.

Carter continua à travailler.

— D'accord.

Il pointa l'écran du doigt.

— Je ne vais pas rentrer dans les détails, mais je fausse les choses afin que l'adresse internet pense que je suis sur l'ordinateur d'Harker au lieu du nôtre. La page se chargea et un identifiant ainsi qu'un mot de passe s'afficha à l'écran.

Au grand étonnement de Carter, la case de l'identifiant était remplie, ainsi que celui du mot de passe. Mince, ce type était si prudent, mais vraiment stupide quand il était question de mot de passe.

— En fait, il a fait mémoriser son mot de passe par son ordinateur.

Le champ était rempli avec des astérisques.

— Est-ce que tu peux l'obtenir afin qu'on puisse y avoir accès d'un système différent, en tant que preuve ?

— Peut-être, si j'ai beaucoup de temps, mais…

Carter appuya sur la touche Entrer et fixa l'écran. Dessus s'était affiché un portail internet, un simple site pour partager des fichiers, et il y en avait probablement des centaines voire même des milliers ou plus.

— Nous devons appeler le FBI pour cette affaire, déclara Carter alors qu'il cliquait sur un des fichiers photo.

Il le ferma immédiatement quand il vit ce que c'était.

— Peux-tu trouver ce qui a été mis en ligne depuis cet ordinateur ? demanda Red.

— Je pourrais éventuellement.

Il fouilla un peu partout sur le site et découvrit une section réservée au propriétaire des fichiers. Ils semblaient être ceux que Byron avait lui-même mis en ligne.

— Mon Dieu, dit doucement Carter alors qu'il voyait le nom d'un des fichiers.

Il l'ouvrit et fixa l'écran alors qu'une vidéo démarrait.

— Pourquoi as-tu choisi celui-ci ? demanda Red alors qu'un canapé apparaissait à l'écran.

— Le titre. C'était marqué « flanquer une fessée à une petite merde ».

— Je ne comprends pas, dit Red avant de pousser un petit cri de surprise.

Carter déglutit tandis qu'il voyait Alex être forcé de s'appuyer contre le bras du canapé, le cul nu, puis d'être fessé avec une canne. Carter ferma la fenêtre avant qu'il devienne malade. La date du fichier remontait à quatre jours. Carter s'écarta de l'ordinateur comme s'il était infesté et que ces mains avaient contracté une maladie contagieuse.

— Je suis sérieux. Nous devons parler avec le capitaine puis appeler les fédéraux. C'est un dossier trop gros pour nous.

— C'est le capitaine qui décide. Tu sais qu'il va vouloir s'assurer que notre département soit en ordre et qu'il va être réticent à appeler de l'aide. La dernière fois, nous avons complètement été écartés de l'enquête. Cela ne va pas se reproduire.

— Oui, je sais. J'étais celui qui a trouvé la piste. Mais on m'a presque métaphoriquement coupé les doigts parce que je faisais du piratage... tu te souviens ?

Heureusement, ils avaient été capables d'y arriver légalement avant que la piste se refroidisse. Carter ne voulait pas passer par ça une nouvelle fois. La situation lui avait pratiquement coûté son badge.

— Nous avons accès à ce site pour le moment, mais je ne sais pas combien de temps cela durera. Ces sites doivent imposer une date d'expiration et un changement régulier du mot de passe afin d'assurer la continuité de la vie privée de leur petit monde de déviants.

— Très bien, mais avons-nous assez pour mettre notre propre déviant hors service de façon permanente ?

— Sans aucun doute. Laisse-moi rassembler tout ça et enregistrer légalement les preuves. Pourrais-tu appeler le capitaine et le faire descendre ici afin qu'il voie ça ?

— Tu veux qu'il vienne ici ? demanda Red, incrédule.

— Je ne peux pas vraiment tout lui apporter. Il descend ici de temps en temps et cela a le potentiel d'être un énorme dossier.

— D'accord, répondit Red en se levant de sa chaise.

Carter retourna au travail, rassemblant la piste de fichier de l'ordinateur qu'il avait jusqu'au site internet. Il téléchargea aussi les fichiers que Byron avait mis en ligne sur un segment sécurisé. Il s'assura vraiment de n'ouvrir aucun des fichiers. La dernière chose dont il avait besoin était de voir plus de cette saleté. Le seul fait d'apercevoir Alex être battu le mettait dans un état entre la rage et lui donnait envie de vomir. Il laissa la rage prendre le dessus, supposant qu'il pouvait vomir plus tard, quand il serait seul.

— Schunk, on m'a dit que vous aviez trouvé quelque chose, dit le capitaine alors qu'il entrait nonchalamment dans le petit domaine de Carter.

— Oui. J'ai toute la documentation que nous pouvons utiliser pour mettre en examen Harker, mais j'ai aussi eu accès à un site avec des milliers de fichiers. Ils sont liés à des personnes partout à travers le pays et possiblement à travers le monde. Je pense que nous ne faisons pas le poids pour ce dossier.

Carter expliqua tout ce qu'il avait trouvé et comment il l'avait obtenu. Il lui montra aussi un extrait de ce que c'était, spécifiquement ce que Harker avait mis en ligne. Il refusa d'ouvrir le fichier avec Alex et pensa même un temps de carrément l'effacer. Pas qu'il n'y avait pas d'autre copie, mais…

— Très bien. Assurez-vous que nous avons tout ce dont nous avons besoin et que notre dossier soit irréfutable. Je ne veux pas que quoi que ce soit interfère avec ce que nous avons là, puis je passerais quelques coups de fil.

Carter passa l'heure suivante à compléter la documentation et à faire des notes détaillées d'où il avait trouvé les autres fichiers. Puis il déplaça les copies de tout ce qu'avait mis en ligne Harker sur un disque dur qu'il s'était assuré d'être sécurisé avec un historique complet de la piste électronique pour chaque fichier. Quand il eut fini, il envoya son rapport au capitaine, sécurisa le disque dur de Harker dans la pièce de stockage des preuves, puis quitta le poste de police.

Aussitôt qu'il fit un pas dehors dans la chaleur de l'été et du soleil, il prit une profonde inspiration, laissant aller la pestilence du travail qu'il venait de faire. Puis Carter alla à sa voiture et conduisit jusque chez lui. Arrivé, il se dirigea directement sous la douche pour essayer de laver les résidus de ce qu'il avait été obligé de voir. Il se sentait sale, et même après s'être frotté pendant dix minutes, cela ne voulait pas partir. Plus que tout, il souhaitait pouvoir effacer de son esprit cette image du petit Alex battu. Il en avait vu moins d'une minute, mais c'était plus que ce qu'il avait besoin de voir de sa vie. Il frotta plus fortement et laissa finalement tomber. La tâche qu'il ressentait n'était pas à l'extérieur, mais dans son esprit, et rien ne pourrait l'effacer. Il éteignit l'eau, se sécha puis quitta la salle de bain.

Son appartement était petit et se dressait au-dessus d'un des magasins de la rue principale de Carlisle. Il adorait ça. Les gens qui tenaient la boutique d'antiquité en dessous étaient aussi propriétaires du bâtiment. Ils étaient gentils avec lui et gardaient le bâtiment dans un état remarquable. Il avait un petit salon, une cuisine, une chambre et une salle de bain. Tout l'appartement avait été rénové juste avant qu'il emménage, donc c'était propre et lumineux.

Aussitôt qu'il fut habillé et qu'il eut rassemblé des affaires, il quitta l'appartement et marcha deux pâtés de maisons jusqu'à celle de Donald. Il s'arrêta devant la porte d'entrée, leva la main et frappa. Que faisait-il ici ? Depuis qu'il avait quitté le poste, il n'avait pensé à rien d'autre que de revenir chez Donald. Bien sûr, il savait qu'une part de lui voulait voir Alex. Le petit garçon était quelque chose, et il avait besoin de quelqu'un pour aider à atténuer le choc des nouvelles qu'ils avaient à lui dire. Mais une part de lui – la part excitée et apeurée que Carter ne voulait pas vraiment reconnaître – voulait voir Donald. Pourquoi diable le voulait-il, il n'en avait aucune idée. L'homme n'avait pas écopé du surnom de Glaçon pour rien, et Carter avait déjà eu un avant-goût de cette froideur.

Mais il avait aussi ressenti la passion. Leur week-end ensemble avait été époustouflant. Il en avait passé la plupart du temps au lit. Bon sang, il y avait eu des moments où Donald lui avait tellement fait perdre la tête qu'il avait été à peine capable de se rappeler quel jour c'était ou son propre prénom. D'accord, ils ne s'étaient rien promis, du moins verbalement, mais après un round de sexe moite qui les avait laissés tous les deux haletants et essayant difficilement de reprendre leur souffle, ils avaient vacillé jusque dans la cuisine, mangé un truc que Donald avait dans le réfrigérateur, puis avaient de nouveau fini dans les bras l'un de l'autre. Leurs lèvres s'étaient réunies dans un baiser qui les avait laissé meurtries. Ils s'étaient étreints jusqu'à en tomber sur le sol de la cuisine, où Carter avait attrapé Donald, enlevé son pantalon de jogging, fouillé

46

dans ses poches à la recherche d'un préservatif – Dieu merci, il était lubrifié – et puis il s'était enfoncé rapidement et durement en Donald, tous les deux criant : Donald le poussant à ne pas s'arrêter et Carter simplement en réaction à la pression et la chaleur qui était différente de tout ce qu'il avait connu.

Donald avait juré et maudit, principalement chaque fois que Carter ralentissait le rythme. Leur rapport avait été presque frénétique, comme s'ils avaient déjà été séparés trop longtemps et qu'aucun d'eux ne pouvait le supporter. Se retirer avait été indéniablement douloureux ; s'enfoncer avait été une bénédiction. Il devait avoir l'un avec l'autre, mais bon Dieu, il aurait pu s'enfoncer pour toujours et ne jamais aller assez profondément, ou faire crier Donald assez fort ou le faire supplier assez durement. Leurs orgasmes avaient fait trembler les fenêtres, ils avaient tous les deux crié de toute la force de leurs poumons. Puis, ils étaient restés allongés en tas sur le sol froid, incapable de bouger, jusqu'à ce nouveau besoin de manger, ce qu'ils firent, seulement pour ensuite remonter à l'étage, s'allonger sur le lit pour une sieste jusqu'à ce que Donald le réveille de la meilleure des manières et qu'ils reprennent leurs activités précédentes.

Carter jeta un coup d'œil autour de lui, se demandant pendant combien de temps il était resté debout ainsi. Il ferma les yeux et pria pour que son érection arrête d'essayer de se frayer un chemin hors de son pantalon. Bon Dieu, il se tenait devant la porte d'entrée de Donald, ayant l'air d'une espèce de harceleur dément, avec une érection. N'importe quel passant penserait qu'il était excité par les poignées de porte en laiton et la porte en chêne. Pas que ses souvenirs comptent pour quelque chose maintenant. Donald avait été parfaitement clair où se situait Carter, et celui-ci n'allait pas laisser Donald marteler son cœur de geek ou sa fierté une nouvelle fois. Oui, il s'en était remis et ils avaient été ensemble seulement un week-end, mais Carter s'était laissé espérer qu'il y avait plus que ça. Comment ne le pouvait-il pas après la connexion qu'ils avaient eue ? Il avait eu sa réponse assez rapidement, et Donald lui avait prouvé que son surnom lui allait bien. Carter avait été refroidi une fois… plus jamais !

Il frappa à la porte et attendit. Il entendit le bruit de pas puis Donald ouvrit la porte. Carter entra et Alex marcha vers lui. Il pouvait voir qu'Alex avait pleuré, le petit bonhomme enroula ses bras autour de ses jambes, les étreignant, et commença à pleurer.

— Ça fait une heure qu'il demande sa mère et je n'arrive pas à le faire arrêter, dit Donald. J'ai essayé de l'occuper, et cela a fonctionné pendant quelques minutes, mais…

— D'accord.

Carter prit Alex dans ses bras.

— Maman, pleurnicha-t-il. Je veux maman.

— Je sais, dit Carter d'une voix apaisante, puis il marcha vers le canapé et s'assit. Nous devons le lui dire.

Mais comment allaient-ils lui faire comprendre que sa mère était partie, que la vie qu'il a connue, aussi mauvaise qu'elle l'avait été, était finie, et que les choses ne seraient plus pareilles ? Carter essaya de comprendre comment il se sentirait, mais ne pouvait pas. Il avait eu deux parents, et la pensée d'avoir à grandir sans eux était incompréhensible pour lui. Ils n'avaient pas été parfaits, loin de là, mais ils avaient été présents autant qu'ils l'avaient pu. Alex était sur le point de savoir qu'il n'aurait jamais ça.

— Alex, M. Carter et moi avons quelque chose à te dire et nous avons besoin que tu nous écoutes. Peux-tu faire ça ? demanda Donald.

Alex l'étreignit plus fortement, Carter crut qu'il allait étouffer pendant quelques secondes.

— Alex, s'il te plaît. Nous devons te parler de ta maman, dit Donald avec une incroyable gentillesse.

Alex releva la tête et se tourna vers Donald.

— Je veux maman.

— Je sais, mais ta maman est morte.

Donald fit une pause.

— Elle vit au paradis avec les anges, où elle sera toujours heureuse et où aucun homme mauvais ne pourrait lui faire du mal à nouveau.

— Mais je veux la voir. Je veux maman, pleura Alex.

Il mit ensuite sa tête sur l'épaule de Carter, son petit corps tout tremblotant. Carter était un putain d'agent de police, entraîné pour gérer toutes les situations, mais entendre Donald dire à Alex que sa mère était morte l'ébranla fortement. La vie n'était pas juste ; elle ne l'avait jamais été, mais dire à un enfant comme Alex que sa mère était morte semblait être l'incarnation de l'injustice. Carter voulait crier et pleurer avec Alex, mais il se retint même si ses yeux se remplirent de larmes.

— Alex, appela Carter un peu plus fermement. Nous souhaitons tous les deux que nous puissions te la ramener, mais on ne peut pas. Elle est morte et elle est avec les anges. Est-ce que tu sais ce qu'ils sont ?

Alex hocha la tête contre son épaule.

— Au paradis, dit-il. Mais quand est-ce qu'elle revient ?

— Elle ne reviendra pas. Quand tu vas vivre avec les anges, tu y restes pour toujours.

— Ils doivent la rendre. C'est ma maman, exigea Alex avant de se blottir dans les bras de Carter et de se mettre à pleurer de tout son cœur.

— C'est normal de pleurer, murmura Donald. Et c'est normal que ta maman te manque.

Il prit la main de Carter dans la sienne et ils restèrent assis ensemble à essayer de réconforter un enfant en deuil. Tout ce que Carter pouvait faire c'était de tenir Alex pendant que celui-ci gémissait et pleurait pour une mère qui n'avait probablement pas été une vraie mère pour lui depuis un moment.

Finalement, Alex s'endormit de fatigue, Carter le monta à l'étage puis dans la chambre qu'il utilisait ici. Il l'allongea sur le lit et le borda avant d'avoir prudemment enlevé ses chaussures. Puis il redescendit l'escalier et rejoignit Donald dans le salon.

— Il dort pour le moment.

Donald hocha la tête de compréhension.

— Merci. As-tu été capable de trouver quelque chose pendant que tu étais au poste ? demanda Donald.

Carter ferma les yeux, repoussant les images qui lui revenaient en tête aussi vite qu'il le put.

— Oui. J'ai trouvé beaucoup de choses, et nous allons pouvoir le coincer pour de bon.

Carter jeta un coup d'œil vers l'escalier.

— Est-ce qu'Alex… ?

Carter hocha la tête.

— Il était sur une des vidéos que j'ai trouvées.

Il raffermit sa voix.

— Je sais maintenant comment Alex a eu ces marques sur son derrière. Il y avait une vidéo de lui en train d'être fessé. Cela m'a presque rendu malade de penser que quelqu'un lui faisait ça... ou à n'importe qui.

Carter serra les poings.

— L'as-tu vraiment regardé ? demanda Alex.

— Moins d'une minute. Après ça, j'étais tellement en colère que mon cœur balançait entre donner un coup de poing à l'écran ou vomir.

Carter se leva et commença à faire les cent pas.

— Si on me mettait dans une pièce avec Harker, je jure que je pourrais le battre à mort sans même y réfléchir à deux fois.

La colère monta si vite que c'était un miracle qu'il puisse encore penser clairement. Carter se tourna vers Donald, qui le fixait aussi composé et calme que si Carter lui avait dit la météo de demain.

— Est-ce que ça ne te dérange pas ? Qu'Alex ait été abusé de cette manière ? Et si quelque chose de pire lui avait été fait ?

Il se rapprocha de Donald, qui se contenta de le regarder en clignant des yeux de temps en temps.

— Merde, tu es un fils de pute froid et sans cœur.

Il se redressa et pointa du doigt l'escalier.

— Comment diable cela ne peut-il pas t'affecter ? Es-tu même humain ?

— Si, bien sûr. Mais j'ai vu des choses que tu ne pourrais même pas imaginer.

Donald se leva, fit un pas en avant pour se rapprocher.

— Comment oses-tu me juger ? Tu n'as rien vu de ce dont j'ai pu être témoin, puis un gosse croise ta route et tu es révolté.

Donald se rapprocha encore.

— Je comprends que ce qui est arrivé à Alex est triste. Que ce doux petit garçon ne mérite pas ce qui lui est arrivé. Mais pas plus que la gosse de douze ans que j'ai vue le mois dernier, dont la mère était tellement en manque de sa dose de méth qu'elle prostituait sa propre fille pour l'avoir. C'est vrai. Ou le gosse, il y a deux mois, il avait quatorze ans, et quand il a dit à son père qu'il était gay, son père a essayé de... le castrer. Dieu merci, les voisins ont appelé la police et tes agents sont arrivés à temps. Mais, bon sang, j'ai dû lui trouver un endroit en sécurité où il pourrait vivre avec des gens qui le comprennent et puissent l'aider.

La voix de Donald avait un côté tranchant comme un rasoir.

— Je vois des choses comme ça toute la journée, tous les jours. C'est mon travail.

Donald commença à respirer comme s'il avait couru un marathon.

— J'aide chacun de ces enfants du mieux que je peux. Je donne tout ce que je peux donner quand je suis au travail. Et va te faire foutre si je ne montre pas mes sentiments. Je ne peux pas faire ça. Je gère des centaines de dossiers par an, et si je me sens comme toi en ce moment pour chacun d'entre eux, je partirai en vrille. Bon sang, regarde-toi...

Donald fit un rapide geste de la main vers lui.

— Tu es déjà en train de tomber en morceau et...

Le souffle de Donald se coupa et il s'interrompit en milieu de phrase.

— Sais-tu à combien d'enfants j'ai dû annoncer que leur mère ou leur père était mort ? En incluant aujourd'hui, trente-six. Trente-six, putain ! J'ai dû leur dire que leur vie était finie et que les choses ne seraient jamais pareilles. Moi, un parfait inconnu, laissant trente-six enfants savoir que leurs parents ne reviendraient plus jamais à la maison !

Carter regarda tandis que le visage de Donald se tordait de douleur. Il fit un pas en arrière et s'affala sur le canapé.

— Va te faire foutre, Carter. Tu ne sais rien à mon sujet ou ce que je fais chaque jour. Donc, je me fous que les gens m'appellent le Glaçon. Tu penses vraiment que je m'en soucie ?

Carter hésita un instant puis répondit :

— Oui, je pense que tout au fond, tu t'en soucies.

— Je me soucie de tous les enfants que je gère, et je fais des miracles au quotidien. Mais que penses-tu que ces trente-six enfants se souviennent à mon sujet ? Que je leur ai trouvé une maison et que je me suis arrangé afin que certains d'entre eux sortent du système des maisons d'accueil et que je leur aie trouvé des familles adoptives permanentes ? Non. Ils se souviennent de moi comme étant celui qui leur a dit que maman ou papa n'allait plus jamais rentrer à la maison. Donc qui diable es-tu pour me dire comment je gère tout ça ?

Donald se leva d'un bond.

— Je vais répondre à cette question pour toi. Tu n'es personne. Jusqu'à ce que tu voies les visages de ces enfants tous les jours, tu ne sais rien.

Il donna un petit coup du doigt sur le torse de Carter et celui-ci lui attrapa la main.

— Personne ne sait l'enfer par lequel je passe, et si je dois être froid ou un peu distant pour traverser certains de mes jours, je pense que je l'ai sacrément mérité.

Carter n'avait aucune idée de quoi répondre. Il n'y avait jamais réellement pensé. Bon sang, il pensait que Donald était simplement un batard sans cœur. Mais tout était-il un mécanisme de défense ?

— Alors pourquoi fais-tu ce genre de métier si c'est si dur pour toi ?

Alex appela depuis le haut de l'escalier, et Carter se leva, heureux de la distraction. Le regard noir de Donald le suivit jusqu'aux marches ; il le sentait sur son dos comme un rayon laser.

— Descend, bonhomme. Tu n'as pas à rester là-haut si tu n'es pas fatigué.

Carter pouvait dire à la façon dont Alex se frottait les yeux et bâilla qu'il était épuisé, mais il n'y avait aucune raison de le forcer à dormir. Il prit la main d'Alex et le dirigea dans le salon, où il grimpa sur les genoux de Carter aussitôt que celui-ci s'assit.

— J'ai de la glace si tu en veux un peu, proposa Donald, mais Alex ne semblait pas intéressé, ce qui était un peu choquant pour Carter.

Mais il se contenta de suivre le courant, et bientôt Alex tomba endormi dans ses bras. Carter le plaça doucement sur le canapé et Alex se blottit sur le côté.

— Je vais chercher son lapin, murmura Carter à Donald puis il monta les marches.

Il trouva le lapin sur le sol de la chambre et l'apporta en bas. Carter posa le lapin dans les bras d'Alex qui l'attira contre lui. Carter se releva et observa Alex quelques minutes puis il se tourna et rejoignit Donald dans la cuisine.

Donald lui tendit un bol de glace et lui indiqua de s'installer à la table.

— Tu n'as pas répondu à ma question, insista Carter.

Peut-être que c'était le policier en lui, mais il aimait avoir une réponse à ses questions, et il savait qu'il pouvait être un vrai bulldog pour les obtenir.

— Je voulais aider les enfants et faire une réelle différence, répondit Donald, mais Carter avait l'impression que c'était la réponse bateau que Donald donnait à tout le monde.

Il supposait que c'était tout ce qu'il allait obtenir pour le moment.

— Écoute, si tu ne veux pas rester ici, tu n'as pas à le faire. Alex va s'en sortir maintenant. Lundi, je lui trouverai une bonne famille d'accueil et je continuerai à travailler sur son dossier. Je te promets qu'il ne sera pas perdu dans le système.

— C'est ce que tu veux ? demanda Carter avant de manger un peu de glace.

— C'est ce qui va se passer. Je sais que tu t'es attaché à lui, et c'est bien, mais...

— Tu agis comme si c'était une mauvaise chose, interrompit Carter. Peut-être que je vais l'accueillir.

Donald le fixa bouche bée et secoua la tête.

— Tu ne peux pas. Il y a des règles, et pour être des parents d'accueil, il doit y avoir quelqu'un à la maison qui prend soin d'Alex. Que vas-tu faire quand tu seras au travail ? Tu ne peux pas le prendre avec toi. Tu vas le placer en garderie ? Il a besoin de quelqu'un qui sera là pour lui pendant qu'il fait le deuil de sa mère. Je sais que tu veux que ce soit toi...

— Et que toi, tu ne peux pas attendre de t'en débarrasser et le balancer quelque part dans le système, le contra Carter.

Oui c'était probablement un coup bas, mais les mots étaient sortis de sa bouche avant qu'il puisse les arrêter.

Le regard de Donald se durcit.

— Alex est un seul enfant, et lundi, il y en aura d'autres qui auront besoin d'être pris en charge. Il n'est pas le seul que j'ai à gérer. Il est simplement celui que tu m'as poussé à prendre chez moi et m'en occuper pour un week-end.

— Donc tu as simplement fait ça à cause de moi ? Le type que tu as baisé pendant un week-end et puis que tu as ignoré.

Carter écarta son bol.

— Qu'est-ce que tu attends de moi ? demanda Donald, sa voix se cassant légèrement.

— La vérité, répliqua Carter.

— La vérité… d'accord. La vérité, c'est que j'adorerais être capable de prendre chaque enfant qui croise ma route. Ils ressemblent tous un peu à Alex d'une certaine manière. Ce sont des enfants à qui il est arrivé les pires choses possible. J'aimerais être capable de résoudre tous leurs problèmes. Bon sang, j'adorerais pouvoir ramener leurs parents d'entre les morts ou effacer instantanément l'addiction qui ruine la vie de leur mère ou de leur père, et leur faire voir ce qu'ils font subir à leurs enfants. Mais je ne peux pas.

Donald garda sa voix basse, mais la douleur qui en transpirait surprit Carter. Puis la seconde d'après, c'était parti.

— Donc je dois suivre les règles et travailler avec le système. Tu le dois aussi. Si tu les enfreins, alors les criminels sont libres. Si je les enfreins, alors les gens qui se soucient des enfants comme Alex n'obtiennent pas l'argent dont ils ont besoin pour fournir des foyers temporaires ou à long terme pour des enfants comme lui.

— Donc maintenant, c'est une question d'argent…

— Tu es impossible, tu sais ça ? claqua Donald.

— Pourquoi n'admets-tu pas simplement que tu te soucies d'Alex ?

— Bien sûr que je me soucie de lui, grogna Donald.

Il plaça ses deux mains sur la table et s'appuya dessus pour se mettre debout en jetant un regard noir à Carter avec assez de feu dans les yeux pour que ce dernier sente la transpiration se former et couler le long de son dos, le faisant gigoter d'inconfort. Merde, c'était sexy. Il déglutit difficilement et détourna les yeux avant de rougir comme une écrevisse. Ils parlaient d'enfants, mais énervé, Donald était définitivement excitant.

Après tout, il se souvenait de ce qui était arrivé la dernière fois qu'il avait énervé Donald.

— Je me soucie beaucoup de lui, mais je suis limité dans ce que je peux faire pour lui. Ne le vois-tu pas ?

Carter se leva, rencontrant le regard fixe de Donald. Il se pencha par-dessus la table, glissa son bras autour du cou de Donald puis se figea. Donald ne l'arrêta pas, donc il l'attira vers lui et écrasa ses lèvres sur les siennes. Il perdit presque son équilibre à cause de la petite table entre eux, mais bon sang, cela valait le coup. Donald avait le goût de chocolat, de musc et de mâle pur. Carter se souvint immédiatement de ce goût et de l'exquise pression dure de ces lèvres sur les siennes. Il rompit le baiser et fixa Donald dans les yeux.

Ce dernier gronda, mais ne s'éloigna pas de lui, donc Carter l'interrompit en l'embrassant de nouveau.

Lentement, Carter contourna la table et, une fois libéré de cet obstacle, il attira Donald dans ses bras puis le repoussa jusqu'à ce qu'il soit contre le mur de la cuisine. Bon sang, il était sexy, et les tremblements qui traversaient Donald lui envoyaient aussi des frissons.

— Je ne vois pas le même homme plus d'une fois, murmura Donald quand ils se séparèrent pour respirer.

— Est-ce que tu veux que j'arrête ? demanda Carter, préparé à devoir reculer, même s'il ondula légèrement des hanches contre la bosse dure dans le pantalon de Donald.

— Non, murmura Donald. Mais nous devons…

Il mit ses mains sur les épaules de Carter, le maintenant en place sans le repousser.

— Autrement, nous allons finir sur le sol et… mon dos n'a pas été le même pendant une semaine après la dernière fois.

Donald rougit.

— Pas plus que mon cul.

— Très bien.

Carter mit plus de distance entre eux, même si c'était la dernière chose qu'il voulait faire.

— Mais, plus tard… dit-il de sa voix la plus profonde et riche faisant frémir Donald.

Bon sang, c'était magnifique à voir et faisait du bien à son petit cœur de geek, en particulier quand Donald hocha la tête en accord, ses grands yeux écarquillés, aussi profonds et sombres que l'océan durant une tempête.

Carter retourna à la table et commença à manger sa glace qui avait fondu. Il observa Donald déambuler dans la cuisine, apparemment incapable de se poser. Carter avait de toute évidence chamboulé tous les projets émotionnels de Donald. Il était toujours en train de débattre si c'était une bonne chose ou pas quand Donald se rassit en face de lui. Carter finit de manger et emporta son bol jusqu'à l'évier. Il allait retourner à la table quand son téléphone sonna. Il y répondit rapidement, jetant un coup d'œil à travers la porte ouverte du salon où Alex dormait toujours sur le canapé.

— Bonjour, maman, salua Carter.

— Tu sais que tu peux m'appeler plus d'une fois toutes les quelques semaines. Parfois, je me demande si tu n'es pas mort quelque part dans un fossé.

— Je suis désolé.

Que diable était-il censé dire d'autre ? Il se tourna vers Donald et leva les yeux au ciel, mais il ne reçut en retour qu'un regard vraiment étrange.

— Carter, répondit doucement sa mère, tu es toujours là ? Il y a des fois, je pense que je parle à un mur.

— Désolé.

Il se détourna de Donald.

— Je suis un peu préoccupé. J'aide un ami à prendre soin d'un enfant. Il a été abusé, a perdu sa mère, et il n'y avait aucune place disponible en foyer d'accueil autre que celui du comté, donc il reste avec mon ami.

Il y eut une longue pause.

— Donc tu ne viens pas pour le dîner ?

— Merde, dit Carter. Je veux dire… mince. J'ai complètement oublié. Je suis chez Donald, et Alex est en train de dormir.

— Amène-les, proposa-t-elle.

— Maman, je ne pense pas que ce soit une bonne idée. La mère d'Alex est morte et nous avons dû le lui annoncer aujourd'hui. Il vient d'avoir cinq ans, mais il se comporte comme un enfant plus jeune parce qu'il n'a pas été bien traité ou élevé. Donc même si nous le lui avons dit, je ne pense pas qu'il ait compris, et…

— Chéri, j'ai élevé quatre enfants et je sais tout ce qu'il y a à savoir sur la perte et le chagrin. Tu te souviens quand nana est morte ? Vous étiez tous inconsolables pendant des jours. Amène-les tous les deux pour le déjeuner demain. Ton père et moi ne te voyons jamais.

Il avait l'impression que sa mère se dérobait un peu.

— D'accord. Je vais demander et je te tiens au courant dans la journée.

— N'oublie pas, répondit sa mère.

— Tu sais que j'oublie rarement les choses, la contra-t-il.

Carter ne pouvait pas se souvenir de la dernière fois où il avait oublié un des dîners de sa mère. Il comprenait pourquoi cela lui était complètement sorti de l'esprit, mais il se sentait mal à ce sujet.

— Je te rappelle bientôt et je te tiens au courant.

Il raccrocha et se tourna vers Donald.

— Comme tu l'as sans doute deviné, c'était ma mère. J'étais censé aller dîner chez mes parents ce soir, mais j'ai complètement oublié.

— Était-elle en colère ? Parce que tu peux y aller si tu le dois.

— Maman est plutôt cool. Elle a élevé quatre enfants et je ne pense pas que quoi que ce soit puisse la décontenancer. Par contre, elle a dit qu'elle aimerait nous avoir à déjeuner demain. Toi et Alex.

Donald déglutit.

— Tu veux que je rencontre ta mère ?

Carter ne put s'empêcher de glousser.

— Ce n'est pas comme si nous sortions ensemble, et ce n'est pas un énorme engagement de relation. Penses-y. Tu n'as pas à travailler demain, et cela pourrait faire du bien à Alex d'être parmi d'autres personnes.

L'image du petit garçon se cachant derrière le lit dans cette pièce sale du grenier emplit l'esprit de Carter.

— Qui sait s'il a déjà été avec d'autres enfants, et je parie que mon frère, sa femme, et leurs deux enfants seront encore là si ma mère arrive à ses fins.

— Où habitent-ils ?

— Chambersburg. Ce n'est pas très loin.

Carter jeta un œil dans l'autre pièce et vit Alex remuer.

— Cela pourrait lui faire du bien... et cela voudrait dire qu'il pourrait manger un repas fait maison.

Ça ne dérangeait pas Carter de jouer la carte de l'estomac pour obtenir ce qu'il voulait. À son avis, les hommes étaient des créatures simples. Ils voulaient généralement trois choses : la nourriture, le football, et le sexe. Bon sang, même lui était comme ça. S'il pouvait coucher avec quelqu'un tout en regardant un match de foot et en mangeant des ailerons de poulet, ça serait la perfection. Eh bien, peut-être que c'était un peu exagéré, mais la partie sur la nourriture était très important.

— Cela semble bien, dit Donald.

— C'était quand la dernière fois que tu as eu un repas fait maison ? Autre que de la part de ta mère ? demanda Carter.

À la place d'une réponse, il reçut tout d'abord un regard inexpressif.

— Je suppose que ça fait un moment.

— Ouais. Un long moment, répondit Donald doucement.

Carter se demandait si c'était du regret qu'il entendait dans sa voix.

— Donc, tu vas y réfléchir ?

— Laisse-moi appeler ma patronne et voir ce qu'elle répond. Puisqu'Alex est un pupille de l'état, je ne peux tout simplement pas l'emmener où je veux. Je te l'accorde, on ne part pas pour la Pennsylvanie, mais cette situation est déjà suffisamment différente et je préfère que quelqu'un d'autre sache ce qui se passe.

— Est-ce qu'elle sait qu'il est ici ?

— Oui. Je lui ai dit. Je suis qualifié en tant que parent d'accueil, donc il n'y a pas eu de problème avec ça. Mais je n'ai pas officiellement sa garde, donc les choses sont un peu dans l'incertitude pour le moment.

— Maman, appela Alex depuis l'autre pièce.

— Vas-y, dit Donald, mais Carter secoua la tête et prit Donald par la main.

— Je sais que tu as l'habitude d'être le méchant et de faire que qui doit être fait. Mais pas aujourd'hui. Tu vas le réconforter et être celui qui éloigne ce qui lui fait peur, parce que je dois sortir faire une course pendant une petite demi-heure.

Carter ne lui laissait pas le choix. Il arriva à installer Donald avec Alex sur les genoux avant de se précipiter à l'extérieur.

IV

DONALD S'ASSIT avec Alex sur les genoux, reniflant contre son épaule. Une fois Alex calmé, il appela sa supérieure, Karla, pour lui demander s'il pouvait emmener Alex dîner chez les parents de Carter le jour suivant.

Après avoir fini son appel, Alex le regarda et dit :

— Mais quand maman va revenir de chez les anges ?

— Elle ne reviendra pas, répondit Donald aussi gentiment que possible. Ta maman est partie et elle ne peut pas revenir.

Il se leva et, lentement, marcha dans la pièce. Alex commençait à devenir lourd, mais Donald continua à marcher et à le tenir.

— Mais il y aura des gens merveilleux qui prendront soin de toi. Je te le promets.

Il espérait que la police serait capable de trouver des membres de la famille d'Alex. Il connaissait Mifflintown, c'était une petite ville et tout le monde connaissait tout le monde, beaucoup d'entre eux étaient liés d'une manière ou d'une autre. C'était juste une question de retrouver la famille d'Alex jusqu'à ce qu'il trouve le plus proche parent. Avec un peu de chance, quelqu'un qu'Alex connaissait déjà l'attendait quelque part.

Donald arrêta de faire les cent pas lorsque l'on frappa à la porte, il se dépêcha d'aller répondre, s'attendant à ce que ce soit Carter. Quand il l'ouvrit, un agent de police en uniforme qu'il reconnaissait se tenait sur les marches du perron.

— M. Ickle.

Il acquiesça.

— Agent Smith. Je vous en prie, appelez-moi Donald, entrez.

Donald s'écarta pour le laisser passer et referma la porte derrière lui.

— Tout le monde m'appelle juste Smith, dit-il avec un sourire. Est-ce que le petit bonhomme va bien ?

— Oui. Nous lui avons dit pour sa mère il y a peu de temps, et il a du mal.

Alex releva la tête de façon à pouvoir voir ce qui se passait, mais il s'agrippa fortement à Donald qui trouva cela réconfortant d'une étrange manière.

— Eh bien, nous avons fait des recherches sur sa famille. Sa mère était enfant unique, et elle s'est apparemment enfuie de chez elle après le lycée.

Donald lui offrit un siège pour s'assoir, mais Smith secoua la tête de refus.

— Ses grands-parents sont morts il y a quelques années. Il y a probablement des membres de la famille plus éloignés, et la police de Mifflintown a dit qu'ils essaieront d'aider…

— Mais les plus proches parents, ceux qui auraient pu intervenir, ne sont pas là.

Donald connaissait bien la marche à suivre.

— Qu'en est-il de sa dépouille ?

— Elle va être rendue à l'état et elle sera probablement incinérée, répondit Smith.

Heureusement, Alex semblait faire peu attention à ce qui se passait et se reposait simplement dans les bras de Donald avec la tête sur son épaule.

— Donc, en gros, tout du moins pour le moment…

— Il serait préférable qu'il reste sous vos soins, continua Smith.

— Mince, dit Donald doucement. J'espérais vraiment pour quelque chose de mieux.

Il savait que Carter serait également contrarié par ces nouvelles.

— Je dois y retourner, mais je voulais passer et vous faire savoir ce que nous avions jusqu'à présent en ce qui concerne le petit gars.

— Qu'en est-il de Harker ?

— Non, gémit Alex en commençant à pleurer. Pas de fessées, je suis pas méchant. Je suis sage.

Puis il se mit à pleurer de plus belle tout en frottant son derrière comme s'il lui faisait mal.

— J'ai entendu parler des vidéos.

Smith secoua la tête.

— Nous avons assez pour l'inculper et le faire enfermer pendant un long moment. Plus nous obtenons d'informations des vidéos et plus le procureur semble rajouter de charges d'inculpation.

Il y eut un autre coup contre la porte puis Carter l'ouvrit et entra. L'idée que Carter se sentait assez à l'aise pour simplement entrer le rendit heureux. Dieu seul savait pourquoi il se sentait de cette manière, mais c'était le cas. Carter ferma la porte du coude, portant un sac en plastique dans chaque main. Il les déposa sur le canapé puis se tourna vers l'autre agent de police.

— Qu'est-ce qui vous amène ici ? demanda Carter après avoir serré la main de son collègue.

Smith le mit au courant de la situation familiale d'Alex.

— Je vais voir ce que je peux aussi trouver.

— Il y a un inspecteur sur l'affaire. Mais nous avons en effet besoin de votre expertise. Il y a des dépôts réguliers sur le compte bancaire de Harker faits par la même personne, et nous avons besoin de les retracer. Il ne parle pas du tout et il a un avocat en béton qui le protège. Mais nous pensons qu'il a été payé pour produire ces vidéos et nous aimerions découvrir qui est derrière tout ça. Nous rassemblons toujours des informations, mais nous espérons que vous pourriez nous prêter main-forte. Le chef a demandé à ce que vous vous y mettiez lundi matin à la première heure. En attendant, nous continuons de poursuivre d'autres pistes de l'enquête.

— Je pourrais le faire maintenant, proposa Carter.

— Le chef est resté en contact avec les services sociaux, et ils sont d'accord qu'aider l'enfant de la manière dont vous le faites est la meilleure solution pour l'instant.

Smith indiqua à Carter de s'écarter, et ils discutèrent tous les deux à voix basse.

— Je dois y aller, dit Smith quand ils eurent fini.

Smith fit ses adieux et Carter ouvrit la porte pour lui puis la referma après qu'il fut parti.

— Est-ce qu'il y a un grand secret ? demanda Donald alors qu'il plaçait Alex sur le canapé.

— Pas pour toi, dit Carter en s'asseyant à côté d'Alex sur le canapé. Je t'ai acheté quelques petites choses.

Carter sortit des jouets des sacs et commença à les ouvrir. Il débuta avec un train en bois puis avec un camion et des blocs. Une petite pile s'amoncela autour d'Alex et il les fixa.

— Ils sont pour toi.

Carter remit les emballages dans les sacs et Donald les prit.

— C'est vraiment gentil de ta part, dit Donald alors qu'Alex glissait du canapé et commençait à jouer avec les blocs tout en faisant vraiment très peu de bruit.

Donald remarqua qu'il avait déjà appris à essayer d'être invisible. Il le regarda pendant quelques minutes s'amuser tout seul aussi silencieusement qu'une petite souris.

— Ce que je ne comprends pas, c'est pourquoi la recherche qu'ils veulent que tu fasses peut attendre jusqu'à lundi. Il me semble que l'information que tu pourrais fournir serait précieuse.

Il se tourna vers Carter.

— Mes compétences particulières sont seulement précieuses quand d'autres pistes ont été épuisées, répondit Carter. Le chef est un agent de police traditionnel. Il croit qu'on obtient des réponses en battant le pavé, en parlant avec des témoins et même grâce à l'intuition, mais faire des recherches par ordinateur comme je le fais… il vient à moi seulement en dernier ressort. C'est sa façon habituelle de faire les choses.

Carter haussa les épaules.

— Ma vie au travail est très différente de ce que tu peux voir à la télévision. Je résous des enquêtes et aide à trouver de nouvelles pistes dans des enquêtes, mais mon travail n'est pas particulièrement précieux. C'est pourquoi je voulais une occasion de faire du travail sur le terrain.

Donald se détourna d'Alex.

— Je ne comprends pas.

— Je suis le geek de la station. Ne te fais pas de mauvaises idées, j'aime ce que je fais et j'aime être un agent de police. Il n'y a rien de plus gratifiant que de creuser une affaire et trouver des informations que personne n'aurait pu trouver parce que je peux rassembler différentes pièces de données qui semblent ne pas être liées et trouver une connexion.

L'expression de Carter s'illumina et ses yeux étincelèrent de l'intérieur. Cela le rendit incroyablement attirant.

— Tu n'as jamais ressemblé à un geek, mis à part pour tes lunettes.

— J'ai toujours ressemblé à un geek. À l'école j'étais un super geek : club de maths, bon dans mes études, le gosse le plus probable d'être enfermé dans un casier. Mais d'aussi longtemps que je me souvienne, j'ai toujours voulu devenir policier. Donc je suis allé à l'académie de police, j'ai rempli les conditions physiques requises en travaillant dur et en étant déterminé, puis j'ai eu un travail dans la police ici. Seulement pour être étiqueté de geek une nouvelle fois et relégué avec mes ordinateurs au sous-sol, où ils mettent toutes les autres choses dont ils ne savent pas quoi faire. Quand ma requête pour un changement de poste a été approuvée, j'espérais qu'ils en viendraient à me voir en tant qu'agent comme tous les autres, mais je suppose que non. Ils m'ont juste donné satisfaction, et mis à part quelques exceptions, je suis seulement le gars des ordinateurs du poste.

Donald ne savait pas quoi dire. Il n'avait jamais vu Carter de cette façon. C'était un bel homme avec des yeux incroyables et – Donald commençait à le réaliser – un grand cœur.

— Je suis désolé.

Il jeta un œil à Alex puis regarda de nouveau Carter.

— J'ai parlé avec ma patronne, et elle ne voit rien de mal à ce qu'Alex et moi allions manger chez ta mère demain, donc si l'invitation tient toujours, je pense que nous aimerions tous les deux y aller.

Donald déglutit et se détourna une nouvelle fois. Il détestait se sentir vulnérable, et c'était exactement ce qui le submergeait par vague en ce moment. Carter était un homme tellement gentil. Bien sûr, pendant leur week-end ensemble, ils avaient eu beaucoup de plaisir, mais cela avait été juste du sexe… du moins, cela l'avait été à ce moment-là.

Il pouvait sentir son cœur s'engager, une douce chaleur le parcourir. Il soupira doucement et se détourna d'Alex et Carter. Il marcha lentement jusqu'à la cuisine et ouvrit le robinet d'eau froide. Il remplit un verre, ajouta des glaçons puis attendit que l'eau refroidisse avant de boire comme un homme ivre descendrait de l'alcool pur.

La fraîcheur descendit le long de sa gorge et finit dans son estomac. Ça, c'était un sentiment qu'il comprenait. Il n'allait pas laisser Alex ou Carter passer à travers ses défenses soigneusement érigées. Il n'avait longtemps compté que sur lui-même et il avait appris qu'il ne pouvait compter sur personne d'autre. Cette leçon avait été foré en lui par la vie à mainte et mainte reprises, et il allait sacrément s'assurer de ne pas l'oublier maintenant.

Des rires lui parvinrent dans la cuisine, des gloussements aigus qui s'élevaient, mourraient pour de nouveau s'élever dans la maison. Donald s'éloigna de l'évier et suivit les rires comme le chant d'une sirène. Alex était allongé sur le sol avec Carter le chatouillant. Les gloussements remplissaient la maison de joie de vivre, et Donald sourit. Il essaya de se rappeler la dernière fois qu'il y avait eu des rires de cette sorte dans la maison. Sa vie n'en était pas une qui incluait énormément de rires. Son travail n'inspirait certainement pas des rires de cette nature.

Mais sa vie était sûre, et c'était la chose la plus importante. Les rires, il pouvait vivre sans, et leur absence était un petit prix à payer pour garder l'agitation, l'inquiétude, la déception et le désespoir éloignés. Ils avaient été ses compagnons pendant bien trop longtemps et une fois qu'ils les avaient mis derrière lui, il avait fait le vœu de ne jamais les laisser devenir à nouveau une part permanente de sa vie. Donald ne pouvait laisser cela arriver, sous aucune condition.

— Viens, regarde ce qu'Alex a construit, l'appela Carter.

Donald les rejoignit dans le salon. Une tour de blocs aussi grande qu'Alex s'élevait sur le sol en bois. Il fit un large sourire. La chose paraissait prête à s'effondrer à tout instant, mais Alex semblait fier de sa construction.

— OK, dit Carter, et Alex baissa les bras, poussant la tour.

Les blocs claquèrent sur le sol, faisant tout un tapage. Alex rit et commença immédiatement à rassembler les blocs et à construire une autre tour.

Celle-ci s'effondra d'elle-même.

— Regarde Alex. Si tu mets les blocs comme ça, dit Donald tout en plaçant prudemment les blocs afin de les aligner les uns avec les autres. Ils ne tomberont pas aussi facilement.

Alex l'imita immédiatement et aligna les blocs très proches des uns des autres.

— C'est ça.

— Je la construis haute.

Il se précipita pour prendre les blocs qui étaient tombés le plus loin et les ajouta à la tour.

— J'ai pensé que nous pourrions commander une pizza pour le dîner si ça te va, dit Carter. J'ai eu l'occasion de goûter à ta cuisine et…

— Ce serait bien, répondit Donald.

— Tu joues aussi, ordonna Alex en le pointant du doigt.

Il s'assit sur le sol et observa Alex alors qu'il faisait s'effondrer la tour une nouvelle fois puis se dépêchait de rassembler les blocs éparpillés.

— Il ne veut pas être seul, dit Carter alors qu'il attrapait un bloc. Je sais que cela parait étrange pour nous… mais il finira par comprendre.

— Quoi ? demanda Alex tandis qu'il commençait à empiler les blocs.

— Rien, bonhomme, répondit Carter en lui tendant un bloc. Je vais commander la pizza. Pourquoi ne continuez-vous pas à jouer pendant ce temps-là ?

Carter se leva et alla dans la cuisine. Donald l'entendit passer la commande au téléphone.

— Regarde, dit Alex, attirant son attention sur la tour nouvellement reconstruite.

Donald n'avait même pas réalisé qu'il était en train d'observer la manière dont le jean de Carter enveloppait ses hanches étroites jusqu'à ce qu'Alex l'appelle.

— Est-ce que tu es prêt à la faire tomber ?

Donald fit des bruits de tremblement de terre et secoua Alex légèrement. Il gloussa et donna un coup dans la tour. Puis Donald l'attira dans ses bras, le tenant contre lui pendant qu'il riait tous les deux.

— La pizza sera là dans une demi-heure.

Carter s'assit sur le sol avec eux, et ils construisirent beaucoup de tours, toutes trouvant leur fin sous les mains de Godzilla Alex, jusqu'à ce que la pizza arrive.

Alex ne semblait pas savoir ce qu'était une pizza quand ils l'assirent à la table. Il la poussa du doigt et la renifla, fronçant tout d'abord du nez. Mais quand il vit Carter prendre une bouchée, il mangea jusqu'à ce qu'il semble prêt à éclater.

— Pourquoi tu n'irais pas jouer un peu ? dit Carter pendant qu'il essuyait les mains et le visage d'Alex une fois qu'il eut fini de manger.

Le petit garçon glissa de la chaise et courut dans l'autre pièce.

— Ça me tue de le voir manger comme s'il ne croyait pas qu'il pourrait manger de nouveau.

Donald hocha la tête en accord.

— Cela partira, mais ça prendra du temps. Son esprit et son corps ont besoin de construire la certitude que la nourriture sera toujours là quand il en a besoin.

Donald jeta un coup d'œil dans l'autre pièce. Alex faisait rouler le petit camion que Carter lui avait acheté sur le sol autour de lui. La plupart des enfants auraient fait des bruits de moteur, mais Alex était silencieux.

— Il est tellement discret.

— C'est le résultat de la manière dont il a été traité. Je suppose qu'il était puni pour être bruyant, et Dieu seul sait quoi d'autre lui a été fait.

— Peut-être que nous pouvons le lui demander, suggéra Carter. Il a dit être effrayé de méchants hommes. Tu te souviens ? J'aimerais lui demander ce que les méchants hommes lui ont fait. Cela pourrait l'aider à mettre des mots sur ce qui se passe dans sa tête. Cela pourrait aussi nous aider à deviner qui était derrière tout ça.

— Tu penses qu'il a vu les autres hommes à un moment donné ? demanda Donald, pensant que c'était un peu poussé.

Si ce qu'on lui avait dit était juste, alors retracer l'argent semblait être le moyen le plus probable de le retrouver.

— Les gens ne font pas attention aux enfants quand ils sont dans la pièce. Ils pensent qu'ils n'entendent pas ou ne comprennent pas ce qu'ils disent. Et les adultes seront particulièrement susceptibles d'ignorer quelqu'un d'aussi petit qu'Alex. Donc peut-être qu'il a vu ce type, ou peut-être qu'il a entendu Harker parler au téléphone, je ne sais pas. Mais, j'espérais que tu pourrais me donner quelques indications sur la manière de lui en parler.

Donald reporta hâtivement son regard sur Alex.

— Tu veux mon aide ? Les policiers que je connais... bon sang, la dernière fois que j'ai eu un de mes enfants interrogés par la police, je suis devenu le méchant de l'histoire parce que je n'autorisais pas la plupart de ses questions.

Donald s'attendait toujours à ce que le super flic qu'il voyait parfois en Carter ressorte. De l'avis de Donald, Carter était un mélange intéressant. C'était un policier, et Donald voyait ces traits en lui – la prise de décision, le pouvoir, l'habilité d'obtenir ce qu'il voulait. Mais il voyait aussi le geek, l'homme disposé à demander de l'aide. Parfois, il avait du mal à joindre les deux parts.

— Bien sûr que je veux ton aide. Je dois être capable de le faire sans effrayer Alex. Il s'est réveillé en criant la nuit dernière parce qu'il avait peur des mauvais hommes.

— Et ça se reproduira sans doute encore ce soir. Son petit esprit va rejouer toutes les choses dont il a peur.

Donald jeta un œil dans l'autre pièce pour ce qu'il semblait être la millionième fois.

— C'est naturel pour lui, et même s'il a eu un jour plutôt bon, toutes choses considérées, il aura probablement une rude nuit. Le deuil de sa mère finira par le rattraper.

— Donc, quand penses-tu que je devrais lui parler ? demanda Carter.

Donald y réfléchit un moment.

— Tu sauras quand c'est le bon moment. Cela arrivera simplement, tu poseras tes questions et il y répondra. Simplement, n'y pense pas comme un interrogatoire.

Donald s'arrêta une seconde.

— Quand tu le lui demanderas, pense à toi-même comme un parent. Sois gentil, garde ta voix douce, et essaie de l'amadouer pour avoir des réponses. Aussi, ne sois pas surpris si en parler l'effraie. On lui a probablement répété plusieurs fois qu'il ne devait jamais parler de ces choses-là. Qu'il était un mauvais garçon et que ce qui lui était fait était entièrement de sa faute. Les agresseurs sont très bons pour faire croire aux enfants que l'abus est le résultat de quelque chose qu'ils ont fait. C'est la façon dont ils maintiennent leur pouvoir et sans ça, l'abus ne peut pas se produire.

— D'accord. Est-ce que tu dois être présent ?

— Quand tu lui parleras, je ne serai pas loin, mais à deux contre un, ça ne sera pas productif. Si tu veux qu'il réponde à tes questions, tu dois être gentil et attentionné… sois simplement toi-même. Mais tu devras t'assurer que je puisse écouter, pour sa protection.

— Tu sais que je ne blesserai jamais Alex, dit Carter un peu plus fort que nécessaire.

— Je sais. Mais c'est pour ta protection aussi. Tu essaies d'avoir des informations que tu pourras utiliser dans une enquête de police, donc nous devons suivre les règles, et un enfant n'est jamais interrogé sans un représentant légal. À cet instant, c'est moi son représentant. Tu le sais, tu es juste un petit peu trop proche de la situation.

— D'accord, soupira Carter. Nous devrions nous assurer qu'il prenne son bain puis lui mettre son pyjama. La nuit dernière a été dure, et je suis d'accord, ce soir va probablement être une répétition.

— Allez, Alex, appela Donald. C'est l'heure de prendre ton bain et de te mettre en pyjama.

Alex l'ignora et continua de jouer avec ses blocs. Il construisit une tour et la fit s'écrouler. Puis il resta immobile, regardant timidement vers Donald, avant de se lever et de se diriger vers l'arrière du canapé une nouvelle fois. Donald empêcha Carter d'aller le chercher.

— Alex. Tu n'es pas en difficulté et tu n'as rien fait de mal. Donc, sors de derrière le canapé et ramasse tes blocs. Puis nous allons monter et tu pourras prendre ton bain et mettre ton pyjama. Tu pourras redescendre et jouer un peu plus longtemps après.

— Promis ? demanda Alex sans sortir.

— Oui. M. Carter et moi, nous ne te ferons jamais de mal.

Donald resta immobile et attendit. Finalement, Alex sortit sa tête de derrière le canapé puis s'en éloigna. Donald tendit la main et attendit qu'Alex la prenne. Puis, ils rassemblèrent les blocs ensemble et il dirigea Alex vers l'escalier.

DEUX HEURES plus tard, après le bain, un encas, et plus de tours qui s'écroulent sur le sol, Carter mit Alex au lit. Il lui avait acheté un livre avec les jouets et était maintenant assis avec Alex dans les bras, lui lisant *Georges le petit curieux*. Cette vision fit monter les larmes aux yeux de Donald alors qu'il se demandait quand était la dernière fois qu'Alex avait eu quelqu'un lui lire une histoire avant de se coucher, si cela avait même déjà été le cas. Maintenant, Alex dormait dans son lit, serrant son lapin.

— C'était génial la manière dont tu as géré la situation quand il se cachait, murmura Carter derrière lui.

Donald se tendit un peu tandis que Carter glissait ses bras autour de sa taille puis il se détendit, s'appuyant contre lui.

— Carter... commença Carter.

Il voulait lui rappeler que les choses n'avaient pas changé entre eux. Mais bon sang, il ne put que se taire quand Carter glissa une main sous sa chemise puis caressa son ventre en faisant de petits cercles. Le niveau d'excitation de Donald passa de zéro à stratosphérique en à peine quelques secondes, et il laissa Carter l'attirer plus près de lui et l'éloigner de la chambre d'Alex.

— Tu feras un père formidable, murmura Carter, puis il suçota le lobe de son oreille droite.

Donald ferma les yeux, inspirant profondément, emplissant ses narines de l'odeur profonde et presque boisée de Carter. Il se souvint de la dernière fois où ils avaient été ensemble et cela le ramena immédiatement au présent.

— Ne parlons pas de ça maintenant.

Donald se retourna lentement. Carter lui avait fait une promesse plus tôt dans la journée. À ce moment-là, Donald avait été submergé, et il n'était pas certain que ce soit une bonne idée, mais Carter continua de le pousser vers l'arrière, accroissant l'énergie dans ses baisers avec chacun de ses pas jusqu'à ce qu'ils soient dans la chambre de Donald avec la porte fermée et verrouillée.

— De quoi veux-tu parler ? demanda Carter.

Donald gémit quand celui-ci lui enleva sa chemise et la jeta plus loin. Puis il fit courir ses mains chaudes, fortes et confiantes le long de son dos avant d'agripper fermement ses fesses.

— Nous pouvons parler du fait que tu sois si ferme… continua-t-il d'une voix basse.

Carter glissa une main à l'arrière de son jean, aussi audacieux et osé que possible. Donald frissonna tandis que Carter glissait un doigt entre ses fesses, tapotant légèrement son entrée.

— À quel point tu aimes ça !

Carter suçota de nouveau son oreille.

— Je peux te sentir tressaillir pour moi. Tu le veux tellement que tu peux à peine le supporter.

Le souffle chaud de Carter sur son oreille moite le rendait fou.

— Carter… Mon Dieu…

Il s'écarta et Carter tira sur sa ceinture, l'ouvrit puis enleva les boutons de sa braguette.

— Bon sang, j'adore le son étouffé de tes boutons qui cèdent pour moi.

Les jambes de Donald vibrèrent puis tremblèrent franchement quand Carter poussa sur le côté la ceinture de son boxer et prit en main son érection, l'agrippant fermement, la caressant résolument. Donald ondula des hanches, faisant bouger son érection dans la main de Carter et quand il recommença, Carter appuya un doigt sur son entrée.

Carter semblait savoir exactement combien donner et quand se retirer. Donald avait été stimulé jusqu'à en jouir quand Carter calma les choses. Il ne s'écarta pas, mais il empêcha Donald de jouir. Puis, avant qu'il le sache, Donald s'effondra sur le lit, rebondissant tandis que Carter s'avançait vers lui d'une manière très prédatrice. Bon Dieu, cet homme était un animal : féroce, sauvage et pourtant avec assez de contrôle pour donner à Donald ce qu'il voulait.

Carter tira sur son jean et ses sous-vêtements, les jetant sur le sol.

— Mon Dieu, j'aime te voir ainsi.

Carter gronda presque alors qu'il s'avançait à quatre pattes entre les jambes de Donald puis abaissait la tête pour lécher toute la longueur de son membre douloureux. Donald grogna et son érection tressauta vers

Carter, le voulant ; il avait besoin de plus. Mais Carter allait lentement, remontant le long du corps de Donald jusqu'à ce qu'il puisse lécher et sucer un téton tandis qu'il remontait les bras de Donald au-dessus de sa tête. Nu, exposé, le désirant. Carter s'arrêta, le regard fixé sur le sien.

— Il n'y a rien ni personne de plus sexy dans le monde que toi à cet instant.

— Oh, mon Dieu, gémit Donald.

— Je ne mens jamais, et tu es incroyable. Je veux te mettre sur le ventre et me glisser en toi pour toujours.

Donald frissonna tandis que ces mots retentissaient dans son esprit. Bon sang, il se tournait déjà sur le ventre lorsque Carter l'arrêta. Tout en faisant se rencontrer leur regard, Carter enleva son haut, et Donald tendit les mains, les faisant courir sur l'étendue plate du torse de Carter. Putain, il aimait cette force.

— Il n'y a pas de geek ici, dit-il.

Il fit courir ses pouces sur tétons de Carter et se délecta de la façon dont ses muscles ondulèrent sous ses mains. C'est lui qui faisait cela à Carter, rendant ses pecs tremblants et se contractant.

Il voulait Carter nu, tout comme il l'était, mais celui-ci semblait vouloir prendre son temps, et Donald n'allait pas argumenter ou se battre. Tellement de ses relations sexuelles avaient été rapides et insatisfaisantes, mais Carter avait été tout sauf cela la dernière fois qu'ils avaient été ensemble.

Carter l'embrassa, prenant possession de sa bouche. Donald referma ses bras autour de lui et ils roulèrent sur le lit, Donald regardant vers le bas, fixant son regard dans celui de Carter. Comment diable avait-il pu rater ces yeux ? Ils étaient d'un brun chaleureux, et à cet instant, ils brillaient en le regardant. Carter plaça ses mains derrière sa tête.

— Tu m'as rien que pour toi. Que prévois-tu de faire avec moi ?

Donald voulait le frapper pour enlever ce sourire en coin de son visage, mais il choisit de l'embrasser à la place.

— Tu es très sûr de toi.

Carter caressa la joue de Donald, un geste doux couplé avec la rugosité de ses mains.

— Je te veux Donald. Je vois la manière dont tu me regardes.

Donald tourna la tête, mais Carter toucha son menton, ramenant son regard dans le sien.

— Ne sais-tu pas que je te regarde de la même manière ?

Avec le touché le plus doux possible, Carter fit se rejoindre leurs lèvres. L'essence même de Donald criait pour obtenir plus, mais Carter gardait le contact léger, lui permettant de goûter et savourer. Ses lèvres étaient parfaites, et bon sang, Carter savait comment embrasser, avec des lèvres fermes et moites qui prenaient autant qu'elles donnaient. Donald le voulait, tellement. Mais il garda une distance mentale. Il le devait.

Ce serait facile de se laisser perdre dans le moment, et lorsque cela arrivait, il s'oubliait lui-même, ses défenses s'effondraient et c'était fini. Il serait complètement mis à nu, totalement exposé à Carter, puis, comme tant de fois auparavant, quand cela compterait le plus, ce qu'il voulait lui serait pris et il n'aurait plus rien.

— Hé, murmura Carter. Ne te retire pas. Je peux te sentir le faire. Maintenant, c'est juste toi et moi. C'est tout ce que je veux. Juste toi.

Carter l'embrassa à nouveau, prenant possession de sa bouche avec sa langue, et Donald était complètement fichu. Il essaya de se retenir, mais c'était trop et Carter le submergeait. Tout ce qu'il pouvait faire, c'était s'accrocher comme si sa vie en dépendait.

— C'est ça.

Carter l'embrassa une nouvelle fois puis traça un chemin humide et brûlant du bout de la langue le long de son cou. Donald s'étira et releva le menton, lui donnant plus d'accès, voulant tout ce qu'il était disposé à lui donner. Il ramasserait les morceaux plus tard.

Donald grogna et Carter suçota son torse, taquinant un téton avec sa langue et ses lèvres jusqu'à ce que la tête de Donald roule d'avant en arrière sur l'oreiller et finisse par immobiliser la tête de Carter pour stopper les sensations. Chaque toucher sur l'autre créait de petites ondes se répandant dans le corps. Sauf que dans son cas, ils grandissaient et grossissaient en de grandes vagues qui menaçaient de le submerger.

— Carter, bon sang ! s'exclama-t-il le souffle coupé.

Carter eut un petit rire et eut pitié de lui. Il se déplaça plus bas, puis lécha de bas en haut son érection avant de souffler sur la peau mouillée, envoyant des vagues de désir dans tout son corps. Donald déglutit difficilement, haletant et gémissant tandis qu'il essayait de ne pas crier sa délicieuse frustration de toute la force de ses poumons. Finalement, Carter ouvrit les lèvres et après s'être assuré qu'il avait toute l'attention de son compagnon, il le prit lentement dans sa bouche.

Donald rejeta la tête en arrière, les bras écartés sur les côtés alors qu'il se donnait complètement à la chaude sensation autour de lui. Ceci était ce dont il se souvenait de la dernière fois qu'ils avaient été ensemble. Personne ne lui avait jamais fait vouloir quelque chose aussi fort et le retenir jusqu'au point où il en devenait presque fou, puis le lui donnait au moment où il en avait le plus besoin, comme Carter semblait pouvoir le faire. Ce dernier connaissait les limites de Donald et l'y poussait avant de lui donner une récompense qui lui faisait perdre la tête.

Carter le suça plus profondément, prenant toute la longueur de son érection dans sa bouche et le maintint au fond de sa gorge dans une démonstration de contrôle presque hors pair. Quand il glissa de nouveau ses lèvres vers le haut de sa hampe et le libéra, Donald relâcha le souffle qu'il retenait seulement pour voir Carter le reprendre au fond de sa gorge et lui couper complètement le souffle.

— Putain, tu es comme de la cuisine raffinée. Je n'en ai jamais assez, murmura Carter entre deux respirations avant de le rendre une nouvelle fois en bouche.

— Carter…

Donald essaya de le prévenir alors que la pression grimpait et qu'il commençait à ressentir la sensation de flottement qui annonçait un orgasme. Carter continua de le sucer, conduisant Donald de plus en plus haut. Il ferma les yeux fortement, ses jambes et ses bras tremblèrent alors qu'il se retenait aussi longtemps qu'il le pouvait, puis il tomba dans une libération bienheureuse.

La bouche de Donald s'ouvrit alors qu'il jouissait avec Carter déglutissant autour de lui, prenant tout ce qu'il avait à donner. Quand l'apogée de son orgasme fut passé, Donald resta allongé immobile sur le lit. Respirer était tout ce que son corps couvert de sueur pouvait faire.

— Est-ce que je t'ai tué ? demanda Carter d'un ton taquin.

— Non, mais pas loin.

Donald sourit tandis que le lit bougeait, Carter s'allongeant à côté de lui, peau contre peau, son pantalon et son boxer maintenant retirés.

— Mais je dois avouer, quelle belle manière de partir.

Il continua de respirer lourdement alors que Carter l'attirait contre lui, caressant son dos lentement jusqu'à ce que Donald puisse voir correctement à nouveau.

— J'avais l'impression que tu allais sucer mon cerveau hors de moi.

— Mission accomplie.

Carter l'embrassa et il put goûter sa propre salinité sur la langue de Carter tandis que celui-ci tournait Donald sur son dos, le pressant contre le matelas, sa longue et épaisse verge glissant le long de la hanche de Donald.

— Je n'ai rien à la maison, murmura Donald. Du moins, je ne pense pas.

Il se tourna vers sa table de nuit et Carter ouvrit le tiroir. Il fouilla puis se tourna vers lui avec un grand sourire, tenant un paquet arc-en-ciel. Dieu merci pour la gay pride.

— Amen à ça, murmura Carter tandis qu'il laissait tomber le paquet sur les draps.

Il se déplaça entre les jambes de Donald et les écarta avant de se pencher en avant. Ce simple mouvement amena leurs lèvres ensemble et leva les jambes de Donald dans un mouvement fluide. Tandis que Carter l'embrassait, il fit courir ses mains le long des flancs de Donald et sur ses fesses, le taquinant.

Donald enroula ses bras autour du cou de Carter, gémissant doucement tandis que ce dernier taquinait la peau sensible autour de son entrée. Quand Carter rompit leur baiser, il fit courir ses mains le long de ses jambes jusqu'à ces genoux qu'il releva, glissant son corps vers le bas.

— Qu'est-ce que tu…. ?

Donald lâcha un petit cri de surprise quand Carter lécha la peau près de son entrée. C'était tellement bon qu'il dut mettre une main devant sa bouche pour empêcher le cri qui menaçait de s'échapper.

Quand Carter arrêta son exquise torture, Donald haleta puis retint son souffle, attendant de voir ce qu'il avait ensuite à l'esprit.

— Je te veux plus que j'ai voulu qui ou quoi que ce soit.

Carter déchira l'emballage du préservatif et le roula sur son érection. Donald attendit, incapable de bouger de peur que Carter change d'avis. Puis lentement, ce dernier se pressa contre son entrée.

Il résista au début, puis comme un lever de soleil, son corps s'ouvrit et de petites lumières se formèrent derrière ses paupières tandis que Carter se glissait de plus en plus profondément en lui. Sa hampe était large, et Donald respira par la bouche pour empêcher son corps de devenir fou. Carter s'arrêta et Donald se concentra sur la relaxation de ses muscles. Puis Carter poursuivit, le remplissant d'une exquise chaleur.

Quand il commença à bouger, Donald eut un petit cri de surprise et gémit. Il se sentait tellement bien. Carter se pencha au-dessus de lui, leurs baisers brouillons, mais parfaits tandis qu'ils bougeaient ensemble. Bon sang, il aimait la façon dont Carter le remplissait encore et encore.

— As-tu la moindre idée à quel point c'est incroyable d'être en toi ? murmura Carter quand il se figea complètement, son érection palpitante à l'intérieur du corps de Donald.

Il caressa légèrement le torse de Donald.

— Tu es le paradis et le Shangri-La enveloppés en un seul.

— Non. Je suis juste moi, protesta Donald.

Il était tellement hors de contrôle qu'il avait besoin de s'ancrer d'une manière ou d'une autre.

Carter se retira avant de lentement replonger en lui. Donald haleta, et le peu de contrôle qu'il avait été capable de rassembler s'envola directement par la fenêtre. Carter bougea un peu, et quand il reprit, Donald poussa un petit cri et mit sa main devant sa bouche avant d'empêcher le hurlement de plaisir qui le submergeait, accablant et à couper le souffle. Quoi que Carter ait fait, il jouait du corps de Donald comme un délicat instrument, mélodie, harmonie et percussion tout-en-un.

Donald retira sa paume de devant sa bouche et la tendit pour attraper son érection qu'il caressa. Il avait besoin de plus, et avec chaque caresse, l'intensité augmenta.

— Comment tu fais cela ? demanda Donald.

— Quoi ?

— Me faire oublier qui je suis ?

Donald déglutit quand Carter donna un coup de hanche.

— Je ne me soucie de rien d'autre que toi.

Le monde entier semblait s'être réduit au lit, lui et Carter. Rien d'autre ne comptait, et c'était effrayant comme l'enfer, mais tout aussi libérateur et incroyable que quoi que ce soit d'autre qu'il avait pu expérimenter. Carter se rapprocha, poussant plus fort et conduisant Donald au paradis. Il s'agrippa comme si sa vie en dépendait et laissa son plaisir aux mains de Carter. Il était entre de bonnes mains. Et ces yeux bruns brillaient avec chaque mouvement, lui disant qu'au moins pour le moment, Donald était le centre même de son univers. Il aimait savoir cela – pour l'instant, il était le centre de quelque chose.

— Je veux que tu jouisses avec moi, murmura Carter. Je suis si proche que je peux le goûter, et je veux te sentir jouir autour de moi.

— J'y suis presque, gémit Donald.

— Je sais. Je peux le sentir. Tu me rends fou avec ces petits sons que tu fais et la manière dont tu trembles chaque fois que je te touche de la bonne façon.

Carter se poussa lentement et profondément en lui, conduisant Donald vers l'extase et lui arrachant les restes de son contrôle.

— J'aime la façon dont tes yeux brillent et dont ton souffle est saccadé.

Il le fit une nouvelle fois et Donald retint son souffle.

— Tu vois ? murmura Carter à son oreille. Je sais que tu es tellement proche que tu vrombis d'énergie. Je peux te lire comme un livre ouvert, et c'est un putain de best-seller.

— Carter… Je…

Il se caressa plus vite et plus durement, désespéré pour cette dernière sensation.

— Ouais. Je suis juste là avec toi, alors laisse-toi aller. Abandonne-toi pour moi.

L'énergie parcourut son corps, et Donald se caressa, s'agrippant fermement tandis que son orgasme courait en lui. Il sentit Carter s'immobiliser puis pulser en lui. Donald ne bougea pas, et Carter non plus. Ils restèrent ainsi, leurs regards s'accrochant comme s'ils étaient sous l'influence d'un sort. Peut-être qu'il l'était. Peut-être que Carter l'avait ensorcelé, parce qu'il pouvait rester avec ce dernier presser contre lui, leurs souffles se mêlant, la sueur se déversant de leurs corps pour le reste de sa vie.

Leur corps se séparant envoya un frisson dans celui de Donald et sembla agir comme un signal pour eux deux. Carter se coucha à côté de lui et s'occupa du préservatif, le jetant puis quittant le lit pour se diriger vers la salle de bain. L'eau coula, puis Carter revint, le nettoya doucement comme s'il était fait en porcelaine de chine. Cela faisait du bien qu'on prenne soin de lui. Mais Donald refusait de s'y habituer. Carter était seulement gentil et il aimait ça, mais c'était juste pour la nuit. Les choses seraient différentes dans la matinée. Tout était toujours différent dans la lumière crue du jour.

Carter rapporta le gant de toilette et la serviette dans la salle de bain puis revint dans le lit. Il éteignit la lumière et Donald attendit de voir ce qui allait se passer. Carter roula sur le côté, étendit les bras et tira Donald contre lui.

— Tu dois arrêter de penser autant.

— Vraiment ?

— Oh oui. Tu commences à te poser des questions à propos de tout et n'importe quoi au lieu de te contenter d'être heureux.

Carter bâilla et ne le relâcha pas. Donald sombra dans le sommeil avant même qu'il sache si Carter s'endormait également.

V

CARTER SE réveilla au milieu de la nuit. Donald s'était légèrement écarté de lui, donc il fut capable de se lever sans le réveiller. L'homme était épuisé. Carter se sourit à lui-même alors qu'il se souvenait du regard vitreux de Donald tandis qu'il jouissait pour la seconde fois, comme s'il avait eu une expérience hors du corps. La pensée qu'il l'avait emmené jusque-là était incroyable pour lui. Il se tourna et l'observa dormir pendant quelques secondes, détendu et en paix, avant d'enfiler ses sous-vêtements et son pantalon puis de quitter la chambre.

Il n'était pas vraiment certain de ce qui l'avait réveillé, mais il jeta un œil dans la chambre d'Alex et le trouva se débattant dans ses couvertures. Carter entra et les enleva, mais les petites jambes d'Alex commencèrent à bouger comme s'il courrait dans son sommeil. Carter plaça sa main sur le dos d'Alex et le frotta doucement en faisant de petits cercles. Alex se calma rapidement et devint silencieux, ses jambes s'immobilisant. Carter remit en place les couvertures et se tourna pour quitter la pièce.

— Maman ! cria Alex.

Au moment où Carter se retourna, Alex s'était assis dans le lit.

— Je veux maman !

Carter le prit dans ses bras et le tint contre lui, l'apaisant comme il put. Les cris d'Alex devinrent des larmes.

— Je sais, bonhomme. Je suis là, fredonna Carter tandis qu'une boule grossissait dans sa gorge.

Il ne serait toujours là. Dans un jour ou deux, Alex devrait aller dans un véritable foyer d'accueil. Lorsque cela arriverait, qui réconforterait Alex au milieu de la nuit ? Tout ce qu'il savait, c'était que ce ne serait pas lui. Il avait pensé essayer de trouver un moyen pour prendre Alex, mais il y avait des obstacles. De gros obstacles. Il était un homme seul, ce qui n'était pas un problème en soi. Mais il était aussi un agent de police et parfois, il avait des horaires particuliers. Cela aurait été différent s'il avait un compagnon, quelqu'un qui pourrait aider à prendre soin d'Alex pendant qu'il était au travail. Étant donné son âge, Alex entrerait bientôt à l'école, mais Carter savait qu'il n'était pas prêt pour ça. Il était tellement immature que les autres enfants se moqueraient de lui.

— Carter, chuchota Donald depuis l'encadrement de la porte.

— Il faisait un mauvais rêve, dit Carter en se tournant vers lui.

— Les méchants hommes me courraient après, murmura Alex une fois que ses larmes diminuèrent. J'ai couru et couru, mais ils m'ont quand même trouvé.

Il frotta son derrière puis passa ses bras autour du cou de Carter.

Ce dernier leva les yeux, regardant Donald par-dessus l'épaule d'Alex. Il savait qu'il allait bientôt devoir parler de cela avec le petit garçon. Il devait essayer de découvrir ce que savait Alex.

— Tout va bien. Les méchants hommes ne sont pas ici. C'est juste M. Donald et moi, et nous n'allons pas laisser les méchants hommes arriver jusqu'à toi. Je te le promets.

Les mots étaient hors de sa bouche avant même qu'il puisse les arrêter. Il ne devrait pas faire des promesses à Alex parce qu'il ne serait probablement pas toujours là pour les tenir. Il le pensait, Donald et lui tiendraient éloignés les méchants hommes pour l'instant, mais qu'en était-il de demain ou de la semaine prochaine ?

— J'ai couru et ils m'ont trouvé, marmonna Alex à travers ses larmes en train de sécher.

Il était tellement fatigué que Carter pouvait déjà le sentir se détendre dans ses bras.

— Tu es en sécurité maintenant.

Carter le tint tendrement et ferma les yeux fortement. Alex était en train de rapidement se faire un chemin dans son cœur. Il pouvait le sentir, et le lundi matin venu, cela allait être douloureux lorsque le petit garçon devrait intégrer une famille d'accueil.

— Je vais te remettre au lit. Toi, câline Lapinou.

Carter ramassa le jouet en peluche et le donna à Alex. Cela le tuait presque de voir la manière dont ce dernier s'agrippait au lapin comme si c'était le seul ami qu'il avait au monde.

Prudemment, il aida Alex à retourner au lit et le couvrit.

— Bonne nuit, bonhomme. Dors bien, et je te verrai demain matin.

Alex s'endormit aussitôt et Carter marcha silencieusement jusqu'à la porte. Il observa le petit garçon dormir jusqu'à ce que Donald pose une main sur son épaule.

— Revient au lit, dit Donald.

Il prit la main de Carter et le guida jusque dans la chambre.

Carter rampa sous les couvertures et Donald le rejoignit, se déplaçant presque immédiatement contre lui. Carter encercla Donald de ses bras, se demandant ce qu'il pensait. Le baiser lent, profond et touchant de Donald lui dit tout ce qu'il avait besoin de savoir. Ils firent silencieusement, profondément et doucement l'amour sous les couvertures. Quand leur passion fut épuisée, Carter écouta la douce respiration de Donald dans la chaleur persistante et se demanda combien de temps cela allait durer. Il avait passé un week-end à la fois passionné et attentionné avec Donald auparavant, seulement pour finir par être ignoré et apercevoir l'alter ego froid de son amant. Il espérait que cela ne se produirait pas à nouveau, mais il devait s'y préparer, juste au cas où.

Après un petit moment, Donald roula dans le lit et Carter le rapprocha de lui. Il pouvait s'inquiéter de ce qui serait ou il pouvait profiter de ce qu'il avait maintenant. Il attira Donald contre lui, l'embrassa doucement sur l'épaule et s'endormit.

— QU'EST-CE QUE tu fais ? demanda Donald quand il erra dans la cuisine dans son peignoir à peine fermé.

Bon sang, il était magnifique, avec cet espace ouvert sur son torse et son ventre qui montrait son nombril.

— J'ai pensé que je pouvais faire le petit-déjeuner. Mais tu te rends compte que tu n'as rien dans cette maison. Les pancakes sont hors de question, ainsi que les gaufres.

Carter ouvrit le réfrigérateur et en sortit une brique de jus d'orange.

— Donc qu'est-ce qu'on mange ? Est-ce que tu as agité ta baguette magique ?

— Impertinent, rétorqua Carter.

— Je suis tellement rarement ici que je ne garde pas grand-chose dans la maison. Habituellement, j'attrape quelque chose le matin sur le chemin jusqu'à mon premier rendez-vous.

— Eh bien, j'ai trouvé un peu de bacon dans le congélateur, et il reste un peu de pain, donc je fais à nouveau des œufs. J'espère que ça va.

— C'est très bien. Quelque part, je doute qu'Alex s'en soucie. Il les a engloutis hier.

Alex mangeait tout ce qu'on plaçait devant lui avec le même enthousiasme, et Carter ne pensait pas que cela allait changer de sitôt. L'eau coula à l'étage, Donald quitta la cuisine pendant que Carter finissait de faire le petit-déjeuner. Donald revint avec Alex quelques minutes plus tard. Le petit garçon grimpa immédiatement sur une chaise et le regarda avec impatience en léchant ses lèvres, mais ne disant rien.

Une fois que Carter eut tout préparé, il fit une assiette pour Alex et la plaça en face de lui.

— Prends ton temps. Il y en a plus si tu en veux encore, donc tu n'as pas besoin de te précipiter.

— OK, M. Carter, répondit Alex, puis il attaqua sa nourriture de la façon dont il le faisait toujours.

Pas une miette ne quitta son assiette alors qu'il pelletait la nourriture dans sa bouche. Carter s'assit à côté de lui et toucha son bras.

— Je le pensais. Arrête-toi une seconde. Tu peux avoir toute la nourriture que tu veux. Je te le promets.

Il garda sa voix légère, mais c'était important pour lui qu'Alex comprenne que sa nourriture n'allait pas lui être enlevée et qu'il allait manger à nouveau au déjeuner.

Donald toucha son bras et secoua la tête.

— Tout va bien, Alex, mange.

Donald prit une assiette et Carter le rejoignit à côté de l'évier.

— Il finira par apprendre. Mais pour le moment, c'est trop tôt pour arrêter son instinct. Cela fait seulement quelques jours, et il est encore en mode de survie. Cela pourrait prendre des mois ou plus afin qu'il se sente en sécurité, cependant il a besoin que ça vienne à son propre rythme.

Carter hocha la tête et observa Alex qui finissait son assiette. Le gosse était un véritable aspirateur. Carter lui en donna un peu plus, et cette fois, Alex s'arrêta pour dire « merci ». Bien sûr, ensuite, il retourna remplir sa bouche et s'arrêta assez longtemps pour boire du jus de fruit.

— J'aimerais simplement qu'il n'ait pas eu à passer par tout ça, murmura Carter.

— Je sais. Mais tu ne peux pas tout effacer en le faisant simplement manger plus lentement. Il en a été privé, et cette privation va prendre du temps à guérir.

À la surprise de Carter, Donald glissa un bras autour de sa taille.

— Nous avons fait un bon travail en l'aidant à faire les premiers pas, mais des mois à être blessé ne vont pas être adoucis et oublier en quelques jours. Cela va prendre beaucoup plus de temps que celui que nous avons avec lui. Mais cela arrivera, avec de l'attention et de la compréhension.

Donald le serra légèrement puis le relâcha.

Carter commença à remplir les assiettes pour eux deux. Il en tendit une à Donald puis marcha jusqu'à la table. Alex avait ralenti et fixait une assiette presque vide avec des yeux écarquillés. Il posa sa fourchette, prit un morceau de bacon et se mit à le mâchouiller.

— Je pense qu'il est plein, dit Donald. Tu peux aller dans le salon et jouer si tu as fini.

Alex les regarda tous les deux puis glissa de sa chaise.

— N'oublie pas d'utiliser le pot si tu en as besoin, et de te laver les mains après.

Alex bondit vers les toilettes, et Carter tendit l'oreille pour écouter le son de la chasse d'eau puis l'eau coulant dans le lavabo. Ensuite, Alex sortit à la hâte et bientôt les blocs heurtèrent le sol dans une cacophonie de bois contre bois.

— Qu'est-ce que je dois faire pour devenir un parent d'accueil ? demanda Carter.

Donal hocha la tête.

— Je m'attendais à ce que tu me poses la question. Tu dois avoir une chambre pour lui et tu dois t'arranger pour la garde d'enfant. Étant donné que tu es un agent de police, la vérification des antécédents ne sera pas un problème. Mais c'est une grosse responsabilité, et je déteste dire ça, mais avec les heures que tu fais... Si tu n'étais pas seul, cela serait beaucoup plus facile.

— Il n'y a pas de parents d'accueil célibataire ? demanda Carter.

— Si, il y en a. Beaucoup d'entre eux travaillent à la maison ou gèrent de petits centres d'hébergement, l'état les aide à prendre soin des enfants. Il faut être une personne plutôt spéciale pour être un parent d'accueil. Mais tu sais que ce n'est pas ce que tu veux, pas sur le long terme. Je peux te donner un formulaire à remplir si tu veux, et je suis certain que je peux te faire approuver tout de suite. Ça ne serait pas un problème.

— Mais tu ne penses pas que je ferais un bon parent d'accueil ? demanda Carter.

— Je pense que tu serais merveilleux. Mais, je crains également que tu trouves difficile de répondre aux exigences demandées pour prendre soin d'Alex. Est-ce que tu vis toujours au même endroit ? demanda Donald.

Carter acquiesça.

— Alors ce n'est vraiment pas assez grand. Tu n'as qu'une chambre, et Alex ne peut pas rester dans la même chambre que toi. Il pourrait partager avec d'autres enfants, mais pas avec toi. Donc tu dois déménager.

— Alors je déménagerais. Je peux me permettre un logement plus grand.

Il commençait à être vraiment enthousiaste à cette perspective.

— D'accord, répondit Donald avec un soupçon de scepticisme dans la voix. Quelle sorte de garde d'enfant as-tu en tête ? Je pourrais aider un peu, mais je reçois aussi des appels à des heures incongrues. La garde d'enfants n'est pas quelque chose de trop difficile à arranger. Mais tu travailles de nuit et les week-ends parfois.

Carter acquiesça. Il pouvait voir où Donald voulait en venir.

— Tes horaires ne sont pas prévisibles, donc tu auras certainement besoin d'une nourrice, et ça peut devenir très cher.

Donald toucha sa main.

— Je comprends comment tu te sens. Alex est un enfant super, et je sais que tu lui as ouvert ton cœur.

— Ça va faire beaucoup de bien autant à toi qu'à moi.

Carter posa brutalement sa fourchette et repoussa son assiette. Il savait qu'il agissait de manière irascible, mais il détestait recevoir de mauvaises nouvelles ou qu'on lui dise qu'il ne pouvait pas avoir quelque chose. Cela lui tapait sur les nerfs.

Le père de Carter lui avait dit qu'il était stupide de vouloir devenir policier.

— Tu pourrais faire beaucoup d'argent en inventant tes propres applications, avait dit son père. En plus, comment vas-tu passer les conditions physiques nécessaires ?

Carter avait prouvé à son père qu'il avait tort, ainsi qu'à tous ceux qui l'avaient persécuté ou coincé dans un casier. Il était un geek, mais maintenant, il était fort, et c'était sa détermination à ne pas se faire dire non qui l'avait conduit jusque-là.

— Hé. Quand il sera placé, tu pourras lui rendre visite. Tellement d'enfants finissent seuls quand il entre dans le système des foyers d'accueil.

Donald s'interrompit et se détourna, mais pas avant que Carter ne voit la brève expression blessée qui traversa son visage. Un fracas dans l'autre pièce, signalant la chute d'une des tours d'Alex, les fit sursauter un peu, puis l'expression qu'il avait vue était partie. Cela avait été seulement pendant un bref moment, un éclair si rapide que si ce n'était pas pour son entraînement de policier, Carter se serait demandé s'il l'aurait même remarqué.

— Je suppose, dit Carter.

— Si tu veux vraiment aider Alex, alors quand tu retourneras travailler demain, cherche la famille d'Alex et essaie de trouver un parent. C'est mieux s'il est avec de la famille, et qui sait, il pourrait avoir un tas de tantes, d'oncles, et de cousins qui vont l'adorer et être capable de lui raconter des histoires sur sa mère.

— Mais, et s'il n'y en a pas ? Je pourrais l'adopter ?

— Tu pourrais faire une demande d'adoption, oui. Mais les mêmes conditions s'appliqueraient en ce qui concerne la garde d'enfant, l'espace de vie et tout le reste.

Donald soupira.

— Ce ne sont pas des décisions à prendre à la légère, mais si tu veux vraiment essayer de faire l'un ou l'autre, je t'aiderai autant que je peux.

— Merci, répondit Carter.

— Si tu n'as pas faim, alors va jouer avec lui. Puisque tu as cuisiné, je vais nettoyer.

Carter avait depuis longtemps perdu l'appétit, donc il emporta son assiette à l'évier.

— Je dois aller chez moi avant que nous allions chez ma mère. Nous pouvons marcher jusque-là, puis je conduirais.

— Ça me parait bien.

Donald vérifia l'heure sur sa montre.

— Quand devons-nous partir ? demanda-t-il avant de se mordiller la lèvre inférieure.

— Aux alentours de onze heures, donc dans un peu plus de deux heures.

Carter retourna vers la table.

— Il n'y a pas de raison d'être nerveux. Ma mère peut être autoritaire, mais elle va vous adorer, autant Alex que toi, j'en suis certain.

— Qu'en est-il de ton père ? demanda Donald.

Carter haussa mes épaules.

— Papa, c'est papa. Il a ses attentes pour nous tous, et si nous en déviions d'une certaine manière, alors il le prend comme un échec de sa part... et de la nôtre. Lui et moi ne parlons pas beaucoup, même quand nous sommes dans la même pièce.

Carter pressa légèrement l'épaule de Donald puis alla dans le salon, où les blocs étaient éparpillés partout sur le sol et où Alex faisait slalomer presque silencieusement sa voiture autour d'eux dans un parcours d'obstacle préscolaire. Carter s'assit sur le canapé et regarda le petit garçon jouer. À un moment donné, Alex s'arrêta, mit son lapin à l'arrière du camion et lui fit faire un tour de voiture dans la pièce. Une fois que Donald eut fini avec la vaisselle, il emmena Alex en haut pour l'habiller. Aussitôt qu'il eut terminé, Alex descendit en bondissant dans l'escalier et recommença directement à faire faire des tours de camion à son lapin.

CARTER ET Donald passèrent les deux heures suivantes à jouer avec Alex. Ils passèrent un bon moment, et chaque fois que le rire d'Alex emplissait la pièce, Carter voyait cela comme une victoire. L'entendre rire était la meilleure chose au monde.

— Nous devons commencer à nous préparer à partir, rappela Carter. Donc, range tes jouets et prends ton Lapinou.

Alex s'arrêta et le fixa, maintenant son lapin devant lui comme un bouclier.

— Pas de mauvais hommes, pleura Alex en regardant partout dans la pièce, cherchant probablement un endroit où se cacher. Je suis sage.

— Alex, dit Donald. Nous allons voir la maman et le papa de Carter pour le déjeuner. C'est tout.

Alex le fixa, les yeux remplis de larmes.

— Ta maman ?

— Oui. On va voir ma maman, répondit Carter.

— Je veux voir ma maman, dit Alex en baissant la tête et ses petits bras tombant le long de ses flancs. Je ne veux plus qu'elle reste avec les anges.

Carter le prit dans ses bras et le câlina, se maudissant silencieusement. Il aurait dû savoir que cela allait ébranler Alex.

— Tout va bien. Il va faire face à ça pendant un moment, expliqua Donald. Viens. Assurons-nous que nous avons tout ce dont nous avons besoin, puis nous pourrons marcher jusque chez toi.

Donald rassembla les blocs dans un sac et se dépêcha de monter. Quand il redescendit, le sac était rempli presque à ras bord.

— Est-ce qu'il y a autre chose dont nous avons besoin ?

— On dirait que tu as tout pris.

— Ça paie toujours d'être préparé, répliqua Donald. Je vais chercher mes clés.

Il s'éloigna hâtivement et revint quelques minutes plus tard avec un siège auto, puis ils quittèrent la maison.

Une fois qu'ils furent dehors, Carter reposa Alex par terre et, après avoir mis Lapinou dans le sac, ils tinrent chacun une de ses mains tandis qu'ils marchaient les quelques rues jusque chez Carter. Il les laissa rentrer dans le bâtiment puis les dirigea à l'étage.

L'appartement surplombait la rue principale de la ville.

— J'ai besoin de me rafraîchir rapidement et de me changer. Je ne devrais pas être trop long, ensuite nous pourrons partir.

Carter n'avait pas eu beaucoup d'invités dans son appartement, et il était reconnaissant de mener une vie simple et relativement ordonnée. Il se hâta d'aller dans sa chambre et ferma la porte. Il se déshabilla et jeta ses vêtements dans le panier à linge presque plein. Puis il alla dans la salle de bain et ouvrit l'eau. Il prit l'une des douches les plus rapides de l'histoire et s'essuya dans un temps record avant de s'habiller puis de rejoindre Donald et Alex dans le salon.

Il s'arrêta dans l'encadrement de la porte et fixa la scène devant lui. Donald avait Alex sur les épaules tandis qu'il déambulait dans l'appartement, et Alex riait à pleins poumons. Mais la chose merveilleuse, c'était le sourire sur le visage de Donald, comme s'il venait juste de gagner au loto. Alex avait ses doigts enroulés dans les cheveux noirs de jais de Donald, et bon sang, cet homme lui coupait le souffle.

Carter se souvint de la première fois qu'il l'avait vu. Donald et lui s'étaient rencontrés pour la première fois à une levée de fond pour le département de police l'année précédente. Carter était dans son uniforme de cérémonie, et Donald portait un simple costume avec un nœud papillon noir. Il était à couper le souffle. Les autres hommes dans la pièce portaient le même genre de costume basique, mais pour eux, les vêtements semblaient les porter, tandis que Donald portait les vêtements pour un effet éblouissant. Carter voulait le rencontrer, mais il était incertain, donc il était resté en retrait jusqu'à ce que Red les présente. Donald avait fait un rapide sourire, et Carter en avait perdu ses mots. Il avait bégayé quelque chose et avait pensé qu'il devait ressembler à un idiot, mais Donald avait continué de sourire et lui avait demandé s'il voulait boire un verre.

Quand Donald était revenu avec deux verres de champagne, ils avaient passé le reste de la soirée à discuter, puis quand Donald l'avait invité à dîner le week-end suivant, qui était devenu un petit-déjeuner, puis un samedi et un dimanche au lit, Carter avait supposé qu'il avait touché le jackpot.

— Tu es en colère ? demanda Alex tandis que Donald le descendait de ses épaules.

Carter réalisa qu'il affichait un air renfrogné au souvenir de ce qui s'était passé.

— Non. Je me souvenais simplement de la première fois que j'ai rencontré M. Donald.

— Il était gentil ?

— M. Donald était vraiment magnifique.

Carter sortit son téléphone et chercha dans son album les photos. Il pensait que Smith ou quelqu'un d'autre avait pris des photos à un certain point dans la soirée. Il était possible qu'il les ait effacés, puis il les vit et les afficha pour les montrer à Alex.

— Waouh, dit Alex en se tournant vers Donald. Tu es beau.

Donald rougit et Carter gloussa.

— Oui, il l'est, dit Carter.

— Ne devrions-nous pas y aller ? leur rappela Donald.

Carter rangea son téléphone. Par habitude, il s'assura que l'appartement était sécurisé, puis ils partirent. Carter ferma la porte et suivit Alex et Donald dans les escaliers. Il les conduisit à l'arrière de l'immeuble et déverrouilla sa Ford Escape.

— Je t'avais imaginé conduire une Corvette ou quelque chose de ce genre, déclara Donald.

— Nope.

Carter rit tout en ouvrant les portières. Ils installèrent le siège auto puis Alex dedans avec son lapin. Ensuite, Donald et lui s'installèrent et Carter démarra la voiture. Tout le processus paraissait tellement domestique. Pour tous ceux qui les croisaient, ils pouvaient être un couple mettant la ceinture à leur fils. Carter devait se souvenir que Donald et lui n'étaient pas un couple, et malgré ce qui s'était passé la nuit précédente, ils n'allaient probablement pas l'être.

— Qu'y avait-il de drôle ? chuchota Donald avant que Carter passe une vitesse.

— Nous avons été plus d'une fois ensemble. Penses-tu vraiment que j'ai quelque chose à compenser ? demanda Carter juste au-dessus d'un murmure.

— Compenser… ?

La bouche de Donald forma un « oh » silencieux.

— Oui. Les Corvettes sont l'ultime voiture de compensation.

Il fit un clin d'œil et Donald leva les yeux au ciel.

— Tu sais, tu es un tel i-d-i-o-t parfois, lança malicieusement Donald avec une nette courbure de ses lèvres.

— Si tu le dis. Mais, la chose importante est, est-ce que je mens ? lui dit Carter.

Il ne reçut qu'un sourire en retour. Ils s'arrêtèrent à l'un des feux tricolores de la ville et Carter vérifia qu'Alex allait bien. Celui-ci semblait se contenter de regarder par la vitre. Après que le feu eut changé, Carter continua à rouler et s'engagea sur l'autoroute en direction du sud. Une fois qu'ils furent à la vitesse maximale, il s'installa plus confortablement et suivit la route familière.

— Est-ce que ton père a quelque chose contre toi parce que tu es gay ? Tu as dit que vous ne parliez pas beaucoup, et je me demandais si c'était la raison, demanda Donald en se tournant vers lui.

— Si je le savais. Parfois, je pense que s'il criait et hurlait, je pourrais y faire quelque chose. Je veux dire, si ce que j'ai pu faire pour le décevoir était à l'air libre, je pourrais le gérer. Mais tout ce que j'obtiens, ce sont des morceaux d'informations. Comme je disais, il voulait que je sois un as de l'informatique. Devenir ma propre version de Bill Gates. Mais à la place, je suis allé à l'Académie et suis devenu un flic.

— Est-ce que c'est un sujet récurrent ?

— Non. Seul son silence est un sujet récurrent. Ma mère me dit toujours toutes ces choses que mon père dit, et j'avais l'habitude d'y croire, mais maintenant, je pense qu'elle le couvre simplement. Elle fait ça depuis tellement longtemps que je crois qu'elle ne le réalise pas.

Il ralentit quand il jeta un œil au compteur de vitesse et réalisa qu'il roulait à cent trente kilomètres-heure. Il était peu probable qu'un autre agent lui mette une amende, mais quand même…

— Ce n'est pas comme s'il était différent avec les autres, excepté pour William, mon frère ainé. Il a fait exactement ce que papa voulait. Il est allé à l'école de droit, a un cabinet prospère en ville, a donné à mes parents deux petits-enfants, et il a une femme parfaite qui aide toujours tout le monde. Parfois, c'est assez pour me donner envie de vomir.

— Est-ce que William est un con ?

— C'est justement ça. C'est un grand frère génial, et l'a toujours été.

Carter lui fit un demi-sourire rapide.

— Quand j'ai dit que je voulais entrer à l'Académie de police, William m'emmenait dehors et m'aidait à m'entraîner afin que je puisse passer les requis pour les tests physiques. Il n'a pas dit un mot à papa, puis il s'est vanté de mes résultats quand j'ai été accepté. Bon sang, j'ai juste eu les notes de passage dans tous mes essais sauf sur les push-up, et je l'ai seulement raté de peu. Non, le problème n'est pas William, c'est mon père. Je ne sais tout simplement pas ce qui l'agace ou comment je peux être à la hauteur de ses attentes.

— Qu'est-ce qu'il fait ?

— Papa est le propriétaire d'un garage auto et il travaille encore tous les jours sur les voitures. Cependant, il va devoir arrêter bientôt, parce que la plupart des voitures requièrent des diagnostics informatisés qu'il ne peut pas faire. Mais il sera bientôt temps, et le garage est dans un emplacement privilégié, donc il pourra vendre le local suffisamment pour financer sa retraite.

— Est-ce que cela pourrait être parce qu'il veut tout simplement que tu aies une meilleure vie que la sienne ? demanda Donald.

Carter haussa des épaules.

— Je ne sais pas ce qu'il pense.

Simplement que parfois la manière dont il agit blesse énormément.

— Je veux dire, ça te dirai d'avoir un père qui peut s'assoir dans la même pièce que toi pendant deux heures et que pendant tout ce temps il ne te dise que trois mots : « passe la télécommande ». Maman aime ne

91

pas s'y attarder, probablement parce qu'elle ne sait pas quoi faire non plus. Et peut-être qu'il n'y a rien à y faire.

Carter s'interrompit. Il n'avait pas besoin d'entraîner Donald là-dedans. Du coin de l'œil, il le vit assis droit et immobile, regardant à travers la vitre.

— Qu'est-ce qu'il y a ?

— Peut-être que certains d'entre nous aimeraient simplement en avoir un, dit Donald, se tournant vers lui brièvement puis fixant son regard de nouveau par la vitre.

— Est-ce qu'on est arrivé ? demanda Alex depuis la banquette arrière.

— Nous y serons bientôt.

Carter avait espéré qu'Alex s'endorme dans la voiture, mais il n'eut pas une telle chance. Il regardait par la vitre constamment.

— Pas de mauvais hommes, murmura Alex à Lapinou, puis il le serra contre lui.

— Plus jamais, lui dit Carter.

Pas s'il pouvait y faire quelque chose. Pas question. Alex continua de tenir son lapin et de regarder par la vitre, mais il ne dit rien de plus. Carter pouvait presque sentir la tension dans la voiture. Donald continuait de regarder lui aussi à l'extérieur, et Alex semblait presque terrifié, ses yeux étaient écarquillés et il s'agrippait à son lapin.

— Donald, tu pourrais essayer de voir ce qui contrarie autant Alex ?

— Bien sûr.

Il sembla se sortir de ce qui occupait ses pensées, se tourna, et parla doucement à Alex. Carter pensa à ce que Donald avait dit. Il avait radoté sur sa famille et leurs problèmes, mais cela ne lui était pas venu à l'esprit que pendant que Donald lui posait des questions, il n'avait jamais donné d'informations sur sa propre famille.

— Peux-tu te garer ? demanda Donald.

Carter alluma ses warnings et se gara sur le bas-côté de l'autoroute. Donald déboucla sa ceinture et sortit. Il fit le tour de la voiture du côté conducteur et s'installa sur la banquette arrière.

— Tout va bien, dit Donald. Il fait une crise de nerfs.

— Pourquoi ? demanda Carter.

— Je ne suis pas certain, répondit Donald. Je ne pense pas qu'il puisse l'expliquer, et je doute que ce soit à cause de l'endroit où nous allons plus que le trajet en voiture.

Carter jeta un coup d'œil dans le rétroviseur central et vit Donald assis à côté d'Alex, lui tenant la main. Il lui parlait doucement.

— Allons-y.

Carter reprit la route et accéléra. Ils étaient encore à vingt-cinq kilomètres, et il était déterminé à les faire arriver aussi vite que possible. Il n'arrêtait pas de regarder dans son rétroviseur central pendant qu'il conduisait. Alex était assis immobile, maintenant son lapin d'une main pendant que Donald tenait l'autre.

Ils se garèrent dans une allée presque pleine et Carter arrêta le moteur.

— Combien de personnes sont ici ? demanda Donald.

— On dirait qu'il y a toute la famille, répondit Carter.

Il déboucla sa ceinture et sortit, se dépêchant de faire le tour de la voiture pour rejoindre Alex. Il se demandait si c'était une bonne idée. Carter ne s'attendait pas à ce que toute la famille soit présente, et maintenant qu'Alex avait eu beaucoup de mal avec le trajet en voiture, il se demandait comment il s'en sortirait dans une maison pleine d'étrangers. Il prit Alex dans ses bras pour le sortir de la voiture. Tiens bien ton lapin, chuchota-t-il en fermant la porte.

Ce qui le surprit vraiment fut que Donald semblait avoir le même air abasourdi et submergé qu'Alex.

— Tout va bien, c'est juste ma famille. Ils peuvent être un peu dingues, je suppose, mais ils vont t'adorer.

Carter sourit et prit la main de Donald. Il ne savait pas pourquoi, cela lui semblait juste la bonne chose à faire.

— Je te promets que tu t'en sortiras très bien.

Il lui serra la main.

Donald portait le sac rempli pendant que Carter portait Alex, puis ils marchèrent main dans la main vers la porte. Cela semblait comparable à partir en guerre d'une certaine manière, comme s'ils allaient être en infériorité numérique. Aussitôt que Carter ouvrit la porte, un cri s'éleva de la cuisine pleine de monde. Alex cacha son visage dans le creux du cou de Carter et Donald serra sa main tellement fort qu'il lui faisait mal.

— Taisez-vous, s'exclama sa mère et tout le monde devint silencieux pendant quelques secondes. Chéri, nous sommes contents que vous soyez venu.

— Maman, je te présente Donald Ickle. Et ce grand garçon, c'est Alex.

— Est-ce que quelque chose ne va pas ? demanda sa mère quand Alex se terra si proche de Carter qu'il put jurer qu'il essayait de fusionner avec lui.

— Pas de mauvais hommes, n'arrêtait pas de murmurer Alex.

— Je pense que c'est le bruit.

Carter calma Alex aussi bien qu'il put et le sentit se détendre un petit peu.

— Tout va bien. Tous ces gens sont ma famille. Ils sont bruyants, mais personne ne va te faire de mal. Souviens-toi de ce que je t'ai promis.

— Pas de mauvais hommes, murmura Alex tandis qu'il relevait la tête du cou de Carter.

— C'est ça. Regarde.

Carter attendit qu'Alex se tourne vers la table.

— Tout le monde, voici Alex. Il a traversé des moments difficiles et il a parfois peur des nouvelles personnes. Donc soyez calmes, contrairement à d'habitude, ce serait d'une grande aide. Et je vous présente Donald.

— Bonjour, dit Donald.

— OK, commençons. Tu as rencontré ma mère. Là, c'est mon frère, William, sa femme, Liz, et leurs deux garçons : Blaine et Robert, ma sœur Karen et son petit-ami, Steven.

Karen leva la main avec un caillou assez gros pour être vu à l'autre bout de la pièce et fit un grand sourire.

— Désolé, maintenant c'est son fiancé.

Il se pencha pour lui faire un bisou sur la joue.

— Et c'est ma plus jeune sœur Margie.

— Papa est dans le salon, expliqua Karen.

Ouais, où d'autre serait-il, hein ?

— Est-ce que Donald est ton petit-ami ? demanda Margie.

Carter jeta un œil vers Donald pour jauger de sa réaction, mais son expression ne lui apprit rien.

— Non. Donald est un ami. Je l'aide avec Alex ce week-end.

Il ne voulait pas vraiment approfondir les explications en face d'Alex.

Blaine marcha jusqu'à eux et leva la tête.

— Tu veux jouer aux voitures ? On en a beaucoup.

— Alex, tu veux aller jouer ? demanda Carter, puis attendit une réponse.

Il ne reçut rien d'autre que quelques clignements d'yeux, mais il posa Alex par terre et Blaine tendit à celui-ci un camion Matchbox bleu. Il avait probablement été à Carter quand il était petit.

— Il y a beaucoup de petites voitures. Blaine et Robert partageront avec toi, et ils sont vraiment gentils. Je te le promets.

Il faisait beaucoup de promesses ces derniers temps.

— Robert a cinq ans et Blaine quatre. Ils seront tes amis si tu veux bien.

Blaine n'avait jamais été un enfant timide, et il prit la main d'Alex.

— On a beaucoup de voitures et tu peux apporter ton lapin. J'ai mon nounours et ils peuvent être amis aussi.

Blaine dirigea Alex plus loin. Carter était inquiet, mais Donald sourit.

— Laisse-les jouer. Cela lui fera du bien.

— Où est-ce qu'ils vont ? demanda Carter à sa mère.

— Ton père a mis en place une piste de course dans un coin du salon, et les garçons y jouent depuis qu'ils sont là, expliqua-t-elle. Vas-y et mets-toi à table. Il y a des encas et d'autres petites choses à grignoter, donc servez-vous, dit-elle à Donald avec un grand sourire.

William et Steven étaient déjà partis pour le sanctuaire des sports et de la testostérone dans l'autre pièce.

Donald et lui prirent deux des places vides à table. Donald mangea quelques chips pendant que Carter lançait un regard d'avertissement à ses sœurs et sa belle-sœur. Il savait qu'elles n'attendaient que l'occasion de mener leur version de l'Inquisition.

— Soyez gentilles avec lui, les prévint Carter.

— Nous sommes toujours gentilles, répondit immédiatement Karen.

Mais elle ressemblait à un barracuda sur le point de se lancer dans une frénésie de questions.

— Donc je commence. Il ne vous a pas appelé son petit-ami, mais vous devez être plutôt spécial.

Le regard acier de Karen se posa sur Carter.

— Celui-là n'a jamais apporté de petit-copain à la maison avant.

Donald lui jeta un coup d'œil.

— Lui et moi sommes amis.

— Oh, dit Margie. Les filles, ils en sont à l'étape « nous ne sommes pas vraiment certains de comment appeler notre relation ».

Les autres acquiescèrent d'un air entendu.

— Je parie qu'ils sont pires que des lapins, mais ne sont pas prêt pour en parler.

Elle soupira comme si elle avait déjà toutes les réponses et prenait pitié d'eux en leur transmettant sa sagesse.

— En fait, nous en sommes à l'étape « baiser jusqu'à en crier » et c'est très bien comme ça, répliqua Donald.

Toutes les filles parurent choquées pendant une seconde puis éclatèrent de rire.

— Nous avons tous besoin d'un peu de chaleur, si vous voyez ce que je veux dire ?

Donald se pencha plus près de lui dans un mouvement étonnement intime. Carter aimait le fait qu'il se sentait assez à l'aise pour laisser sortir son côté joueur et taquin. C'était vraiment sympa à voir. Donald était habituellement si sérieux. Le seul moment où il se laissait aller était au lit et Carter avait réussi à faire ressortir la joie en lui.

— C'était une étape géniale, lança malicieusement Karen.

— S'te plaîîît. Comment le saurais-tu ?

Karen montra de nouveau sa bague, et les deux autres rirent. Donald le regarda pour avoir une explication.

— Karen a été élue « la plus innocente au lycée » ainsi que « Miss la plus probable de se préserver jusqu'au mariage ».

Carter savait qu'il la cherchait, mais elle le méritait.

— Il n'y a jamais eu une telle chose, répliqua Karen.

— Apparemment, notre Karen est un animal, dit Margie en gloussant.

— Ça suffit, intervint leur mère, mettant fin à cette conversation.

— Bien, dit Margie. Donc, Alex votre ton fils ?

— Non, commença Donald. Je suis assistant social, et Alex…

— Alex a été maltraité par les adultes dans sa vie, dit Carter. Je l'ai trouvé enfermé dans le grenier. Sa mère ne s'en est pas sortie et l'homme dans sa vie était vraiment une crapule pourrie jusqu'à l'os.

Carter serra les dents en y repensant.

— Alex reste avec Donald pour le week-end jusqu'à ce qu'il lui trouve une vraiment bonne famille d'accueil.

Il s'accorda à lui-même de le dire. C'était la façon dont les choses devaient se passer, même s'il en détestait la simple pensée.

— Oh, dit Liz, la voix voilée.

— Ouais. Il a eu des moments difficiles, dit Donald.

Les quatre femmes le fixèrent et la mère de Carter vint derrière eux et plaça légèrement ses mains sur ses épaules.

— C'est gentil à vous deux ce que vous faites.

— Hé, murmura Donald. Il va bien aller. Tu sais que je vais m'en assurer.

Carter hocha la tête alors que la réalisation le percutait : après-demain, il devrait retourner au travail, et Donald devra placer Alex en garde permanente.

— Je sais.

— Mon Dieu, dit Liz le souffle coupé. Bon sang.

Elle commença à trembler.

— Le pauvre petit.

— C'est un petit garçon très fort qui a beaucoup traversé et qui d'une certaine façon en est ressorti raisonnablement entier. Il fait des cauchemars et sa pire crainte est au sujet des « mauvais hommes ».

Carter regarda Donald qui acquiesça.

— Nous ne savons pas qui ils sont, mais nous espérons qu'il pourra nous le dire.

— Eh bien, je suis d'accord avec Liz, dit Karen. C'est génial ce que vous faites.

Elle se leva et quitta la pièce. Margie la suivit.

— Karen a toujours été la plus sensible, expliqua Carter à Donald.

— C'est pourquoi tu ne leur en as pas dit plus ?

— Oui. Karen aurait éclaté en sanglots et embarqué Margie avec elle. Ce sont toutes les deux des femmes fortes, mais elles ont un petit faible pour les enfants. Karen a commencé son premier emploi d'institutrice cet automne. Une classe de CE1. Je pense qu'elle sera fantastique parce que ça lui tient tellement à cœur.

— Je le pense aussi, acquiesça Liz, les regardant alternativement. Sinon, qu'en est-il de vous deux ? Est-ce le début de quelque chose de plus ?

Carter souhaitait connaître la réponse à cette question.

— Nous verrons.

C'était la meilleure réponse qu'il pouvait donner.

— Eh bien, je pense que vous faites un couple vraiment sexy.

Elle leur fit un clin d'œil avant de quitter la table. Carter attrapa quelques chips pour avoir quelque chose à faire.

— Je vais vérifier que tout se passe bien pour Alex, dit Carter en s'excusant.

Karen et Margie revinrent et, alors qu'il quittait la pièce, Carter les entendit parler à Donald. Il supposait que c'était bien et qu'elles ne seraient pas trop dures avec lui. Toutes les femmes de sa famille étaient certainement intéressées par Donald.

Carter entra dans le salon et secoua la tête. William et Steven étaient assis sur le canapé, et son père était allongé dans le fauteuil où il passait la plupart de son temps quand il était à la maison. Au fil des ans, le fauteuil s'était tellement adapté à son père que quand quelqu'un d'autre s'asseyait dedans, c'était si inconfortable qu'il ne restait pas longtemps dedans. Les trois garçons jouaient aux voitures dans un coin. Eh bien, ses neveux jouaient. Alex était assis en retrait, les observant, tenant son lapin contre lui. Blaine lui tendit une voiture, et Alex la fit rouler autour de lui sur le sol pendant quelques secondes, mais il ne semblait pas vraiment participer.

Ses neveux étaient des petits garçons typiques, pleins d'énergie et faisant beaucoup de bruit de voitures tandis qu'ils jouaient. La télévision était forte pour que les hommes puissent entendre le programme. Carter se demandait si le tout faisait juste trop de bruit. Alex était silencieux, même quand il jouait. Alors que Carter observait, Blaine se tourna vers lui et sembla lui poser une question. Il tenait deux voitures. Puis Blaine se pencha en avant et prit le lapin d'Alex. L'estomac de Carter se noua et il allait intervenir, mais Alex lâcha la peluche et Blaine le plaça dans une chaise en bois pour enfant qui était juste à côté d'un ours en peluche que Carter se souvenait avoir vu dans les bras de Blaine. Puis Alex se baissa et joua.

— Je vois que tu as pu venir, dit son père, attirant l'attention de Carter d'Alex.

— Comment vas-tu, papa ?

Carter sentit Donald arriver derrière lui. Il le savait juste en sentant son incroyable odeur terreuse.

— Je te présente Donald.

— Celui avec le gamin calme, dit son père. Vous avez un bon gamin, bien élevé. Un peu trop calme, mais avec ce lot, c'est un changement sympa.

Carter expliqua brièvement qui était Alex.

— Je vois.

Son père s'assit.

— Vous allez le balancer demain ?

— Ce n'est pas une voiture usagée, expliqua Carter. Donald va lui trouver une famille d'accueil plus permanente, cependant il continuera à être son assistant social donc il pourra s'assurer qu'il s'en sort bien.

Son père se tourna vers lui, son regard inquisiteur.

— Et toi ?

— Je suppose que je pourrais rendre visite à Alex après le travail.

Il se détourna et regarda Alex jouer. L'inquiétude qu'il avait eue plus tôt s'était envolée. Alex paraissait être heureux et jouait normalement avec les garçons. Il était silencieux, mais plutôt actif.

— Je n'ai pas l'intention de lui tourner le dos.

99

— Hum, dit son père puis il se détourna et commença à regarder la télévision une nouvelle fois.

Carter secoua la tête et se tourna vers Donald, haussant les épaules avant de quitter la pièce. Il n'était pas particulièrement intéressé par le match, et il était évident qu'il avait été congédié par son père.

— Tes sœurs sont amusantes, déclara Donald dans le couloir à mi-chemin entre les femmes dans la cuisine et les hommes dans le salon.

— Comment ça ?

— Eh bien, apparemment, d'après elles, tu es amoureux de moi, et si je te brise le cœur, elles s'assureront que certaines parties de mon anatomie me seront données à manger pour le déjeuner.

Donald fit un grand sourire.

— Il semblerait que nous ayons eu le discours « n'ose même pas blesser mon frère ». Ce que j'aimerais savoir maintenant, c'est savoir s'il y a d'autres discours ou discussions dont je dois être au courant ?

— J'espère que non. Ils semblent avoir sorti le grand jeu pour toi aujourd'hui. Ils doivent vraiment t'aimer.

— M'aimer ? murmura Donald. J'ai été chanceux de sortir de cette cuisine avec un esprit sain, et je suis surpris que mes oreilles ne saignent pas de toutes leurs conversations. Est-ce que ça leur arrive de se taire ?

— Pas que je me souvienne. Pourquoi penses-tu que les hommes sont dans le salon ? Ils s'assoient là-bas sans dire un mot si ce n'est pour crier contre la télévision jusqu'à ce que le déjeuner soit prêt. Puis, ils font ça le reste de l'après-midi. Eh bien, ça et faire la sieste après manger pour digérer.

William les rejoignit et serra la main de Donald.

— Désolé pour plus tôt, mais je devais sortir de là. Quand ma femme et ses sœurs sont ensemble, il n'y a rien pour les arrêter. Je suppose que c'est ce que je mérite en épousant la fille du bout de la rue. Liz et mes sœurs avaient l'habitude de jouer ensemble quand elles étaient petites.

— Donc vous l'avez toujours connue ? demanda Donald.

— Ouais, mais je ne l'avais pas remarqué, du moins, pas comme ça, jusqu'à ce que je sois à la maison pendant l'une de mes vacances pendant mes études de droit. Puis je me suis demandé comment j'avais pu ne pas la voir toutes ces années et… désolé, la chose est que quand elle, Karen et Margie sont ensemble, c'est comme si elles étaient de nouveau au lycée, et les hommes ont juste besoin de prendre leurs jambes à leur cou. Donc je surveille les garçons, regarde le match et laisse mes oreilles se reposer.

William les regarda tous les deux avec le même regard que Carter imaginait qu'il utilisait avec un témoin hostile.

— Donc, vous êtes ensemble ?

— Nous sommes amis, répondit Carter.

— Il serait temps que tu te trouves quelqu'un, petit frère.

Carter leva les yeux au ciel et William lui jeta un regard noir en retour.

— Je sais que tu ne veux pas entendre ça, mais être seul, ça craint. Et ce n'est pas comme si tu avais le job le plus facile du monde. En ce moment, je poursuis en justice un gars qui a tiré sur un flic en ville. Ça m'a foutu une trouille bleue.

— Je vais bien. La plupart du temps, ils me gardent derrière mes ordinateurs. Tu sais… le département des geeks.

Donald se tourna vers lui, les mains sur les hanches.

— Je ne sais pas pourquoi tu continues de dire ça. Outre le fait que tu travailles avec des ordinateurs et portes des lunettes… je peux te dire qu'il n'y a rien du tout de geek à ton sujet.

Donald ne souriait pas. Carter continuait de s'attendre à ce qu'il le fasse, mais il le fixa simplement avec de la chaleur dans le regard.

— Je te le jure.

William s'éclaircit la gorge.

— Bon sang, vous deux avez besoin d'aller quelque part et de mettre les choses au point.

Il haussa les épaules.

— Je ne sais pas ce qui se passe entre vous, et je ne veux pas vraiment le savoir parce que, eh bien… ce que vous faites est une chose que je ne veux pas savoir… jamais.

William ouvrit la bouche pour dire quelque chose de plus, mais rien ne sortit.

— Qu'est qu'il y a ?

— Écoute, tu m'as dit que tu es gay il y a longtemps, même avant que tu dises quoi que ce soit à maman et papa, et j'apprécie que tu me fasses suffisamment confiance pour me dire les choses, mais…

Il regarda Donald.

— Simplement, mettez les choses au point.

Après ça, il se tourna et retourna dans le salon.

— Bordel, c'était quoi ça ? demanda Donald.

— Je n'en ai aucune idée. Mais quelque chose a transformé mon frère très intelligent, qui n'est jamais à court de mots, en un idiot bafouillant.

Carter le regarda rejoindre les autres.

— J'aimerais pouvoir les comprendre.

— Je ne sais pas s'il y avait vraiment quelque chose à comprendre, lui dit Donald. Ils semblent tous tenir à toi. Certains de façon plus éloquente que d'autres, mais ils tiennent à toi.

La solitude dans la voix de Donald lui déchira le cœur. Il se demandait ce qu'il y avait derrière elle, mais il supposait que Donald ne lui dirait pas s'il lui posait la question.

La mère de Carter traversa l'entrée, les dépassa puis entra dans le salon. La télévision ne fit plus de bruit.

— C'est l'heure de manger, déclara-t-elle. Les garçons, allez dans la cuisine. Votre mère vous a préparé vos assiettes.

Carter entra. Alex était assis sur le sol, fixant la mère de Carter, sa lèvre inférieure tremblotante. Carter se précipita vers lui, le prit dans ses bras et attrapa son lapin pour lui.

— Qu'est-ce qui ne va pas ? demanda Blaine.

— Tout va bien. Alex est un peu bouleversé, expliqua Carter. Mais pas à cause de toi.

Il regarda sa mère avec un sourcil haussé.

— Maman, souffla Alex entre chaque sanglot.

Les autres fois n'étaient rien en comparaison de celle-ci. Il arrêtait de pleurer seulement quand il inspirait puis sanglotait encore plus fort. Carter traversa le couloir et alla dans la chambre qu'il avait quand il était enfant. C'était maintenant une chambre d'amis. Il ferma la porte et s'assit sur le bord du lit, réconfortant Alex alors qu'il le laissait pleurer toutes les larmes de son petit corps. Il avait été un tel soldat, il avait supporté tous les changements soudains dans sa vie. Mais maintenant, tout remontait et sortait dans des vagues et des vagues de cris et de larmes.

— Les anges sont des mauvais hommes, dit-il à un certain point et recommença à pleurer. Tu as dit plus de mauvais hommes.

Alex le frappa sur l'épaule et continua de pleurer. Tu as promis.

— Je sais. Je sais que tu veux qu'elle revienne. Moi aussi.

Ce qu'il souhaitait vraiment, c'était de l'avoir trouvé plus tôt afin qu'ils aient été capables de l'aider. Mais il ne pouvait pas dire ça à Alex. Tout ce que le petit garçon savait, c'était que sa mère était partie et ne reviendrait pas. Un jour, Carter lui dirait tout ce qu'il savait, mais pas jusqu'à ce qu'Alex soit plus âgé.

— Tout va bien.

La porte s'ouvrit et Donald entra.

— Que s'est-il passé ?

— Rien, vraiment. Maman l'a bouleversé sans le savoir et il a commencé à s'effondrer.

Il tint Alex tout contre lui et le berça. C'était tout ce qu'il pensait pouvoir faire.

— Je m'y attendais. Je pense que cela a pris un moment pour lui pour tout intégrer.

Carter hocha la tête.

— Qu'allons-nous faire ? demanda-t-il.

Il n'attendait pas vraiment une réponse, et Donald n'en donna aucune. Il haussa les épaules et semblait aussi perdu que Carter. Il n'y avait aucun signe du « Glaçon » dans son expression à ce moment-là, seulement une profonde inquiétude. Carter tapota le lit près de lui, et Donald s'assit. Ensemble, ils calmèrent Alex jusqu'à ce qu'il devienne finalement silencieux.

— Est-ce que tu as faim ? demanda Carter à Alex après quelques minutes.

Il hocha la tête et essuya ses larmes.

— Est-ce que tu veux manger ici ou dehors avec tes amis ? Je suis certain que Robert et Blaine t'attendent.

Alex le fixa en clignant des yeux, et Carter le posa par terre. Puis il se leva et prit la main d'Alex. Ils attendirent Donald puis quittèrent la pièce et se dirigèrent vers la table à manger de la cuisine. Blaine glissa de sa chaise et vint à la rencontre d'Alex.

— Je t'ai gardé une place à côté de moi.

Il prit Alex par la main et le dirigea vers la table.

— Je vais lui préparer une assiette, dit Donald.

Carter s'assura qu'Alex soit bien installé. La mère de Carter se leva et aida Donald.

— Tu restes assis ici, d'accord ? Je serai juste là.

Carter lui montra sa place du doigt et Alex hocha la tête. Donald revint et plaça une assiette en face de lui ainsi qu'une cuillère et un verre de lait.

— Mange ce que tu veux.

Carter tint l'épaule mince pendant une seconde puis la relâcha quand Alex commença à manger.

Carter se tourna, et Donald et lui prirent leur place à table. La conversation de la famille s'arrêta, et tous les yeux se tournèrent vers lui.

— Quoi ? claqua-t-il avec plus de force qu'il en avait l'intention.

Il engloba la table du regard puis fixa son frère pour chercher une sorte d'éclaircissement. Il n'en reçut aucun, et la conversation reprit.

— Bon sang, Carter, qu'est-ce que ce garçon peut manger, dit son père depuis l'autre bout de la table.

— J'aimerai que vous ayez un appétit comme lui, ajouta sa mère avec un sourire aux lèvres.

— Non, tu ne veux pas, dit Carter et la conversation devint de nouveau silencieuse. Alex a cinq ans.

— Je pensais qu'il était plus jeune que Blaine, commenta Liz. Il est tellement petit.

— C'est ce qui arrive à cause de la malnutrition.

Carter baissa le ton de sa voix.

— Ce que vous voyez, c'est lui mangeant comme si c'était son dernier repas parce qu'il pense que chacun d'entre eux l'est.

Il prit une profonde inspiration et déglutit difficilement.

— Ça ne peut pas être si mauvais, dit son père dédaigneusement depuis son siège.

Carter se pencha en avant.

— Il a été trouvé dans un grenier, effrayé à mort, avec aucune salle de bain. Donc tu vois un peu l'image.

Carter garda sa voix basse, mais il laissa la menace percer dans son ton.

— Il s'est caché de moi derrière un lit qui n'avait probablement pas été lavé depuis des semaines. Il était sale, affamé, assoiffé, et seul.

La colère de Carter lui faisait serrer des poings sous la table au fait que son père pourrait rejeter les dures épreuves qu'Alex avait traversées.

— Quand je lui ai demandé son prénom, il m'a dit que c'était « petite merde », parce que c'était le prénom que son agresseur a dit qu'il s'appelait. Donc, papa, ce petit garçon a déjà traversé un véritable enfer, plus que tu peux l'imaginer. Et si tu ne me crois pas, je te montrerai les vidéos.

Son père devint blanc et toutes les femmes eurent un petit cri de surprise, mais Carter soutint le regard de son père.

— Tu peux penser ce que tu veux de moi, mais tu ne m'appelleras pas un menteur et tu ne dénigreras pas ce par quoi il est passé.

— C'est ma maison et…

— Non, c'est la maison de maman. Il se trouve juste que tu habites ici et prends de la place.

Il se tourna vers sa mère.

— Si tu veux que nous partions, dis-le et nous partirons.

Il refusa de regarder son père. Il en avait assez. Quoi que soit son problème avec lui, Carter allait prendre la défense d'Alex.

— M. Carter, dit Alex.

Carter se tourna vers lui. Alex lui tendit son assiette vide et Carter se leva pour le resservir.

— Mon Dieu, dit sa mère doucement.

Quand Carter se retourna, il put voir son père se mettant vraiment en colère.

— Tu n'as pas intérêt, siffla sa mère, et la colère de son père s'évapora comme neige au soleil. Ce garçon est en train de faire quelque chose de bien, donc…

Carter devait réfléchir à quand sa mère avait tenu tête à son père pour la dernière fois. Il n'avait aucun doute qu'elle dirigeait la maison, mais elle le faisait silencieusement d'habitude.

— Mangez avant que ce soit froid.

C'était comme une déclaration des Cieux, et tout le monde recommença à manger.

Carter plaça l'assiette en face d'Alex et il retourna manger.

— Est-ce qu'il va s'arrêter ? demanda Margie alors qu'elle l'observait. Est-ce qu'il tombe malade ?

— Il mange jusqu'à ce qu'il soit plein et ne s'arrêtera pas avant. En fait, il a ralenti un peu. Tu devrais l'avoir vu cette première nuit. Je peux te jurer qu'il nous regardait tous les deux et mangeait plus rapidement chaque fois qu'on se rapprochait.

Carter se retourna et dit doucement à Alex :

— Souviens-toi de ce dont nous avons parlé au petit-déjeuner.

Alex s'arrêta et se tourna.

— J'ai ralenti, dit-il avec sa bouche à moitié pleine.

C'était comme si manger était un sport et qu'il était déterminé à gagner.

— Il y a du dessert, donc laisse un peu de place.

Carter savait que Donald avait raison, qu'Alex ralentirait et deviendrait moins désespéré pour les repas une fois qu'il serait habitué à manger régulièrement. Carter retourna à son déjeuner, se sentant désolé pour avoir ruiné le déjeuner de tout le monde. Mais il serait damné s'il allait s'excuser à qui que ce soit.

— On peut aller jouer ? demanda Blaine.

— Bien sûr, chéri, répondit la mère de Carter, incluant Alex qui se précipita dans l'autre pièce.

Carter se tourna et vit qu'Alex avait laissé un peu de haricots et pomme de terre dans son assiette. Il se retourna et finit son déjeuner.

— Maman, c'est délicieux.

— Ça l'est certainement, Mme Schunk, accepta Donald.

— Appelez-moi Shirley, et je suis contente que vous aimiez tous les deux. Il est certain qu'Alex apprécie en tout cas.

Elle leur fit un grand sourire, un petit peu nerveuse.

— Je n'ai encore rien trouvé qu'il ne mange pas. Tu te souviens comme tu disais toujours que nous étions difficiles ? Alex ne l'est pas. Il engloutit tout ce qu'on met devant lui sans un mot.

— Après ce que tu as dit, je n'en doute pas. Le pauvre bébé essaie juste de comprendre les choses.

Elle se tourna vers Donald.

— Pourrez-vous lui trouver de l'aide ?

— Oui. Je lui obtiendrai tout ce dont il a besoin, murmura Donald.

Carter commençait à comprendre qu'Alex avait réussi à se faufiler dans le cœur de Donald de la même manière dont il avait touché le sien.

— Ce dont ce garçon a besoin, c'est d'une famille, dit son père de son habituel ton accusateur.

— C'est ma prochaine tâche, dit Carter sans s'adresser directement à son père. Demain, je vais faire des recherches sur la mère d'Alex et voir si je peux lui trouver de la famille. Nous espérons que nous pourrons en trouver.

Carter soupira.

— Il y avait aussi quelqu'un qui payait pour…

Il déglutit.

— … les vidéos, et nous devons aussi retrouver sa trace.

— On dirait que tu vas être très occupé, dit William.

— Je le serai, c'est certain.

Bien sûr, il y aurait aussi d'autres travaux à faire pour lui. C'était probable qu'il soit submergé de travail pendant quelques jours. Il avait espéré pouvoir faire une autre patrouille, mais c'était de plus en plus improbable, du moins pour l'instant.

— J'espère que tu trouveras quelqu'un qui l'aimera, dit sa mère, le regardant sans ciller.

L'insinuation de sa mère n'était pas perdue pour lui, mais comme Donald l'avait expliqué, les mains de Carter étaient liées, du moins sur le court terme. La meilleure façon pour lui d'aider Alex était de faire son travail du mieux qu'il le pouvait. Il le savait. Mais ça faisait quand même mal. Donald glissa sa main dans celle de Carter sous la table et partagea rapidement un sourire avec lui.

— Tout ira bien. Je m'en assurerai.

Donald serra les doigts de Carter légèrement, puis il s'appuya contre le dossier de sa chaise, repu et un peu heureux, en particulier quand Donald le regardait de cette façon.

— Le dessert sera dans peu de temps, déclara la mère de Carter.

— Je vais t'aider à débarrasser, proposa Liz.

Tout le monde se leva de table et s'éparpilla dans la maison, avec les hommes retournant dans le salon. Carter partagea un regard avec Donald parce qu'il n'était plus vraiment certain où il allait s'intégrer maintenant. Avant, il serait allé dans le salon et aurait regardé le match. Mais cela ne l'intéressait pas vraiment maintenant.

— Pourquoi n'irions-nous pas voir si les garçons veulent jouer dehors ? suggéra Donald. C'est une belle journée.

— Le comté a transformé la parcelle qui était vide depuis des années en petit parc, leur apprit sa mère. Vous n'avez qu'à y emmener les garçons. Il y a une balançoire et un grand château en bois sur lequel ils peuvent grimper.

— Vois si William veut y aller aussi, si tu peux l'éloigner de la télévision.

Liz leva les yeux au ciel, et Carter devina qu'elle avait raison.

Finalement, la télévision était d'un trop grand attrait, donc Donald, lui et les trois garçons marchèrent sur le trottoir jusqu'au terrain de jeu. Alors qu'ils se rapprochaient, les cris et les rires des enfants jouant leur signalèrent qu'ils n'étaient plus loin. Lorsqu'ils entrèrent dans le parc, Carter trouva une place pour s'assoir et les garçons s'éloignèrent en courant, avec Blaine tenant la main d'Alex.

— C'est tellement mignon la manière qu'il a de faire attention à Alex.

— C'est le plus jeune et il a l'habitude que Robert soit là pour lui, donc je suspecte qu'il retourne juste la faveur.

Carter plaça le sac d'affaires qu'ils avaient apporté à côté du banc. Donald déplaça le sac et s'assit à côté de lui.

— Est-ce que tu penses qu'Alex emportera ce lapin avec lui pour son premier jour au lycée ?

Donald rit.

— Il représente la sécurité pour lui pour le moment. Il n'en a jamais eu, et la seule chose qui était là pour lui c'était ce lapin. Quand Harker le lui a pris, cela a dû être dévastateur pour lui.

— Tu penses qu'il le tenait en otage ? Utilisant le lapin pour obtenir ce qu'il voulait d'Alex ?

La pensée le rendait encore plus en colère qu'il l'avait été avec son père.

— Détends-toi.

Donald tapota sa main.

— Tu es tout feu tout flamme depuis un moment maintenant.

Donald se tourna vers lui.

— Je savais que tu étais un homme passionné, mais je ne savais pas que tu avais un sacré tempérament. Je ne pense pas que ton père a su ce qui lui arrivait.

— Je n'allais pas laisser mon père faire peu cas de ce qu'Alex a traversé.

Carter se tourna de nouveau pour regarder Alex jouer. Il retint son souffle alors que celui-ci grimpait au sommet du château en bois, toujours en tenant son lapin. Carter se leva et s'approcha, grimpant jusque-là où se trouvait Alex.

— Est-ce que tu veux que je tienne ton lapin pour toi ? M. Donald et moi le surveillerons.

Alex regarda son Lapinou puis les autres enfants jouant avant de lui tendre la peluche.

— Ne t'inquiète pas. Il sera avec nous, et tu pourras le reprendre quand tu auras fini de jouer.

Carter descendit du château et retourna auprès de Donald, déposant le lapin sur le dessus du sac.

— Il semble bien s'amuser.

— Des activités normales sont bonnes pour lui. Il n'en a probablement pas eu beaucoup.

Donald toucha son bras.

— Je pense que tes neveux sont merveilleux. Regarde comment aucun d'eux ne le laisse derrière. Je pense qu'ils tiennent cette prévenance de leur oncle.

Donald lui donna un petit coup d'épaule.

— Je suppose que je commence à te plaire.

— Carter...

— Eh bien, à quoi t'attendais-tu ?

Carter se tourna vers Donald.

— Parfois, tu es chaud, d'autres fois, tu es froid. Je ne sais pas vraiment quoi en faire ni pourquoi tu agis ainsi.

Carter fixa son regard dans celui de Donald, essayant de le pousser à s'ouvrir, même un petit peu. Il refusait de le laisser tranquille. Finalement, Donald se détourna pour regarder Alex jouer sans dire quoi que ce soit.

Carter soupira et suivit le regard de Donald.

— Combien de temps veux-tu rester ?

Il pouvait déjà sentir Donald s'éloigner. Sa voix portait un léger ton glacial qui n'avait pas été présent depuis un moment, mais il était là. Carter savait ce que cela signifiait, et il devait prendre une décision. Combien de temps avant que le Glaçon ne se montre à nouveau ? Il supposa que c'était mieux d'affronter Donald et de voir ce qui se passait. Cela apparaissait un peu comme un interrogatoire.

— Je n'aime pas parler de mon passé, lui dit Donald sans le regarder. Ce n'est plus, qui je suis.

— Alors, pourquoi ne pas tout avouer ?

— Je ne suis pas un criminel, répliqua Donald. Et je ne suis pas dans une salle d'interrogatoire.

— Non, tu ne l'es pas, et je ne t'interroge pas. Je te pose simplement une question, et tu es celui qui en fait tout un plat, ce qui me fait me demander de quoi tu as si peur. Toute cette apparence glaciale n'est qu'un masque pour te cacher, une sorte de mécanisme de défense que tu utilises pour éloigner les autres.

— N'essaie pas de m'analyser, déclara Donald en s'échauffant un peu.

— Pourquoi pas ? insista Carter. Tu m'analyses, moi et tous ceux autour de toi. Ne pense pas que je ne le vois pas. Tu écoutes ce que tout le monde dit et tes yeux changent, soit ils deviennent neutres ou pleins de vie en fonction de ce que tu penses que les autres ont ou non des arrière-pensées. En dépit des circonstances, nous avons passé un bon moment ce week-end. Ça été sympa de prendre soin d'Alex, et je ne vais pas mentir et dire que je n'ai pas de sentiments pour lui… j'en ai. Mais j'ai aimé être avec toi encore plus.

Donald se tourna et se concentra sur lui.

— Tu as fait attention à Alex tout le week-end. Ne me dis pas que la seule raison pour laquelle tu es resté, c'est à cause de moi.

— Est-ce que je faisais attention à Alex la nuit dernière ? répliqua Carter. Non. C'était seulement toi.

— C'était juste du sexe.

Carter tendit la main pour prendre son menton entre ses doigts, lui relevant la tête pour rencontrer ses yeux.

— C'était peut-être juste du sexe pour toi. Mais je ne fais pas ça. Pour moi, rien de la nuit dernière ne le qualifiait comme juste du sexe. Je n'ai pas couché pour coucher depuis longtemps. J'en ai fini avec ces conneries. Quand je suis avec quelqu'un, c'est sacrément plus que juste du sexe.

Carter garda sa voix basse, mais intense, et il vit Donald trembler.

— Tu es celui qui a besoin de décider si la nuit dernière était juste du sexe ou pas.

Carter se leva et s'éloigna. S'il restait plus longtemps, sa colère referait surface et il ne le voulait pas. Il fonctionnait à plein régime depuis son emportement avec son père, et il ne voulait pas en arriver là avec Donald.

Il y avait peu de choses qu'il pouvait faire pour aider Donald à comprendre ce qu'il voulait. La nuit dernière, dans ses bras, Donald était tombé en morceaux. Cela ne pouvait pas être de la comédie, et Donald avait besoin de voir ça aussi clairement que Carter pouvait le voir.

— M. Carter, regarde-moi ! appela Alex, puis il se suspendit la tête en bas depuis l'une des barres.

C'était un mouvement si simple et pourtant tellement mignon de le voir jouer comme les autres enfants.

— C'est génial ! lui dit Carter avant de se rapprocher.

Alex se redressa et se précipita vers lui.

— Tu viens jouer avec nous ?

Carter eut un petit rire.

— Je ne pense pas que ce soit construit pour les personnes de ma taille. Mais va t'amuser et jouer. On a du temps devant nous.

— Est-ce que je peux faire ça ? demanda Alex en lui montrant du doigt les balançoires.

Carter hocha la tête et lui tendit la main. Il dirigea Alex vers les balançoires et l'installa avant de le pousser. Blaine se précipita vers eux et prit la balançoire à côté de celle d'Alex.

— Pousse-moi aussi, Oncle Carter.

Il courut pour se donner un bon départ et se laissa tomber sur le siège. Carter poussa doucement les deux garçons jusqu'à ce qu'ils se balancent joyeusement. Robert les rejoignit aussi. Heureusement, Donald arriva et tous les deux partagèrent la responsabilité des poussées.

— Je pense que c'est bien qu'il ait un peu attendu pour ça, autrement ils seraient à ramasser à la petite cuillère avec des estomacs contrariés, dit Donald. Je n'ai jamais été capable de me balancer sans me sentir malade. Même étant enfant je restais loin des balançoires.

— J'adorais en faire. Je suppliais ma mère de m'emmener au parc et je me balançais pendant des heures, ou jouait sur la cage à écureuil. Ils n'ont même plus ça maintenant.

— C'est trop dangereux. La plupart des aires de jeux les ont enlevés.

Donald continua de pousser Robert.

— Je les aimais bien aussi. Je m'accrochais la tête en bas, ou j'imaginais que c'était un vaisseau spatial qui m'emmènerait où je voulais. Il y avait une aire de jeu près d'un des endroits où j'habitais, et j'y allais chaque fois que je le pouvais.

Carter savait que Donald s'ouvrait un peu et il sourit. L'aire de jeu était un souvenir heureux.

Carter se recula et laissa les garçons se balancer, il observa Donald. Si quelque chose d'aussi simple qu'aller à l'aire de jeu était un souvenir heureux, alors quelles autres sortes de souvenirs Donald avait ? Il se posait des questions sur la famille de Donald, mais ce commentaire lui ouvrait les yeux. Peut-être que Donald ne voulait pas parler de son passé parce qu'il était trop douloureux.

— Qu'est-ce qui te fascine tant ? demanda Donald en lui jetant un coup d'œil.

— Toi, répondit honnêtement Carter.

Donald était magnifique, avec ses cheveux noirs un peu désordonnés et sa chemise juste assez ouverte pour donner un aperçu de son torse parsemé de poils noirs. Parfois, les yeux de Donald pouvaient être écarquillés et aussi extrêmement expressifs, mais il pouvait les fermer et alors ses yeux étaient profonds, comme un trou noir, sans fond, ne montrant rien du tout. Carter aimait la profondeur des émotions que Donald pouvait exprimer, mais il détestait lorsqu'il se refermait. Cela faisait sentir Carter déconnecté, regardant à l'intérieur de l'extérieur, ce qui craignait vraiment. Il souhaitait vraiment que Donald s'ouvre et le laisse entrer, lui fasse confiance.

— Je suis sérieux.

— Je sais que tu l'es, dit Donald.

— Oncle Carter, l'appela Blaine, attirant à nouveau son attention sur les balançoires qui avaient ralenti.

Il poussa Blaine et Alex, les deux garçons riant et demandant à aller plus haut.

Il voulait demander ce que Donald voulait dire, mais ce n'était pas le moment. Après un moment, les garçons se lassèrent des balançoires et retournèrent jouer dans le château de bois.

— Dix minutes de plus puis, nous retournerons chez mamie pour le dessert, dit Carter.

Une fois que ce serait terminé, ils pourraient rentrer à la maison sans que sa mère en fasse un cas fédéral. Bon sang, la famille était probablement déjà prête à ce qu'il s'en aille.

— Je sais que tu es sérieux, mais je ne sais pas si je peux y croire, murmura Donald quand ils furent tous les deux de retour sur le banc à regarder les enfants.

— Pourquoi pas ?

Sa question fut rencontrée avec un autre de ces silences, ce mur que Donald n'était pas disposé à grimper ou à y construire une porte.

Après quelques minutes, Donald dit :

— C'est simplement difficile pour moi de penser que tu ne changeras pas d'avis plus tard. Je sais que tu es honnête avec moi, je n'en doute pas, mais dans une semaine, un mois ou un an ? Alors quoi ?

— Je n'ai aucune réponse pour toi. Je ne peux pas prédire le futur, mais je ne suis pas une personne volage qui change d'avis sur un coup de tête, et mon cœur ne butine pas d'homme à homme comme une abeille de fleur en fleur. Personne ne peut donner de garantie… mais tenir à quelqu'un n'est pas à propos de ça. Du moins cela ne le devrait pas. C'est à propos d'avoir foi.

— Je n'ai aucune foi. Tout a déjà été utilisé.

Donald vérifia l'heure sur sa montre.

— Cinq minutes, les garçons.

— Ce n'est pas vrai, répondit Carter en ignorant l'interruption. Je peux comprendre si tu me disais simplement que tu n'étais pas intéressé et ne voulais pas que je sois près de toi. Je peux gérer ça. Mais l'ignorance et ce masque d'homme froid deviennent épuisants à la longue, même pour toi.

— Comment le saurais-tu ? le défia Donald.

— J'étais là la nuit dernière, tu te souviens ? J'ai vu la manière dont tu te penchais à chaque contact comme si tu en avais grandement besoin, autant que de l'air ou de l'eau. Je suis entraîné pour voir les plus petites indications qu'un suspect est en train de mentir. Cet entraînement s'étend à toutes autres sortes d'observations. Donc tu peux dire ce que tu veux, mais je n'y crois pas vraiment.

Carter se leva et se dirigea vers les garçons.

— Juste quelques minutes de plus, le supplia Robert.

— Tu sais que c'est l'heure d'y aller. Mamie ne sera pas contente si on manque le gâteau.

Les trois garçons se regardèrent les uns les autres. Les sourires de Blaine et Robert s'agrandirent et même Alex les rejoignit. Il ne connaissait peut-être pas les desserts de la mère de Carter, mais il voulait définitivement une part de gâteau. Ils coururent vers le banc. Après avoir rassemblé toutes leurs affaires, ils commencèrent à faire leur chemin de retour vers chez ses parents. Les garçons parlaient, mais Donald et lui restèrent obstinément silencieux.

Lorsqu'ils arrivèrent à la maison, sa mère s'agita immédiatement autour des garçons, les faisant se laver les mains puis les installant à la table avec leurs assiettes. Bien sûr, Alex attaqua tout de suite sa part. Au moment où il eut fini, le gâteau avait disparu et il avait du glaçage partout sur le visage. Mais son sourire valait bien tout ce désordre. Sa mère donna aussi une part à Carter et Donald.

— Je couperais un bout de gâteau pour que vous en rameniez chez vous, lui dit-elle.

— Alex va adorer ça.

Les garçons quittèrent la table et Donald emmena Alex se débarbouiller.

— Tu as été dur avec ton père, commença sa mère alors qu'elle tirait la chaise à côté de lui et s'y asseyait. Pas qu'il ne le mérite pas.

Elle déposa son verre d'eau sur la table.

— Je l'aime énormément, mais parfois il peut être le plus grand imbécile de la terre. Mais il ne veut que le meilleur pour ses enfants.

— Peut-être que ce qui est le mieux pour ses enfants, c'est qu'il les laisse prendre leurs propres décisions et qu'ils n'aient pas à être à la hauteur de quoi que ce soit qu'il veuille.

Carter n'allait pas reculer, pas même avec sa mère.

— OK, je vais t'accorder ça.

— Je ne vais pas m'excuser auprès de lui. S'il veut être comme ça, il peut. Mais Alex a traversé l'enfer, et qu'il prenne ça à la légère…

— Tu as réglé ça assez rapidement, répondit sa mère. Ainsi que l'appétit de tout le monde autour de la table. Mais ce n'est pas ce dont je voulais parler avec toi.

Elle se pencha en arrière, jetant un coup d'œil dans le couloir.

— Alex n'est pas le seul ici aujourd'hui qui a traversé l'enfer. J'ai vu la marque du diable lui-même sur ton ami. Il a traversé ça et en est en quelque sorte revenu.

— Donald aide les gens tous les jours. C'est un homme bon…

— Je ne voulais pas dire que je pensais qu'il était mauvais. Je voulais dire que je crois qu'il a vu des choses et fait des choses qui nous feraient trembler. Il a vu l'enfer et a survécu. Seul le Seigneur sait comment, mais il a fait. Et c'est écrit dans ses yeux.

Elle tapota sa main.

— Je sais que tu es intéressé à aider Alex, et c'est louable.

Elle se rapprocha et l'embrassa sur la joue.

— Ce petit garçon est adorablement spécial. Mais je pense que Donald a aussi besoin de toi. Même s'il ne le réalise pas.

Elle se leva et quitta la table alors que Donald et Alex revenaient dans la pièce.

— Je vais chercher une assiette et couper un bout de gâteau que tu pourras emporter.

— Merci maman.

— Est-ce que tu t'es amusé au parc ? demanda-t-elle à Alex.

Carter n'était pas certain s'il allait répondre.

— Mm-mm. J'ai fait de la balançoire et joué dans le château. M. Carter m'a poussé et il a tenu Lapinou aussi.

Alex avait le lapin en peluche de nouveau dans ses bras.

— C'est bien. J'ai mis une part en plus pour Lapinou. Mais s'il n'a pas faim, alors peut-être que tu peux la manger pour lui.

Elle se pencha en avant et chatouilla légèrement le ventre d'Alex. Il gloussa et se recula, toujours souriant, mais un peu sur ses gardes, tenant son lapin comme un bouclier.

— Tu peux dire merci ? rappela Carter.

— Merci, répondit Alex et Carter prit sa main.

— Je t'appellerais dans quelques jours.

Carter passa sa tête dans le salon et dit au revoir. Puis il dirigea Alex vers la porte. Donald dit aussi au revoir, avec la mère de Carter lui disant qu'il était le bienvenu quand il voulait.

116

Quand ils eurent bouclé la ceinture de sécurité d'Alex assis dans son siège auto puis sur la route, Carter était épuisé. Alex tomba endormi en quelques minutes après être entré sur l'autoroute, et Donald s'assit dans le siège passager.

— Ta famille est-elle toujours ainsi ? demanda Donald. Ils semblent vraiment gentils.

— Ils le sont, pour la plupart. Ils peuvent aussi être fatigants. Personne n'est jamais silencieux, et ils parlent les uns par-dessus les autres tout le temps, mais ils sont une bonne famille, je suppose. J'aurai aimé que papa soit différent, mais il est qui il est, et je suppose que si je veux qu'il m'accepte, alors je dois l'accepter, défauts et tout le reste.

— Je pense que c'est ce que signifie faire partie d'une famille.

Donald se détourna de lui et regarda par la vitre. Le soleil d'après-midi jetait une lueur chaleureuse sur les arbres autour d'eux. Carter conduisit et n'essaya pas de pousser Donald à parler. Cela ne ferait aucun bien de toute manière.

— Je pensais qu'on pourrait commander chinois pour le dîner, proposa Carter. À moins que tu veuilles simplement que je rentre chez moi. Je suis certain que tu peux prendre soin d'Alex.

Étant donné la manière dont Donald semblait se retirer, il ne voulait pas s'imposer où il n'était pas voulu.

— Aigre-doux parait sympathique, et tu peux faire ce que tu veux. Si tu préfères dormir chez toi, alors Alex et moi serons très bien. Je peux éloigner et calmer ses cauchemars.

Donald ne se tourna pas de là où il regardait le paysage passer.

— Cela ne fait aucune différence pour moi.

Carter agrippa plus fortement le volant.

— C'est vraiment ce que tu ressens ? J'essayais de demander ce que tu voulais.

Carter lui jeta un coup d'œil tandis que le gel devenait plus épais dans la voiture. Il pouvait le sentir venir de Donald et se répandre. Donald haussa les épaules, mais ne répondit pas.

— Tu dois me dire ce que tu veux, pas ce que tu penses que je veux entendre.

— J'espérais que tu resterais, dit finalement Donald, et Carter tendit une main et la plaça sur sa jambe.

— Était-ce si difficile ? demanda gentiment Carter. Ouvre-toi juste un peu et dis-moi ce que tu veux. Je ne peux pas lire tes pensées. Je dois passer par mon appartement prendre des affaires pour demain matin, mais après ça, on peut commander une pizza, peut-être regarder un film et se remettre de la surcharge familiale.

— D'accord.

Donald se détourna de la vitre. Carter pensa qu'il pourrait avoir gagné une petite victoire, mais seul le temps pourrait dire si c'était significatif ou pas.

VI

LA MAISON était calme. Presque trop calme. Alex était endormi à l'étage, et Donald descendit les escaliers après avoir vérifié qu'il allait bien. Carter était toujours dans la cuisine. Il avait proposé de tout nettoyer, donc Donald s'assit sur le canapé, les pieds relevés et les yeux clos. Cela faisait longtemps qu'il n'avait pas été si fatigué. Une fois qu'ils étaient arrivés à la maison, Alex s'était réveillé de sa courte sieste avec beaucoup trop d'énergie. Il s'était à peine arrêté pour manger, ce qui ne lui ressemblait pas, avant de retourner jouer avec ces jouets, faisant rouler ses petites voitures et camions partout dans la pièce. Il le faisait toujours silencieusement, pas de bruit de voitures ou de bavardage de la même façon que faisaient ses neveux, mais cela avait fait du bien de le voir montrer une énergie d'enfant normal.

La vaisselle cliquetait dans la cuisine, et Donald allait se lever pour aider quand les sons s'arrêtèrent et le doux clic de l'interrupteur atteignit ses oreilles. Des pas approchèrent et des bras forts s'enroulèrent autour de ses jambes. Carter s'assit et plaça les jambes de Donald sur ses genoux. Il se rassit presque de toute façon quand Carter lui enleva ses chaussures, les laissant tomber sur le sol. Puis ses chaussettes suivirent, et Carter commença doucement à masser ses pieds. Bon sang, ça faisait du bien, et la tension qui s'était construite pendant les dernières heures s'évanouit.

Donald savait qu'il aurait probablement simplement dû dire à Carter ce qu'il voulait savoir. Mais il n'avait pas parlé de ce genre de chose depuis tellement longtemps qu'il n'était pas certain d'être capable de fournir une explication… à qui que ce soit. Ces souvenirs et ces expériences étaient verrouillés dans leur propre boîte bien rangée, et l'ouvrir allait très certainement relâcher des horreurs qu'il était préférable de laisser où elles étaient.

— Bon sang, gémit Donald. C'est incroyable.

Carter caressait ses pieds, ses chevilles et jusqu'à ses mollets avec juste assez de pression pour le garder intéressé et faire légèrement frémir son désir. Carter poussa la jambe de pantalon vers le haut, exposant plus de peau, ses mains continuèrent leur magie de haut en bas des jambes et des pieds de Donald avant de changer pour s'occuper de l'autre.

La pièce était calme, et Donald entendait seulement l'occasionnelle respiration légère par-dessus le martèlement toujours croissant de son cœur dans ses oreilles. Carter ne fit pas d'avance supplémentaire ou même quelque chose d'ouvertement sexuel ; il n'en avait pas besoin. Chaque touché était attentionné et intime. Spécial. Les hommes avec qui ils avaient été avaient toujours eu pour objectif de passer à l'événement principal. C'était ce que Donald préférait, parce qu'une fois que c'était fini, généralement ils rentraient chez eux, et les murs de Donald restaient intacts. Mais c'était tellement discret, Donald ne réalisait même pas ce qu'il s'était passé jusqu'à ce qu'il soit trop tard. Il ouvrit les yeux, vit Carter le regarder comme s'il avait décroché la lune, et il haleta. Carter était amoureux de lui. Il le vit dans ces quelques secondes avant que Carter ne se détourne. Pire, il se sentait de la même façon. Comment cela avait-il pu arriver ? Donald n'en avait aucune idée.

Il avait été tellement prudent. Bien sûr, Carter avait été gentil. Il l'avait aidé avec Alex tout le week-end. D'accord, ils avaient couché ensemble. C'était ce qu'il faisait quand il y avait homme séduisant qui voulait passer du temps dans son lit. Mais c'était seulement du sexe. C'était ce qu'il avait dit à Carter et ce qu'il se disait à lui-même, encore et encore. Ça devait rentrer. Ça le devait. Donald ferma à nouveau les yeux afin que Carter ne puisse pas voir sa surprise ou percevoir ce qu'il ressentait. Il savait que Carter voyait beaucoup plus que ce que Donald ne voulait que Carter voit, et il ne pouvait pas le laisser voir ça. S'il le voyait, il n'y aurait pas de retour en arrière. Mais après-demain, Carter retournerait à sa vie, Donald placerait Alex dans une famille d'accueil correct, et tous les deux n'auraient plus aucune raison de se revoir. D'une manière ou d'une autre, Donald ramasserait les morceaux et continuerait sa vie. Il l'avait déjà fait avant et il le referait. C'était mieux ainsi pour lui et pour Carter.

Donald avait peur d'ouvrir les yeux maintenant. Les fantastiques mains de Carter n'avaient pas fléchi une seule seconde pendant qu'il cogitait. Un petit gémissement s'échappa de sa gorge, et aussitôt que Donald s'entendit faire le bruit, il ne put arrêter celui qui suivit pour tout l'or du monde. Ses jambes commencèrent à trembler, et après un petit moment, Carter s'arrêta, ses mains reposant sur les pieds de Donald, puis le touché s'estompa. Avant qu'il ne le réalise, Carter était en train de l'embrasser, leurs lèvres se touchant doucement, mais avec une intensité qui le faisait voler.

Carter approfondit le baiser, se déplaçant sur le canapé et glissant ses mains derrière le cou de Donald. Il le souleva légèrement, berçant sa tête alors qu'il pillait la bouche de Donald, prenant tout et donnant tout en retour.

— Nous devons continuer à l'étage, murmura Carter en attirant Donald à lui.

Donald savait que c'était le moment ou jamais. Il devait s'éloigner. Alex était au lit, et si Donald le demandait, Carter rentrerait chez lui. Lui demander de partir serait l'ultime acte de son personnage de glaçon, celui qu'il avait construit et cultivé pour empêcher les situations comme celle-ci d'arriver. Mais merde s'il pouvait se résoudre à le faire. Carter glissa de sous ses jambes et prit sa main. Donald l'agrippa et laissa Carter le remettre sur ses pieds. Il suivit Carter à l'étage, à travers la maison en grande partie plongée dans le noir.

Donald s'attendait à ce que Carter le guide jusque dans sa chambre, mais il s'arrêta dans le couloir, et Carter jeta un œil dans la chambre d'Alex. Donald suivit et vit Alex recroquevillé sur le lit, profondément endormi, son visage libre de toute tension, douleur ou confusion, son Lapinou dans ses bras.

— C'est la plus précieuse vision que j'ai vue de ma vie.

Carter soupira et referma la porte de la chambre d'Alex jusqu'à ce qu'elle soit presque fermée. Puis il reprit la main de Donald et le dirigea plus loin dans le couloir.

Sa propre porte de chambre cliqua en se refermant derrière eux puis Carter enroula ses bras autour de la taille de Donald et sa chaleur entoura Donald.

— Est-ce correct ? demanda Carter.

Donald fredonna son approbation tandis que Carter le guidait jusqu'au lit. Il s'attendait à tomber dessus, mais Carter le maintint debout et retira sa chemise.

— Bon sang, tu sens tellement bon, murmura Carter en inhalant profondément près de la base de sa nuque avant de lécher et sucer sa peau.

— Carter, je ne veux pas devoir expliquer les marques sur ma nuque demain, murmura Donald, mais il savait déjà que c'était trop tard.

Il pouvait déjà sentir l'ardeur de Carter le marquer.

— Ainsi tu te souviendras, chuchota Carter.

Donald arqua son dos pendant que Carter léchait un chemin sur son torse avant de sucer durement et fermement un de ses tétons, puis de gratter légèrement sur sa peau sensible avec ses dents. Donald gémit bruyamment tandis que de petits électrochocs d'excitation couraient dans son corps. Quand Carter s'arrêta, Donald respira profondément, seulement pour avoir son souffle lui être volé lorsque Carter reproduisit la même torture exquise sur son autre téton. La ligne entre plaisir et douleur était tellement proche, et Carter semblait savoir exactement quand s'arrêter, ce qu'il fit seulement lorsque Donald fut à bout de souffle.

Carter le poussa en arrière et Donald s'écroula sur le matelas, rebondissant faiblement une fois, mais y prêtant peu d'attention parce que Carter passait sa chemise par-dessus sa tête. Donald tendit les mains et les glissa sur la peau douce de Carter, laissant ses articulations heurter ses abdos. Carter était proche de la perfection de la virilité selon Donald, fort sans être extrêmement volumineux, avec des lignes de muscles sculptées qui le menaient de ses abdos vers le bas dans son pantalon, pointant le chemin vers le bon endroit. Quand Carter inspirait et rentrait ses muscles, ils devenaient plus prononcés. Donald les retraça de ses doigts, s'attardant en haut de la taille de son jean.

Donald défit la ceinture de Carter puis ouvrit le premier bouton. Il allait ouvrir le reste quand Carter se pencha en avant, capturant ses lèvres, les baisers atteignant son cœur. Donald s'agrippa fermement à Carter, caressant de haut en bas ce dos puissant jusqu'à la courbe de ses fesses. Avec le pantalon de Carter défait, Donald était capable de glisser ses mains à l'intérieur, passant outre le denim pour prendre en coupe les fesses de Carter.

— Bon sang, souffla-t-il juste assez fort pour être entendu. Tu dois faire des squats jusqu'à en mourir.

Les fesses de Carter étaient aussi dures qu'un rocher, et quand il contractait ces muscles, ils étaient comme du granite.

— Tu sais ce que je peux faire, murmura Carter dans son oreille avant de la sucer doucement. Est-ce que tu veux ?

Carter ouvrit le jean de Donald, déboutonnant chaque bouton et le poussant rudement le long de ses hanches. Donald poussa ses hanches en avant.

Carter retira le jean ainsi que les sous-vêtements de Donald et les laissa tomber sur le sol. Puis il s'agenouilla près de Donald, le regardant alors qu'il faisait courir ses mains sur son ventre et le long de ses hanches, passant sa verge et ses testicules, entre ses jambes et sous ses fesses. Il pressa ses bras contre le sexe et les bourses de Donald et taquina son entrée avec ses doigts. Merde, c'était incroyable, Donald leva ses fesses hors du lit, poussant en avant pour un peu plus de friction. Carter se pencha en avant et suça la tête de l'érection de Donald entre ses lèvres.

Ce dernier pensa qu'il allait mourir. Il se sentait extraordinairement bien, cela devait être trop bien pour être vrai. Chaque part de lui était en feu, et quand Carter le suça plus profondément et tapota sur son orifice en même temps, il eut un petit cri de surprise, ferma fortement les yeux et trembla à la quasi-surcharge sensorielle. Carter avait appuyé sur tous ses points sensibles en même temps, et il allait être poussé à bout. Il perdit presque le contrôle alors que Carter prenait tout de lui. Quand il se détendit, Carter glissa un doigt en lui jusqu'à la première articulation, et il geignit. Il semblait tellement désireux à ses propres oreilles, pourtant il ne s'en souciait pas vraiment, pas maintenant. Il devait avoir plus de tout.

— Ton goût est fantastique, murmura Carter avant de lécher la couronne de son gland, puis il glissa l'érection de Donald entre ses lèvres une nouvelle fois, lentement, mais avec assez de friction pour que ce dernier puisse le sentir glisser autour de lui centimètre par centimètre.

Bon sang, il aimait ça, et cela lui prit toute sa volonté pour rester immobile. C'était tellement bon et il voulait que ça dure.

— Carter, qu'est-ce que tu me fais ? haleta Donald.

Carter se retira juste assez longtemps pour dire :

— Je suce ton cerveau hors de toi par ta queue.

Puis il pressa son doigt plus profondément en lui. Bon sang, Donald était dans un état second. Chaque mouvement que Carter faisait lui apportait plus de sensation et de plaisir. Peu importe où Carter le touchait, il s'animait de vie et brûlait d'une chaleur volcanique. Quand Carter courba son doigt, frôlant sa prostate, Donald tomba presque en morceaux. Il agrippa les cheveux de son amant, pressa sa tête vers le bas sur son érection, claqua ses hanches plusieurs fois, et explosa. Du moins c'était comment il l'avait ressenti alors qu'il jouissait dans la gorge de Carter.

Il ne fut pas conscient de lui-même pendant quelques secondes. Quand il revint à lui, il réalisa qu'il agrippait toujours les cheveux de Carter et ruait comme un sauvage. Il ralentit puis arrêta complètement ses hanches, cherchant à respirer, puis relâcha les cheveux de Carter. Mon Dieu, il se sentait comme un idiot. Il n'avait jamais perdu le contrôle de lui-même comme ça et…

Carter se recula puis l'embrassa, durement.

— Putain, c'était chaud, murmura-t-il contre les lèvres de Donald. Tu as volé avec les oiseaux pendant quelques secondes là.

— Oui, admit-il. Désolé si j'ai…

Carter l'embrassa pour le faire taire.

— Je ne suis pas fragile et je ne vais pas me casser. Tu étais parti, complètement ailleurs, et je t'y ai emmené. Sais-tu à quel point c'était torride ?

Carter lui fit un sourire rapide puis l'attira dans un baiser.

— Maintenant, je vais le refaire.

— Bon Dieu… gémit Donald.

Il n'était pas certain qu'il puisse y survivre. Carter sortit du lit. Donald le regarda, captivé, tandis que son amant enlevait le reste de ses vêtements. Bon sang, il était magnifique. Donald eut l'eau à la bouche. L'érection de Carter tressauta légèrement alors qu'il s'approchait du

124

lit. Donald roula sur le ventre et se déplaça vers le haut du lit. Quand Carter fut assez proche, il guida l'érection de Carter dans sa bouche, le suçant fortement, le gland glissa contre sa langue. Carter était épais, donc Donald devait ouvrir la bouche largement pour le prendre, et il en aimait chaque seconde.

Carter se balança d'avant en arrière lentement, glissant son érection contre la langue de Donald. Une douceur salée emplit sa bouche et Donald lui donna tout ce qu'il avait. Cela ne prit pas longtemps avant que Donald ne constate les petits tremblements et la façon dont les mouvements de Carter devinrent irréguliers qu'il était proche de jouir. Carter se retira et attira Donald dans ses bras, le pressant à nouveau contre le matelas.

— Je te veux, Donald.

Carter fouilla dans le tiroir de la table de chevet, trouvant un autre de ces préservatifs arc-en-ciel. Cela devait être le dernier, mais tout ce que Donald pouvait penser était Carter pendant qu'il lubrifiait ses doigts puis les pressait contre son entrée.

Il haleta puis ferma les yeux tandis que Carter le préparait puis s'installait entre ses jambes.

Carter toucha légèrement son menton.

— Je veux te voir, murmura Carter et Donald ouvrit les yeux.

Carter était juste là, le regardant profondément dans les yeux. Donald n'était pas certain de ce que Carter pouvait voir et il voulut fermer une nouvelle fois ses yeux. Les choses devenaient trop proches du sommet pour lui, et s'il l'atteignait, Donald tomberait dans le vide et il n'y aurait aucun retour possible.

Carter se glissa en lui et le corps de Donald s'épanouit. L'étirement, la sensation d'être plein, l'intimité, et la façon dont Carter continuait de regarder profondément dans ses yeux lui coupaient le souffle. Quand Carter commença à bouger, il se rapprocha et sembla être en train d'écouter. Il n'y avait pas de mots, mais quand le souffle de Donald accrocha, Carter ralentit, et quand il haleta, Carter accéléra.

— Qu'est-ce que tu fais ?

— J'écoute ta respiration, murmura Carter.

Il claqua ses hanches et Donald haleta. Puis il le fit encore et encore, jusqu'à ce que les halètements de Donald chutent de sa bouche les uns après les autres. Carter le tenait, ses mouvements ralentissant et devenant moins profonds. Donald aimait ce sentiment et cette intimité. Il avait couché avec un certain nombre d'hommes. Certains avaient été bons, d'autres moins, mais aucun n'avait été génial. Ça, avec Carter, c'était époustouflant, tellement qu'il devait se souvenir de respirer. Encore plus, tout ce qu'il arrivait à penser c'était qu'il n'avait pas su ce qu'il lui manquait jusqu'à Carter et une fois que c'était fini, et ça se finirait, parce que pour lui les relations se terminaient, il lui manquerait, probablement pour le reste de sa vie.

— Carter… grogna Donald alors qu'ils se balançaient ensemble, Carter les conduisant tous les deux au septième ciel, et Donald s'agrippa pour la chevauchée érotique de sa vie.

Puisqu'il avait déjà joui une fois, cela lui prit un moment avant que son ardeur ne revienne. Pas que Carter soit moins excitant, mais les choses prirent plus de temps, et Donald aimait le fait qu'il ne semblait pas y avoir de hâte. Même Carter prenait son temps, utilisant de petits touchés et d'intenses regards pour ajouter plus d'intimité.

— Donald… Tu as déjà eu un surnom ? demanda Carter alors qu'il s'interrompait, restant immobile à l'intérieur de lui. Quand nous sommes ainsi, Donald semble si formel, et je ne veux pas être comme ça avec toi. Je veux être proche. Je veux que tu t'ouvres et que tu me laisses entrer.

Donald gloussa.

— Je dirais que tu l'es déjà.

Carter poussa légèrement puis s'immobilisa une nouvelle fois.

— Non.

Il plaça sa main sur le torse de Donald.

— Je veux que tu me laisses entrer ici. Je sais que c'est difficile pour toi et que tu n'es pas disposé à me dire pourquoi. Mais j'aimerais que tu me fasses confiance.

Carter garda sa main juste au centre du torse de Donald alors qu'il accéléra son rythme. Le lit trembla, les profondes poussées de Carter envoyèrent des vagues de désir douloureux à travers son corps. La totalité de l'énergie semblait s'installer dans la main de Carter, et cela devenait de plus en plus chaud plus il restait allongé là.

Le plus drôle, c'est qu'il n'y avait qu'une main le touchant, rien de plus. Pourtant l'attention de Donald restait là, il ne pouvait penser à rien d'autre.

— Je tiens à toi, Donald Ickle. Et ce, depuis notre première rencontre.

Carter poussa plus vite et plus fort. Donald chercha sa respiration. Finalement, Carter glissa sa main le long du ventre de Donald et enroula ses doigts autour de son érection, le caressant durement et rapidement, exactement la façon dont il l'aimait.

Le désir de Donald tournait maintenant à plein régime et il se mut en cœur avec Carter. Il était tellement prêt à atteindre l'apogée avec lui. Carter poussait profondément et durement, se retirant complètement de son corps puis y replongeant en un lisse et rapide mouvement. Donald ne s'y attendait pas et il eut un petit cri de surprise, puis gémit quand Carter le refit.

— Tu vois, ton corps a grand besoin de moi quand je sors, n'est-ce pas ?

Le souffle de Carter était chaud contre son oreille.

Donald ne répondit pas. Tout ce qu'il voulait c'était que Carter bouge et l'emmène de nouveau dans les hauteurs comme il l'avait déjà fait auparavant.

— Tu as besoin de me le dire.

— Oui. Très bien, tu m'as manqué aussi, admit Donald avec frustration. Pourquoi dois-tu faire ça ?

— Parce que j'ai besoin de l'entendre et tu as besoin de le dire.

Carter se retira et replongea en lui.

— Si plein.

— Je sais. Je peux voir ce que tu ressens dans tes yeux. Tu ne sais pas si tu dois m'embrasser ou me frapper. Tout est en train de s'agiter en toi. Laisse aller. Ne retiens rien, relâche tout.

Donald cligna des yeux et fixa Carter.

— Tu vas jouir dans une minute. Tu es si près du bord que tu ne sais pas vers quel chemin te tourner. Quand tu le feras, laisses aller.

Donne-moi tout, ton plaisir, ta peine, ta douleur, ta frustration, tout ce qui te retient si étroitement. Laisse tout aller.

Donald essaya d'ignorer ce que Carter était en train de lui dire, mais son corps et ses instincts le trahirent. Il n'était pas sûr s'il pouvait laisser aller ces choses. Sa peine et son inquiétude avaient longtemps été utilisées pour construire ses murs qui gardaient son cœur à l'abri des assauts.

— Carter… trembla Donald.

— C'est ça. Laisse aller tout ça…

Carter s'enfonça plus profondément, le caressant durement et fermement.

Donald frissonna de la tête aux pieds. Il essaya de se retenir, mais aussitôt qu'il sentit Carter atteindre le sommet, poussant profondément, puis s'immobiliser, Donald s'effondra dans l'abysse de la jouissance.

Il était en train de tomber, mais il n'atteignit jamais le fond. Finalement, sa descente ralentit et s'arrêta. Il savait que Carter était avec lui, le tenant pendant qu'il flottait sur les ailes de l'extase. Donald finit par ouvrir les yeux. Carter était juste là, caressant doucement sa joue, le regardant avec des yeux scintillants.

— Tu es à couper le souffle ainsi, murmura Carter avec une voix rauque pleine de… d'émerveillement ?

Donald n'avait jamais entendu un tel ton de qui que ce soit… pas qu'il s'en souvienne, en tout cas.

— Non, je ne le suis pas, rétorqua Donald.

— Oui, tu l'es.

Carter continua de caresser doucement sa joue puis descendit sur son épaule et sur son torse.

— Tu l'es certainement.

Carter se pencha en avant et lécha légèrement un téton.

— Tu es magnifique partout.

— La beauté est seulement superficielle, commenta Donald.

— Non. La beauté est aussi profonde que tu l'autorises à aller. C'est toi qui vois.

Carter se retira lentement de lui et Donald frissonna à la sensation et la perte. Carter maintint son regard pendant quelques secondes puis sortit du lit. Donald ne le regarda pas pendant qu'il prenait soin du préservatif, mais il était conscient de chaque mouvement que Carter faisait.

Il était collant et couvert de sueur. Donald pensa à se lever pour se laver, mais bientôt Carter prit sa main et le tira gentiment pour le relever et le sortir du lit. Ils se dirigèrent vers la salle de bain. Carter alluma la douche, une fois que l'eau se fut réchauffée il guida Donald sous le jet.

L'eau chaude faisait du bien, mais les mains savonneuses de Carter étaient encore meilleures. Il travailla sur les épaules de Donald, creusant profondément jusqu'à ce que Donald puisse à peine lever les bras. La tension qu'il transportait habituellement avec lui était partie. Donald n'avait même pas su combien jusqu'à ce qu'il soit mou et lessivé comme une vieille poupée de chiffon. Il pourrait s'effondrer sur le sol de la baignoire si Carter ne l'avait pas maintenu.

— Tu sais que je ne vais pas te laisser tomber.

— Je suppose que je le sais, murmura Donald, et Carter les tourna positionnant Donald sous le jet.

— J'aime vraiment te voir comme ça, chuchota Carter.

— Quoi ? Mouillé ?

— Et calme. Parfois, tu penses trop. Autorise-toi simplement à ressentir. C'est bien de réfléchir, mais cela peut prendre la place de ton cœur.

Donald émit un son indigné et s'agrippa à Carter. Il n'avait pas l'énergie pour se disputer avec lui. Son cœur… il en restait très peu. Il l'avait emmuré, affamé jusqu'à ce qu'il pense qu'il était parti. Puis Carter et Alex étaient arrivés et lui avaient prouvé qu'il était encore fort, juste silencieux. Carter avait raison, il n'était pas sûr s'il devait le frapper ou l'embrasser. Bon sang, tout ce qu'il avait toujours voulu c'était de se sentir en sécurité. Pendant la majorité de sa vie, cela avait été cruellement absent, et il s'était seulement senti en sécurité quand il se coupait lui-même du monde et vivait uniquement pour lui. Il avait arrêté de s'inquiéter pour les autres ou les laisser entrer. Ils n'étaient pas nécessaires, ou il le pensait. Maintenant, Donald n'était pas sûr s'il pouvait pardonner à Carter pour lui prouver qu'il avait tort.

Carter éteignit l'eau, le tirant de ses pensées. Ils sortirent de la baignoire et Carter l'enveloppa dans une serviette. Donald se sécha et peigna ses cheveux pendant que Carter faisait la même chose derrière lui.

— Je peux te sentir te retirer. Tu dois arrêter de faire ça.

Donald se retourna.

— Je…

Carter enleva la serviette de Donald puis laissa tomber la sienne.

— On est juste nous. Carter plaça ses mains sur ses hanches. Je me tiens en face de toi sans aucun bouclier. Je n'ai aucune armure ni aucun vêtement, juste moi, comme je suis, et je te le dis, Donald Ickles, je tiens à toi. Je te vois pour qui tu es, défauts et tout le reste. Carter fit courir ses doigts le long d'une cicatrice sur sa hanche. Personne n'est parfait. Je ne le suis pas et toi non plus. Mais la chose merveilleuse c'est que parfois nous trouvons quelqu'un qui s'en moque. Carter fit un minuscule pas en avant et Donald se recula presque, mais il resta immobile. De temps à autre, dans ce monde plein de douleur et de peine, nous trouvons une personne qui nous verra et nous aimera pour qui nous sommes, rien de plus, rien de moins. Les gens intelligents ouvrent leurs yeux et réalisent à quel point c'est une bénédiction.

— Comment peux-tu en être aussi certain ?

— Je l'ai vu. Malgré tous leurs défauts et aussi blessants qu'ils puissent être, ma mère et mon père s'aiment. Ils se sont toujours aimés. Mon frère a été capable de le trouver, et il y a quelques mois je pensais l'avoir peut-être trouvé aussi. Mais tu m'as tourné le dos, et je t'ai laissé faire. Cette fois, je ne partirais pas sans me battre. Donc si tu veux partir, tu le peux et je ne pourrais pas t'arrêter. Mais, je te le dis, je suis certain de toujours me tenir devant toi à nu et ouvert.

Donald haleta de surprise.

— Et si je ne suis pas assez bon pour toi ?

Carter s'interrompit.

— C'est ce que tu penses vraiment ?

— Bien sûr. Je n'ai jamais été assez bien pour qui que ce soit de ma vie, donc pourquoi je serais assez bien pour toi ?

Donald se couvrit le visage de ses mains. Carter toucha sa main, mais Donald les garda où elles étaient jusqu'à ce qu'il puisse retrouver son contrôle.

— Quoi qu'il se soit passé pour te faire penser ça, tu dois le laisser derrière toi, dit Carter gentiment. Si tu étais un des enfants sous tes soins et qu'il venait te parler, qu'est-ce que tu lui dirais ?

Ce n'était pas juste. Donald inspira profondément et lentement laissa ses mains s'écarter de son visage.

— Je lui dirais probablement de vivre sa vie pleinement malgré tout. Les mauvaises choses arrivent, et ce n'est pas possible de les changer, tu peux seulement vivre avec elles. Ce que je faisais très bien jusqu'à ce que tu arrives avec tes lunettes et ton sex-appeal, et le putain de fait que tu es un gars sacrément gentil.

— Tu l'étais ? demanda Carter et Donald grogna légèrement en désaccord, pas que Carter semblait le croire. Tu paraissais malheureux à mon avis. Ce masque du glaçon était juste ça, n'est-ce pas ? C'était ton mécanisme de défense. Tu repousses les gens afin de ne pas être en danger de les laisser se faire une place dans ton cœur et être blessé.

Carter s'interrompit et lui jeta un regard noir.

— Bon sang, je pensais que c'était quelque chose que j'avais fait de mal, et c'était toi tout ce temps.

Carter se rapprocha, reposant ses mains légèrement sur les épaules de Donald.

— Est-ce que tu sais avec quoi tu finis quand tu fais ça ?

— Un cœur brisé, répondit platement Donald, comme si cela importait peu.

Carter acquiesça.

— Et très seul, dit-il avant de reculer et de finir de se sécher.

Donald ramassa sa serviette et commença à sécher ses bras, mais il s'arrêta tandis qu'il regardait Carter se pencher et faire courir sa serviette de haut en bas sur ses épaisses cuisses. Les mains de Donald semblaient avoir un esprit propre. Elles arrêtèrent de bouger et il lâcha la serviette. Celle-ci tomba sur le sol, et Donald continua de le fixer.

— Quoi ? demanda doucement Carter en se tournant vers lui.

Donald déglutit difficilement. Il avait été pris en flagrant délit.

— Je te regardais.

— Je sais. Et tu as le droit.

Carter se redressa dans un mouvement presque au ralenti.

— Tu as le droit de regarder autant que tu veux.

Carter se rapprocha encore une fois.

— Ce que je ne comprends pas, c'est pourquoi tu te satisfais de seulement regarder.

— Si tu te souviens bien, nous faisions beaucoup plus que juste regarder il y a quelques minutes.

Donald jeta un coup d'œil vers la chambre.

— Je ne parle pas de ça. Je veux parler de ta vie. Tu passes tout ton temps à regarder de l'extérieur les autres vivre leurs vies. Tu observes sans t'impliquer.

Carter le tira vers lui et dans ses bras.

— Ne veux-tu pas vivre ? Parce que je suis sacrément sûr que je veux vivre. Je veux être aussi heureux que possible.

— Si c'est le cas, pourquoi es-tu ici ? Dieu seul sait que je ne suis pas M. Heureux… de loin.

— Je sais, souffla Carter. Mais tu pourrais l'être si tu le voulais.

Donald le tint plus fermement et ne dit rien de plus. Il n'était pas sûr d'être capable de faire ça. Il avait caché son cœur depuis si longtemps. Les murs protecteurs avaient été construits sur une longue période de temps et il n'était pas sûr d'avoir les outils pour les démolir sans détruire tout autour de lui.

— Nous devrions retourner au lit, dit-il.

Il devrait prendre le temps de réfléchir à tout cela, et il ne pouvait pas le faire avec la chaleur de Carter si proche de lui. Bon sang, avec Carter nu, pressé tout contre lui, il ne pouvait penser à rien d'autre.

— Je sais ce qui te passe par la tête.

Carter le rapprocha contre lui, glissant un genou entre les siens.

— Parfois, penser est très surfait.

Carter sourit puis l'embrassa. Avant que Donald le réalise, Carter avait ouvert la porte de la salle de bain puis il fut soulevé.

— Qu'est-ce que tu fais ? s'exclama Donald, surpris et se tenant à Carter afin de ne pas tomber.

— Je t'emmène au lit. Je connais un moyen infaillible de te faire arrêter de penser, et cela implique toi, moi, des lèvres, des mains, et autant d'orgasmes que je peux te soutirer.

— Nous venons de nous laver, dit Donald faiblement.

— C'est le truc sympa. La salle de bain ne va nulle part, et j'aime te voir tout doux et mouillé.

Carter l'allongea sur le lit, et Donald le fixa jusqu'à ce que Carter éteigne la lumière et grimpe sur le lit à côté de lui.

— Accroche-toi, chéri, j'ai l'intention de te donner la chevauchée de ta vie.

Et c'est exactement ce qu'il fit. Carter pourrait avoir eu l'intention pour eux de prendre une autre douche, mais aucun d'eux n'alla jusque-là. Ils s'épuisèrent l'un l'autre et s'endormirent quelques heures plus tard.

Donald se réveilla à un moment dans la nuit en face d'un lit vide. Il savait que Carter était toujours dans la maison, donc il se leva, mit sa robe de chambre et quitta la pièce. Il le trouva à l'extérieur de la chambre d'Alex.

— Qu'est-ce qui ne va pas ?

— Il a fait un cauchemar, répondit Carter. Je ne voulais pas te réveiller.

— Tu ne l'as pas fait. J'étais profondément endormi jusqu'à ce que j'aie senti le lit devenir un peu froid. Est-ce qu'il va bien ?

— Oui. Il a dit que les mauvais hommes le pourchassaient et qu'il n'arrivait pas à s'enfuir.

Carter se tourna vers lui.

— Je n'ai pas eu l'occasion de lui parler comme je le voulais.

Il soupira.

— Y a-t-il un moyen pour que tu parviennes à l'empêches d'aller en famille d'accueil pendant encore quelques jours ? Je sais que c'est difficile, mais je pense qu'il se sent bien ici. Je t'appellerai demain pour arranger un rendez-vous afin que lui et moi puissions parler.

Donald souffla un petit peu, indigné.

— Je parlerai avec ma supérieure.

À vrai dire, il n'était pas pressé de voir Alex partir. Le petit garçon s'était frayé un chemin dans le cœur une fois gelé de Donald de la même façon que Carter l'avait fait. Tous les deux le rendaient mort de peur, et pourtant en même temps d'autres peurs faisaient leur apparition, de plus il voulait qu'aucun d'eux ne parte.

— C'est elle qui décide vraiment. C'est un peu inhabituel, mais dans ces circonstances…

— Merci. As-tu quelqu'un qui peut le garder pendant que tu es au travail ?

— Oui. Nous avons une garderie au bureau. Il peut y passer la journée. Il pourra être parmi d'autres enfants. Ce sera bien pour lui.

Il ne dit pas que cela aiderait également Alex à se préparer lorsque Carter et lui ne seraient plus avec lui, ce qui allait arriver assez tôt. Donald jeta un œil dans l'autre pièce. Alex était à nouveau endormi, son lapin près de lui sur les couvertures. Alors qu'ils regardaient, Alex roula et attira son lapin contre son petit corps.

Carter se détourna et marcha vers la chambre sans un autre mot.

Donald ferma pratiquement la porte de la chambre d'Alex puis il le suivit.

— Tu sais que je vais faire de mon mieux pour lui.

— Je sais, dit Carter. J'aimerai juste…

Carter monta dans le lit et Donald grimpa à côté de lui.

— Je sais ce que tu veux pour lui, et tu peux aider avec ça.

— Je sais, répondit Carter. Demain, je retournerai chaque pierre que je peux trouver pour voir s'il a de la famille. Mais sinon…

— Alex est jeune, et je ne pense pas qu'il y aura un problème pour trouver une famille qui l'adoptera. J'ai déjà quelques familles qui ont montré un intérêt à prendre de jeunes enfants. Les plus faciles à placer sont les bébés, avec les enfants comme Alex, pas loin derrière. Plus ils deviennent vieux, plus c'est difficile, et les adolescents…

Donald ne pouvait pas aborder ce qui arrivait aux adolescents dans le système des foyers d'accueil. Pas maintenant.

— Je sais, murmura Carter dans le noir, puis il ne dit rien de plus.

Donald roula sur le côté et caressa doucement le torse de Carter. Il ne savait vraiment pas quoi dire pour aider Carter à se sentir mieux. Peut-être qu'il n'y avait rien qu'il puisse dire. Donald parlerait à sa supérieure, et il ne s'attendait pas à ce qu'elle ait un problème avec le fait qu'Alex reste avec lui quelques jours de plus. Mais c'est tout ce qui lui serait accordé, un peu plus qu'un sursis temporaire.

Finalement, Alex aurait besoin d'avancer, et Donald pensait que ce serait mieux si cela arrivait relativement tôt. Alex se liait déjà avec eux, et cela allait être plus difficile pour tout le monde une fois qu'il serait placé. Donald ferma les yeux et utilisa le dos de sa main pour les essuyer alors qu'une image d'Alex dans l'encadrement de porte d'un foyer d'accueil indéfini flashait dans son esprit. Dans la vision de Donald, des larmes silencieuses coulaient sur les joues d'Alex alors qu'il se tenait là tenant son lapin contre lui.

Une boule se forma dans la gorge de Donald alors que l'image s'évanouissait et ses propres souvenirs prenaient le relai. Brusquement, il était celui se tenant sur les marches observant alors qu'il était laissé seul une nouvelle fois. Donald s'éloigna de Carter et enterra son visage dans l'oreiller alors que le chagrin se faisait ressentir à l'intérieur. Il espérait simplement que Carter ne réalisait pas ce qui se passait.

VII

CARTER ENTRA dans le poste de police ce lundi matin et alla directement au sous-sol rejoindre ses ordinateurs. Il vérifia ses e-mails et ses messages avant de se mettre au travail. Les informations que le département avait réussi à rassembler sur la famille d'Alex, aussi faibles soient-elles, Carter les trouva dans sa boîte mail interne, et il commença à chercher dans les archives. Heureusement, le comté avait numérisé beaucoup d'archives il y a quelques années. Il fut capable de trouver que la mère d'Alex avait une sœur et un frère, ce qui lui donna de l'espoir.

— Merde, jura Carter alors qu'il passait en revue de plus près les informations qui lui avaient été fournies.

L'oncle d'Alex était mort quelques années auparavant, tué en Afghanistan. Les grands-parents étaient tous les deux morts.

— Qu'est-ce qui ne va pas ? demanda une voix depuis la porte.

Carter leva les yeux d'où il travaillait.

— Je suis en train de chercher quelqu'un qui pourrait aider à élever Alex.

— Ça ne va pas être facile, dit Smith pendant qu'il entrait dans le bureau de Carter et se penchait sur le bureau. Nous n'avons pas pu trouver de famille proche.

— Qu'en est-il de sa tante ? Carter pointa l'écran du doigt. Le frère de sa mère est mort, mais je ne peux rien trouver sur la sœur de sa mère.

— Nous ne savons pas. Si elle est en vie, elle est hors de cette zone. Nous espérions que tu pourrais lancer une recherche plus étendue pour nous.

La Pennsylvanie était tristement célèbre pour ne pas partager ses informations avec les autres états, donc ils ne partageaient pas leurs informations en retour.

— Nous avons un nom et une date de naissance, mais pas beaucoup plus.

— Je peux essayer, mais à moins qu'elle ait un casier ou acheté une propriété, je ne vais probablement pas la trouver.

— Je suis d'accord, dit Smith. Ça ne sera certainement pas une recherche fructueuse. Parfois, on a de la chance, mais dans cette affaire on dirait que ça ne sera pas le cas.

— Non, acquiesça Carter se sentant déjà démoralisé.

Pas qu'il avait déjà eu beaucoup d'espoir, mais parfois, en particulier avec les personnes en marge de la société, ils trouvaient des membres de la famille dont ils s'étaient séparés. On dirait que cela n'était pas le cas pour ce dossier.

— J'ai obtenu le profil ADN d'Alex du labo, mais je doute que cela nous aide.

— Probablement pas. Si des membres de la famille venaient le réclamer, nous pourrons vérifier leur demande, mais autrement, cela ne va pas réellement nous aider.

Carter mit l'information de côté et fixa son écran.

— On dirait une famille malheureuse. Beaucoup de tragédies.

Il passa en revue distraitement d'autres archives de naissance et de recensement.

— Qu'est-ce que tu fais ? demanda Smith.

— Je suis simplement minutieux.

Il ne s'attendait pas à trouver quoi que ce soit et il eut ce qu'il attendait.

— Je regardais seulement ce que je pouvais trouver sur la sœur manquante. Il semblerait qu'elle ait eu un enfant, un garçon, à un moment donné, mais il n'y a aucun détail, même pas un prénom…

— Cela pourrait vouloir dire beaucoup de choses, l'enfant pourrait être mort ou avoir été placé en adoption, dit Smith. La plupart des archives sont scellées, et cela importe peu parce que cela ne nous aidera pas à trouver un tuteur pour le garçon.

— Je sais, accepta doucement Carter.

Il ne voulait pas que l'autre agent entende sa voix se casser.

— J'avais seulement de l'espoir pour Alex.

Smith s'assit dans la chaise à côté de son bureau.

— Carter, je sais que ce que je vais te dire ne va pas être apprécié ou probablement bien reçu, mais tu dois prendre du recul et laisser ça aller. Le département sait que tu as passé le week-end avec ce gamin et l'assistant social. Maintenant, ce que tu fais dans ta vie privée ne concerne que toi. Mais pour être un bon agent de police, tu as besoin de maintenir un certain niveau de détachement. Exactement comme les docteurs font avec leurs patients. Nous ne pouvons pas nous impliquer avec toutes les personnes avec qui nous sommes en contact.

L'expression de Smith s'adoucit.

— Nous choisissons tous ce travail parce que nous aimons les gens et voulons faire la différence. C'est ce que nous faisons tous les jours. Mais dès que tu commences à t'impliquer personnellement, cela affecte ta capacité à faire ton job.

— Comment puis-je ne pas m'impliquer ? C'est un petit garçon. Sa mère est morte et…

— Émotionnellement impliqué, dit Smith en l'interrompant. Et tu es émotionnellement impliqué avec Alex. Tu tiens à lui, et si tu n'es pas prudent, tu peux finir avec un cœur brisé.

Smith se pencha, se rapprochant un peu plus.

— Je ne dis pas ça pour te faire du mal, mais pour te prévenir. Ce gamin a le même âge que ma Carol, et je tuerai avant de laisser quoi que ce soit lui arriver, donc j'ai une petite idée de ce que tu commences à ressentir. Mais tu dois arrêter et prendre du recul.

— Comment le pourrais-je ? demanda Carter.

— Que vas-tu faire avec la prochaine affaire qui se présentera à toi impliquant un enfant ? Vas-tu également aimer cet enfant ? Et celui d'encore après ? Il y en aura des douzaines, peut-être même des centaines dans ta carrière. Nous faisons ce que nous pouvons, puis nous devons laisser les Services à l'enfance et à la famille faire ce qu'ils font.

Smith se leva.

— Je sais comment tu te sens parce que je me sentais de la même façon quand j'ai eu mon premier cas impliquant un enfant.

Smith mordilla sa lèvre inférieure.

138

— J'ai trouvé un petit enfant, un bébé, en fait, dans une benne à ordure. La pauvre chose pleurait et était morte de peur. Je l'ai sortie et réconfortée. Lorraine venait de donner naissance à Carol, donc j'ai traité la petite juste comme je le faisais avec Carol. Je l'ai bercé dans mes bras, et dès que j'ai pu, je l'ai nourri. Quand son ventre fut plein, elle s'est endormie dans mes bras. Elle devait avoir environ six mois et était aussi jolie qu'un ange.

— Mon Dieu… soupira Carter.

— Ouais. Je l'ai tenue pendant que les ambulanciers l'auscultaient, puis j'ai fait le trajet avec eux jusqu'à l'hôpital. Elle a dormi la plupart du temps, et quand elle s'est réveillée, je lui ai fait un autre biberon que je lui ai donné. Quand elle a eu fini, elle a souri, et mon cœur s'est réchauffé à cette vue. Dans les quelques heures qui suivirent, j'avais élaboré un discours de raisons que j'allais utiliser sur Lorraine pour qu'elle accepte d'adopter le bébé.

Smith secoua la tête.

— Je suis bon dans mon travail et j'ai supposé que la mère l'avait abandonné. J'ai cherché sa famille, mais quand les grands-parents sont venus la prendre le lendemain, j'étais quand même dévasté.

Smith regarda autour de lui et baissa d'un ton.

— Je ne l'ai jamais dit à personne parce que je ne veux pas qu'ils pensent que je suis mou. Mais je garde toujours un œil sur cette petite fille. Elle est en CP, et je la vois de temps en temps avec sa grand-mère.

— C'est gentil, dit Carter.

Smith et lui n'avaient jamais beaucoup parlé. Smith semblait être un homme plutôt calme au poste, et Carter se sentait un peu honoré qu'il partage cette histoire avec lui.

— Ça l'est. Mais j'étais un idiot. J'ai laissé mon cœur avoir plusieurs trains d'avance sur ma tête et la réalité. Je te l'accorde, j'avais un bébé à la maison et je n'arrêtais pas de penser à la manière dont je me sentirais si cela avait été Carol. Et j'ai appris que je ne pouvais pas faire ça. Parce qu'un an plus tard, il y a eu une autre petite fille… et puis un petit garçon.

Smith lui fit un clin d'œil.

— Pour info, je sais où est chacun d'entre eux. Certains vont très bien, et d'autres beaucoup moins.

— Tu gardes un œil sur chacun d'entre eux ? demanda Carter.

— J'en avais l'habitude. Mais c'est devenu beaucoup trop à gérer, et je donnais trop de moi-même à ça. Du temps et de l'amour que j'aurais pu donner à Lorraine, Carol et maintenant Arthur.

— As-tu adopté Arthur ?

— Oui. Mais il n'était pas l'un de mes dossiers. Arthur est le fils de la sœur de Lorraine et elle n'était pas capable de prendre soin de lui, donc nous lui avons donné une maison. Finalement, elle a signé le formulaire de renonciation aux droits parentaux alors Lorraine et moi avons pu adopter Arthur légalement. Elle est toujours dans sa vie du mieux qu'elle peut avec ses continuels troubles mentaux.

— D'accord. Mais je pense que tu m'as un peu dérouté là.

— Probablement. Personne n'a une vie si simple. Ce que j'essaie de dire, c'est que si je m'étais donné à chaque enfant qui entrait dans ma vie professionnelle, je n'aurais pas eu l'énergie ou les ressources d'aider Arthur quand il en avait réellement besoin.

Carter secoua la tête.

— Donc ce que tu dis, c'est de choisir prudemment ses batailles ?

Smith fit une pause.

— Peut-être un peu. Mais je dis aussi de t'assurer que tu fasses les choses pour les bonnes raisons. Je sais que ce gosse t'a touché. Bon sang, cette histoire a touché tout le monde au poste, et si c'est une bataille que tu veux vraiment combattre, alors assure-toi de ne pas y aller à moitié.

— Smith, tu tournes en rond dans tes propos.

Carter avait la tête qui commençait à tourner.

— Probablement. Lorraine dit que je fais ça tout le temps. Mon conseil pour le moment est d'essayer de garder une distance professionnelle. Cela t'aidera à prendre de meilleures décisions, et si les choses ne tournent pas de la façon dont tu l'espérais, tu seras capable d'en ressortir avec ton cœur en un seul morceau.

Carter eut un petit rire puis éclata franchement de rire.

— Tu penses que je suis drôle ? demanda Smith.

— Non, haleta Carter. Je ne m'attendais simplement pas que toi et moi aurions une conversation sur les cœurs, les fleurs et les sentiments. Tu n'avais pas semblé être ce genre d'hommes.

Smith bomba le torse et son sourire s'évapora.

— Maintenant, ça, c'est le Smith que je connais.

Smith se leva, son expression se durcissant.

— Bien, alors. J'ai dit ce que j'avais besoin de dire, et je m'attends à ce que tu gardes ça pour toi.

Son regard contenait une note supplémentaire d'avertissement.

Carter jeta un œil autour de lui tandis qu'Aaron Cloud entrait dans son bureau.

— Bien sûr. Ta réputation est en sécurité avec moi.

Il voulait le remercier d'avoir pris le temps de lui parler, mais Smith était déjà parti. La dernière chose que Carter vit fut Smith sortant d'un pas raide puis la porte du bureau claquant derrière lui.

— Qu'est-ce qu'il lui arrive ? demanda Aaron se détournant de la porte maintenant fermée. Est-ce que tu l'as énervé ?

— Non.

Carter retourna son attention sur son écran. Laissant Aaron penser ce qu'il voulait ; Carter allait garder sa promesse.

Laissant sa recherche pour des membres de la famille d'Alex qui se révélait infructueuse, il décida de voir s'il pouvait essayer de trouver quelque chose sur les vidéos. Il avait redouté de le faire, mais il n'avait pas le choix. Carter s'identifia sur le site en utilisant le disque dur sécurisé qu'il avait fait plus tôt et passa par le processus de changement de son mot de passe. Il aurait dû faire ça plus tôt, mais maintenant il avait le contrôle absolu du compte, et à part pour sa suppression, c'était le sien. Il chercha prudemment les vidéos mises en ligne par Byron et commença à les télécharger sur un disque dur temporaire puis vers un disque dur spécialement sécurisé qu'il pouvait utiliser. Toute cette recherche le faisait se sentir sale, mais il le fit puis commença à les regarder.

Dire qu'elles étaient dégoûtantes était un euphémisme, mais il avait besoin de voir s'il pouvait avoir un aperçu de quelqu'un d'autre sur les vidéos ou hors caméra. Après en avoir vu quelques-unes, il apprit à reconnaître la voix de Byron Harker hors caméra et, en gros, ignora les vidéos et écouta. Il supposait que même s'il ne voyait rien il pouvait toujours entendre quelque chose.

Après une heure, il avait besoin de faire une pause. Il voulait une longue douche avec du papier de verre à la place du savon. Son estomac s'était retourné plus d'une fois. Il lut les e-mails qu'il avait reçus et répondit au téléphone.

— Smith.

— Quelles vidéos t'ont conduit à croire que quelqu'un d'autre est impliqué ?

— Les vidéos de fessées.

Carter ferma les yeux. Celles-ci étaient exactement celles qu'il ne voulait voir sous aucun prétexte.

— C'est ce dont j'avais peur.

— Écoute.

La voix de Smith devint vraiment douce.

— C'est ce dont je te parlais tout à l'heure. Tu dois être capable de faire ton job. Ces vidéos ont été l'enfer pour nous tous à regarder, en particulier ceux d'entre nous qui ont des enfants.

— Mais vous les avez regardés sans aucun problème ?

— Nous avons fait ce que nous devions faire parce que c'est la façon dont nous gardons nos enfants en sécurité. Ce n'était peut-être pas joli ou joyeux, mais si cela permet d'enlever quelqu'un qui fait ce genre de choses hors des rues, cela rend tous les enfants plus en sécurité.

Carter remarqua que Smith n'avait pas répondu directement à la question, et il n'insista pas. Il imaginait Smith tirant sur son col et souhaitant que la conversation soit finie, tout comme lui.

— OK. Je prendrai sur moi.

Il raccrocha et téléchargea les vidéos qu'il n'avait pas voulu regarder.

Carter chargea la première et la mit en route. Après soixante secondes il commençait à se sentir malade. Après deux minutes, il arrêta la vidéo, ramassa la poubelle et rendit son petit-déjeuner. Carter nettoya la pagaille qu'il avait faite dans la salle de bain et aspergea son visage d'eau avant de retourner à son bureau. Il n'avait aucune idée comment il allait pouvoir en regarder plus, mais il se força.

Alex pleurait et suppliait que ça s'arrête. Carter ferma les yeux, puis il l'entendit.

— C'est un bon petit cochon.

Carter haleta de surprise. Ce n'était pas la voix de Byron. Il mit la vidéo en pause, écouta une nouvelle fois, puis travailla pour isoler la voix. Cela lui prit quelques minutes, mais il fut capable d'obtenir un bon échantillon de la voix. Puis il fit faire à son ordinateur un scan du reste de la vidéo pour chercher la signature vocale et les isola. C'était un processus rigoureux, mais ça voulait dire qu'il n'aurait, en fait, pas à les regarder.

— Est-ce que vous faites des progrès ? demanda son capitaine juste après le déjeuner.

Pas que Carter soit affamé.

— J'ai été capable d'isoler la seconde voix à plusieurs endroits sur la vidéo. J'allais justement voir si je pouvais m'en servir pour la comparer aux autres.

— Laissez-moi écouter ce que vous avez, dit le capitaine, et Carter mit en route les sections compilées de la vidéo qu'il avait améliorées pour faire ressortir la voix. Bon Dieu, jura-t-il. Est-ce assez pour faire une comparaison ?

— Je l'ai déjà fait, admit Carter.

— Combien de temps pour passer en revue les autres vidéos ?

— À peu près une heure pour chaque vidéo, je suppose, répondit Carter. Je dois les installer puis les scanner.

— Très bien. Mais je veux que vous fassiez écouter ce que vous avez déjà obtenu à tout le monde au poste. Si ce gars est sur la vidéo, alors il était dans cette maison à un certain point et il peut être du coin. Ce n'est pas gagné, mais... et si quelqu'un le reconnaissait ? Je vais faire rassembler tout le monde, et vous préparez la piste vocale pour qu'elle soit prête à être écoutée.

Juste avant de monter, Carter appela Donald.

— Comment ça avance ? demanda Donald.

— Pas bien du côté de la famille, mais j'ai fait quelques progrès avec les vidéos... après avoir été malade.

Carter s'interrompit.

— Est-ce que tu penses que tu peux amener Alex ici dans environ une heure ?

— Une heure et demie serait mieux, répliqua Donald, et Carter accepta.

— Assure-toi d'apporter quelques-uns de ses jouets et son lapin. Ça va être assez difficile comme ça. Il devrait avoir des choses familières autour de lui.

— D'accord. Je vais également demander à un de nos psychologues de venir. Je sais que tu prendras soin de lui, mais…

— Je pense que c'est une bonne idée, dit Carter. Je dois y aller. Mais je te vois, toi et Alex bientôt. Quand vous arriverez, assure-toi de me demander, et je viendrai vous chercher. Je peux te mettre à jour quand je te verrai.

— D'accord.

Carter raccrocha et se dépêcha de monter puis de rejoindre la salle de la brigade. Ce n'était pas très grand et cela ressemblait très peu à ce qu'on voyait à la télévision. La plupart du temps c'était une salle de réunion qui permettait de rassembler tous ceux du département. Quelques tableaux blancs avaient été accrochés aux murs. Ils étaient propres maintenant, mais la plupart du temps ils étaient couverts de théorie et de détails d'enquêtes. Le tableau de service était accroché à un des panneaux d'affichage, tandis que les autres étaient couverts de flyers et de poster pour des événements et des choses à vendre.

— Puis-je avoir votre attention, appela le capitaine depuis l'avant de la pièce. Je sais que vous êtes tous occupés, mais nous avons un cas qui implique des enfants et des vidéos sur mineurs. Carter Schunk a été capable d'isoler la voix de l'homme que nous recherchons. Notre suspect en garde à vue ne parle pas et nous devons trouver cet homme. Il est possible qu'il soit celui qui finance tout ça. Donc ce que j'aimerais que vous fassiez tous, c'est d'écouter cette voix et voir si elle vous semble familière.

Le capitaine s'interrompit quelques secondes tandis que des murmures s'élevaient dans la pièce.

144

— Je sais que cela ne semble pas gagner, mais c'est une petite ville, pas New York. Nous rencontrons et écoutons des gens tout le temps, tous les jours.

Il se recula et Carter brancha son lecteur sur le système audio. Puis il l'alluma et des bribes de la vidéo passèrent dans la salle. Quand ce fut fini, il la repassa.

— J'ai été capable d'isoler ça d'une seule vidéo, et il est possible qu'il soit sur plusieurs autres. Le garçon impliqué à cinq ans, et ce que vous entendez sont des choses qui lui sont dites.

La pièce devint silencieuse.

— Oui, *cochon, petite merde*, tous ces noms sont dirigés à un petit garçon de cinq ans qui pensait en fait que P.M. était son nom.

Carter ne pouvait pas se résoudre à dire le mot une seconde fois.

— Nous devons trouver cet homme et l'arrêter.

Carter se recula du microphone et rejoua l'enregistrement une dernière fois à une pièce silencieuse.

— Merci, Carter, dit le Capitaine Murphy. Nous avons besoin de votre aide. Carter peut vous envoyer le dossier si vous en avez besoin. Mais penser à ce que vous avez entendu. Quelqu'un a payé Harker pour ces vidéos. Nous avons essayé de suivre l'argent, mais les sommes sont assez petites pour rester sous le radar de la plupart des systèmes parce qu'il semblerait être payé en liquide. Comme vous le savez, des rapports sont requis pour des dépôts d'argent plus important. Donc c'est notre première piste solide.

Il s'interrompit et une main se leva.

— Oui, Cloud.

— Est-ce qu'il y a des plans pour faire un communiqué dans les médias ?

— Pas pour le moment. Mais nous allons l'envisager. Le contenu n'est pas vraiment du matériel de diffusion, mais nous pourrions avoir besoin d'y recourir si nous n'allons nulle part. Je préfèrerais ne pas y recourir.

Carter s'avança quand il n'y eut plus aucune question, et le Capitaine Murphy se mit sur le côté.

— Le petit garçon des vidéos va venir ici dans un peu plus d'une heure. Il a cinq ans, mais à l'air plus jeune, et parfois il devient vite effrayé, donc si vous le voyez, s'il vous plaît, dites bonjour et souriez. Alex a besoin de tout le monde de son côté qu'il peut avoir, et il sait qui est cet homme. Il l'a vu. J'espère qu'il va pouvoir nous dire quelque chose.

— Mais il a cinq ans, s'exclama un des agents.

— Je sais que ce qu'il nous dira pourrait ne pas être recevable au tribunal, mais verrouillé dans son esprit se trouve une image des mauvais hommes qui l'ont blessé. Il en est très effrayé. Mais il se souvient. Donc si nous trouvons la bonne approche, il pourrait être capable de nous aider. Tout ce que je demande est de rendre tout ça aussi peu menaçant que possible pour lui.

Carter recula, et le capitaine congédia tout le monde.

Smith resta derrière et rejoignit Carter alors qu'il débranchait l'alimentation audio.

— J'aimerais être là quand tu l'interrogeras.

— Il va avoir peur de toi, dit Carter. Ça n'aidera pas.

— Je sais. Mais je ne serai pas loin si tu as besoin de quelque chose.

— Merci, dit Carter avec un sourire rapide. Pour tout.

Carter finit et ferma le meuble de rangement audio. Puis il retourna au sous-sol à son bureau et se remit à travailler sur les vidéos. La seconde qu'il choisit n'avait rien qui correspondait à la signature audio, mais ce fut le cas sur la troisième. Il vérifia l'heure sur l'horloge de son ordinateur et vit qu'il restait dix minutes jusqu'à ce qu'Alex et Donald arrivent. Il ôta ces sections particulières de la vidéo et les regarda. Il espérait qu'il y avait quelque chose à voir pour lui, mais l'homme resta hors du champ de la caméra et seulement sa voix pouvait être entendue. Il avait espéré avoir un élément…

Le téléphone de son bureau sonna. Carter y répondit puis verrouilla son système et monta. Donald et Alex attendaient à la réception ainsi qu'une femme. Donald se leva alors qu'il approchait, et Alex se précipita vers lui quand il le vit.

— M. Carter, dit-il avec un petit sourire, Lapinou serré fortement contre lui.

Carter le souleva dans ses bras, donnant à Alex un câlin.

— Je te présente Marie St Clare, dit Donald et Carter lui serra la main.

— Je suis l'agent Schunk. Ravi de vous rencontrer. Laissez-moi vous guider où nous allons nous installer.

Il fit descendre Alex, puis utilisa sa carte d'accès pour déverrouiller la porte et les guida à travers le poste puis dans l'une des salles de repos.

— J'ai pensé que ce serait plus confortable.

Il y avait un canapé contre l'un des murs et quelques chaises autour d'une table.

— Très bien, dit Marie.

— Ce n'est pas un interrogatoire. Mais nous pensons tous qu'Alex pourrait nous aider.

Carter leur fit signe de s'assoir.

— Comment voulez-vous faire ça ? demanda Marie.

— Je veux juste lui parler, expliqua Carter alors qu'Alex grimpait sur le canapé à côté de Donald, ses yeux écarquillés alors qu'il regardait autour de lui. Alex, j'ai demandé à M. Donald et toi de venir ici parce que j'ai vraiment besoin de ton aide. Tu vois, je veux attraper les mauvais hommes et les mettre en prison où ils ne pourront jamais te toucher.

— Pas de mauvais hommes. Je suis sage, pas mauvais.

Alex se rapprocha de Donald, ses yeux s'écarquillant encore plus, et il écrasa son lapin contre lui.

— Tu es toujours sage.

Carter s'agenouilla devant Alex.

— Tu es un bon garçon. M. Donald et moi le savons. Les mauvais hommes étaient vraiment méchants, et j'ai besoin de ton aide pour les trouver. Est-ce que tu penses que tu peux faire ça pour moi ?

Carter garda sa voix basse et aussi gentille qu'il le pouvait, en dépit de la colère qui montait à l'intérieur. Il comprenait en ces quelques moments ce que Smith avait voulu dire. S'il ne maintenait pas une certaine distance professionnelle, il n'obtiendrait jamais les informations dont il avait besoin, et il était le seul du département de police à qui Alex ferait assez confiance pour parler. Il devait tenir le coup pour aider Alex.

Alex hocha la tête vraiment lentement d'acceptation.

— C'est bien. Maintenant, est-ce que M. Donald est un mauvais homme ?

Alex secoua la tête.

— Est-ce que je suis un mauvais homme ? demanda Carter et il reçut la même réponse. Est-ce que Mme St Clare est un mauvais homme ?

Alex gloussa.

— C'est une fille.

Carter jeta un œil vers elle et vit Marie acquiescer doucement.

— OK. Donc les filles ne peuvent pas être de mauvais hommes. C'est vraiment bien de le savoir.

Il rit aussi.

— Est-ce que les mauvais hommes ont des noms ?

Alex acquiesça en hochant la tête.

— M. Byron est un mauvais homme.

Alex bougea sur le canapé comme si ses fesses lui faisaient mal. Carter en connaissait la source et s'attendait à cette réaction.

— M. Byron est en prison, où tous les mauvais hommes vont, et il va y rester.

Carter leva son regard vers Donald.

— Sa caution a été fixée au plus haut et personne ne va la couvrir.

Il se tourna de nouveau vers Alex.

— Je te le promets. Plus de M. Byron.

Il sourit et Alex hocha de la tête.

— Y a-t-il d'autres mauvais hommes ?

Alex hocha de nouveau de la tête et regarda ses pieds.

— Je suis pas cochon.

Carter partagea un regard avec les autres.

— Est-ce que l'autre mauvais homme t'appelait comme ça ?

Alex hocha la tête sans lever les yeux.

— Ce n'était pas très gentil.

Alex sauta du canapé, laissant son lapin derrière lui. Il courut dans la pièce, tirant sur les chaises.

148

— Je suis pas cochon, cria-t-il.

Carter n'était pas sûr de quoi faire.

— Bien sûr que tu ne l'es pas, dit Marie d'un ton doux. Tu es Alex, et c'était méchant de sa part de t'appeler comme ça.

— Il est une… une… tête de caca, laissa échapper Alex, et Carter s'empêcha de sourire.

Il supposait que si Alex se défendait de n'importe quelle manière, c'était un bon signe.

— Est-ce qu'il a un nom ? Comme toi, tu t'appelles Alex ou comme M. Donald et moi. Est-ce qu'il a un nom ?

Carter essaya de ne pas être trop enthousiaste.

Alex réfléchit pendant quelques secondes puis hocha la tête avant de faire le tour de la table. Il continua de bouger et Carter devenait impatient, mais il ne voulait pas l'interrompre.

— M. Boss, dit Alex et Carter retint un grognement.

— Est-ce que M. Byron l'appelait autrement ? demanda Marie d'un ton vraiment doux, mais Alex secoua la tête négativement et marcha vers Carter.

— Il m'appelait cochon. Je suis pas un cochon ! cracha-t-il.

Alex tira sur l'une des chaises et celle-ci tomba à la renverse sur le sol. Alex sursauta et la fixa avant de se tourner vers Carter.

— Pas de mauvais hommes. Pas de fessée. Je serai sage.

Il plaça ses mains sur ses fesses et courut vers le canapé. Carter l'attrapa et le câlina fermement contre lui.

— Tout va bien. Les mauvais hommes sont partis.

Il se moquait pas mal de la distance professionnelle.

— Je suis désolé. Je suis pas mauvais.

— Tout va bien. La chaise est juste tombée.

Carter tint Alex pendant quelques minutes puis le plaça sur les genoux de Donald.

— Tu es un bon garçon.

Carter s'agenouilla une nouvelle fois.

— Je suis vraiment fier de toi.

Puis Carter ramassa la chaise et la remit à sa place.

Marie se leva et lui fit signe de la rejoindre de l'autre côté de la salle.

— Vous avez très bien géré ça. Je suis surprise que vous en ayez obtenu autant de lui. Il est évidemment encore très traumatisé.

— Je sais et je déteste ça.

— Donnez-lui quelques minutes et puis voyez s'il sait autre chose.

Carter acquiesça de la tête. Il retourna vers Alex et Donald puis s'assit à côté d'eux sur le canapé. Quelques minutes plus tard, il dit doucement :

— Y a-t-il d'autres mauvais hommes ?

Alex secoua la tête.

— Donc juste M. Byron et M. Boss ? Ce sont les seuls mauvais hommes ?

Alex acquiesça et enterra son visage contre la poitrine de Donald. Au moins, Carter savait qu'il y en avait seulement deux, du moins du point de vue d'Alex. Mais cela n'allait toujours pas le rapprocher de qui était en réalité ce « boss ».

— Alex, dit Marie doucement. Pourrais-tu me faire un dessin ?

Elle se leva et retira un peu de papier et des crayons de son sac. Carter n'était pas sûr de ce que cela leur obtiendrait, mais Alex semblait calme et se dirigea vers la table.

— C'est très bien. Fais-moi juste un dessin. Tout ce que tu veux.

Alex se tourna pour la regarder puis se retourna et ouvrit la boîte de crayons.

— Nous n'allons pas en obtenir plus, murmura Donald.

— J'ai bien peur que non. Je pense qu'il nous a dit ce qu'il pouvait, acquiesça Carter.

— Il peut nous en dire un peu plus. Juste d'une manière différente et avec un peu de temps, dit Marie. Restez assis et donnez-moi quelques minutes.

Marie s'assit à côté d'Alex à la table, et Carter s'installa sur le canapé avec Donald. Ils partagèrent un bref sourire puis Carter retourna son attention sur Alex.

— C'est un très beau dessin, dit Marie quand Alex le lui tendit.

Elle le mit de côté et vida la boîte de crayons sur la table.

— J'ai besoin que tu sois un bon et grand garçon pour moi. Tu peux faire ça ?

— Oui.

Carter récupéra le lapin d'Alex et le lui apporta. Alex le prit et fixa Marie.

— Très bien. Je voudrais que tu penses à quoi ressemble M. Boss. Quand je te pose une question, ramasse juste un crayon qui répond à la question, d'accord ? C'est tout ce que tu as à faire.

— D'accord, murmura Alex.

— Maintenant, de quelle couleur était le visage de M. Boss ?

Carter voulait intervenir pour l'aider, mais Marie secoua la tête pour l'en empêcher. Après quelques secondes, Alex ramassa le crayon de couleur pêche ainsi que le rouge et les donna à Marie. Carter sortit son calepin de sa poche et commença à prendre des notes.

— C'est très bien. Où était-il rouge ? Montre-moi sur ton visage, demanda Marie.

Alex toucha ses joues et Carter le nota.

— De quelle couleur étaient les cheveux de M. Boss ?

Alex prit le crayon de couleur bleu et gloussa.

— Vraiment ? dit Marie alors qu'elle riait.

Alex reposa le crayon et ramassa le premier crayon noir puis un gris.

— Ses cheveux étaient des deux couleurs ?

Alex acquiesça et Marie prit les crayons et les reposa sur la table.

— La suivante est difficile. Peux-tu me montrer de quelle couleur étaient ses yeux ?

Alex attrapa le brun et le lui tendit.

— Il est une tête de caca, déclara Alex.

Carter se tourna vers Donald.

— Devrais-je être insulté ? demanda Carter.

Donald secoua la tête négativement.

— Il associe ça en particulier avec lui. Malheureusement, il peut ne pas avoir les yeux marron en réalité. Cela pourrait juste être l'association que fait Alex.

Marie sembla le comprendre parce qu'elle se tourna vers eux.

— Est-ce qu'il a les yeux de la même couleur que ceux de M. Donald ou de M. Carter ?

Alex se tourna et montra du doigt Carter. Cela sembla le confirmer.

— Merci, chéri. Tu as très bien fait. Est-ce que tu veux retourner t'assoir avec M. Donald ?

Il ne bougea pas, alors Marie se pencha en avant et lui fit un câlin.

— Tu es un incroyable grand garçon et tu as très bien fait.

Quand elle le relâcha, Alex descendit du tabouret et marcha vers où Carter et Donald étaient assis en attendant.

Carter remit son calepin dans sa poche et fit un câlin à Alex prudemment.

— Tu as été d'une grande aide.

— Plus de mauvais hommes, dit Alex doucement.

Carter le berça en avant et en arrière légèrement. Il savait que cela avait été traumatisant pour lui, et il était tellement fier d'Alex. Il avait fait de son mieux et il lui avait donné quelques informations. Un nom aurait été mieux, mais ils avaient le commencement d'une description.

— Est-ce que tu es prêt à partir avec M. Donald et Mme Marie ?

Alex acquiesça.

— Bien. Amuse-toi bien avec tes jouets cet après-midi. D'accord ?

Carter posa Alex, et Marie lui tendit la main. Alex la prit et elle le dirigea hors de la pièce.

— Qu'as-tu d'autre ? demanda Donald après que Marie et Alex furent sortis.

— Pas grand-chose. Sa voix et ce qu'Alex a décrit. Nous savons que c'est un homme blanc avec les joues rouges, des cheveux poivre et sel, et des yeux marron. Ce n'est pas beaucoup, mais c'est plus que ce que j'avais. Nous savons que c'était juste ces deux hommes aussi.

Carter devenait de plus en plus frustré. Chaque piste de l'enquête semblait atteindre une impasse.

— La famille de sa mère est quasiment une impasse. Il y a une sœur que nous ne pouvons pas retrouver et un possible cousin, mais les archives sont scellées.

Carter soupira.

— J'ai essayé tout ce à quoi je pouvais penser, mais on dirait que je ne peux pas l'aider.

— Je pense que tu l'as déjà fait, murmura Donald. Son agresseur principal est derrière les barreaux et on dirait qu'il va y rester. L'autre homme doit avoir une peur bleue que Harker parle ou que tu trouves une piste jusqu'à lui, donc il ne va rien faire.

— Qu'a dit ta supérieure à propos d'Alex restant chez toi ? demanda Carter.

— Elle a peur que je devienne trop proche. La seule raison pour laquelle elle ne m'a pas ordonné de le placer en famille d'accueil permanente aujourd'hui c'est à cause de l'implication de la police. Elle pense que cela pourrait être trop demandé pour une famille d'accueil.

Donald déglutit et fit courir son regard sur la pièce.

— Mais je vais devoir le placer demain.

Carter acquiesça. Il savait que cela allait arriver.

— Je sais. J'aimerais qu'il y ait quelque chose d'autre que nous puissions faire.

— Tu penses vraiment qu'il y a de la famille à lui quelque part ? demanda Donald.

— Possible. Mais c'est peu probable qu'ils veuillent le prendre.

— Mais peux-tu essayer ? demanda Donald. Tout est une raison d'espérer.

— Je vais essayer. Mais je commence à être à court de choses à faire.

Ils étaient seuls dans la pièce, et Carter tendit la main pour prendre celle de Donald. Quand il ne la retira pas, Carter la serra dans la sienne.

— Je ferai tout en mon pouvoir pour aider.

— Je sais que tu le feras, dit Donald.

— J'ai reçu le profil ADN d'Alex, et je peux voir si je peux le faire rechercher dans les bases de données connues. Puisque sa famille et, ou était, du coin, je pourrais trouver quelque chose. Cela va prendre du temps. Mais je pourrais obtenir une proche correspondance.

— Est-ce que tu as déjà fait ça auparavant ?

— Quelques fois. Principalement pour faire correspondre un suspect, mais il y a une base de données commune utilisée. Je pourrais voir si on a de la chance. Comme je l'ai dit, cela pourrait prendre du temps, et cela ne fonctionnera que si quelqu'un dans sa famille possède un casier. Mais ça ne peut pas faire de mal.

Carter n'était pas particulièrement optimiste, mais il devait essayer. Il se leva et lâcha la main de Donald.

— Je dois retourner travailler. Est-ce que tu m'appelleras ce soir ?

— Bien sûr. Tu devrais passer un peu de temps avec lui.

Donald semblait sans espoir. Le Glaçon était parti et à sa place était un homme plein de peur et au cœur brisé. Carter le ressentit vivement parce qu'il faisait écho à ce qu'il ressentait en lui.

— Je te vois plus tard, alors.

Carter quitta la pièce et dit au revoir à Marie et à Alex, le serrant dans ses bras avant de retourner à son bureau pour écrire ce qu'il avait trouvé et commencer sa prochaine liste de tâches à faire.

À LA fin de la journée, Carter était en train de se préparer à rentrer quand son téléphone sonna. Carter répondit avec un sourire sur les lèvres en reconnaissant le numéro de Donald.

— Salut.

— Je viens juste de rentrer à la maison avec Alex et il a demandé après toi. Tout ce qu'il a fait depuis que nous avons quitté le poste de police, c'est de demander quand il allait te voir.

Carter sourit mais celui-ci fana rapidement. Il était enchanté qu'Alex veuille le voir, mais cela aurait été sympa si Donald avait indiqué qu'il voulait aussi le voir.

— Je veux le voir aussi.

Il ajouta presque qu'il était également enthousiaste à propos de Donald, mais se retint. Tout était si sacrément confus. Donald avait au moins dit qu'il penserait à ce dont ils avaient parlé la nuit dernière, et il avait appelé, donc c'était un pas en avant. Mais…

— Écoute, commença Donald, et Carter se prépara pour ce qui allait venir.

Il avait déjà entendu ce ton de la part de Donald, et c'était le même qu'il avait utilisé juste avant qu'il ne réponde jamais à ses appels.

— Je pense que toi et moi devons parler. Je suis en train de préparer le dîner, rien de trop élaboré, et une fois qu'Alex dormira, nous… je….

Donald s'interrompit et Carter resta immobile avec le téléphone pressé de plus en plus fort contre son oreille.

— J'ai pensé à ce que tu as dit la nuit dernière… beaucoup.

— D'accord…

— On doit parler, ajouta Donald, un ton juste au-dessus d'un murmure.

— Très bien. J'allais partir là. Je vais repasser chez moi me changer d'abord. Je serai là dans une heure.

Carter prit une profonde inspiration pour ralentir son cœur battant. Il n'osait pas espérer que ce que Donald avait à annoncer soient de bonnes nouvelles. Il s'était retiré avant, et il était probable que cette conversation soit le précurseur à ce qu'il le fasse à nouveau.

— Je te vois bientôt alors, dit Donald avant de raccrocher.

Carter allait verrouiller son ordinateur, mais il se rassit à son bureau et ouvrit la page de recherche des dossiers de justice pénale de l'état. Il connaissait les informations sur Donald et les entra. Carter fixa l'écran pour s'assurer qu'il ait toutes les informations et allait appuyer sur Entrer quand il s'arrêta et sortit de l'application. Bien sûr, il pourrait probablement trouver beaucoup d'informations s'il le voulait, mais non. S'il devait comprendre Donald, alors cela devait venir de lui.

Carter vérifia les recherches ADN qu'il avait lancées, puis verrouilla son système et quitta le bâtiment. Quand il mit le pied dehors, il pleuvait fortement. Il se dépêcha de traverser le parking, monta dans sa voiture et conduisit jusque chez lui aussi vite qu'il le put.

À l'intérieur de son appartement, il retira ses vêtements de travail, mit son arme en sécurité, puis prit une douche. Normalement, il marcherait jusque chez Donald, mais à cause de la pluie il y alla en voiture à la place. Il trouva une place de parking près de chez Donald. Celui-ci lui ouvrit la porte quand il frappa et le laissa entrer, le saluant rapidement avant de se hâter de retourner dans la cuisine.

Alex courut vers lui et attrapa ses jambes. Carter fit un grand sourire.

— Salut, bonhomme, dit-il en soulevant Alex dans ses bras.

Il refusait de s'appesantir sur le fait qu'il ne serait plus capable de faire ça plus longtemps.

— Tu es été d'une grande aide aujourd'hui.

Il marcha vers la cuisine, où il entendait Donald cuisiner.

— Est-ce que tu as trouvé quelque chose ?

— Pas encore. J'ai lancé la recherche dont nous avons parlé, mais cela va prendre un moment. Il y a beaucoup de points de données à faire correspondre.

Il voulait se pencher pour lui donner un baiser, mais Donald ne se tourna pas vers lui. Ça, cela disait juste à Carter énormément sur la manière dont allait se passer la soirée.

— Le dîner sera prêt dans quelques minutes.

Donald égoutta les pâtes puis ajouta la sauce.

— Ça sent super bon, hein ? dit Carter à Alex, qui acquiesça et se lécha les lèvres.

Il était adorable, et Carter n'allait prendre aucun plaisir à lui dire que demain il allait partir vivre ailleurs.

— Alex, voudrais-tu aller dans le salon et ramasser tes jouets pour moi ? demanda Donald.

Carter le posa au sol, et Alex courut hors de la pièce.

— Ce fut une véritable journée en enfer, dit Donald aussitôt qu'Alex eut quitté la pièce. J'ai demandé à ma patronne quelques jours de plus, elle m'a regardé et puis secoué la tête. Je dois placer Alex demain… et je dois essayer de lui expliquer ça ce soir.

— Tu sais qu'il y a une solution facile à tout ça, commença Carter.

Donald reposa ses casseroles.

— Prends simplement Alex et adopte-le toi-même. C'est évident que tu tiens à lui, et tu as une garderie à ton travail.

Donald secoua la tête.

— Je ne peux pas faire ça.

— Pourquoi pas ? demanda Carter, et immédiatement il courut en plein dans le mur de silence de Donald.

Carter se rapprocha.

— J'aimerais que tu me fasses assez confiance pour me dire de quoi tu as tellement peur.

Il enroula ses jambes autour de la taille de Donald.

— Je ne peux pas.

— Pourquoi ? De quoi as-tu peur ?

Donald se tourna dans ses bras.

— Honnêtement ? Que tu réalises à quel point je suis cassé et irréparable.

Donald détourna le regard.

— Arrête ça, dit Carter. Regarde-moi. Je suis ici et j'ai été ici.

— Tu es seulement ici à cause d'Alex, contra Donald.

— Est-ce vraiment ce que tu penses ? C'est un petit garçon merveilleux, eh oui… je pense que j'en suis venu à l'aimer et je vais détester ne plus pouvoir le voir plus longtemps. Le petit bonhomme a fait son chemin dans mon cœur il y a quelque temps, et je doute de pouvoir l'oublier, peu importe ce qui se passe. Mais je suis ici à cause de toi.

Carter le tira plus près de lui.

— À cause du sourire que je vois de temps en temps quand tu penses que je ne regarde pas. Je suis ici parce que dans ces quelques moments vulnérables je vois le véritable toi et pas celui qui se cache derrière ce bloc de glace que tu as créé.

Carter se tourna vers le salon.

— Ce petit garçon tient à toi. Si tu es tellement irréparable, penses-tu qu'il aurait confiance en toi la façon dont il le fait ?

— Alex *te* fait confiance, contra Donald.

— Ce n'est pas complètement vrai. As-tu vu la façon dont il s'est dépêché d'aller ranger ses jouets ? Il a cinq ans. Ils ne vont jamais ranger leurs jouets. Mais il est là-bas en train de ranger ses jouets. Ce n'est pas juste moi et tu le sais. Tu te refermes encore parce que tu as peur.

— Tu ne sais rien, protesta Donald.

— J'en sais assez. Je suis un bon juge de caractère et je peux dire quand quelqu'un se cache. C'est ce que tu fais. Je le sais, et toi aussi.

Carter commença à se demander pourquoi il s'en souciait autant, mais il savait : il avait Donald dans la peau et dans son cœur. Donald le fixa simplement, et Carter le fixa en retour.

— Je suis celui avec deux sœurs et un frère. Si tu veux un concours de regard, je peux faire ça toute la journée et toute la nuit.

Donald détourna la tête, mais Carter ne ressentit aucune victoire.

— Si les choses sont aussi mauvaises que tu ne le penses et tout ce que tu vas faire, c'est de me repousser, alors qu'est-ce que tu as à perdre en t'ouvrant ? Qu'est-ce que ça fait si de toute façon tu me gèles après ? Ou si, comme tu dis, je m'en vais parce que tu es impossible à réparer, ou quoi que ce soit d'autre que tu aies dit.

— Parce que ça importe, d'accord ? dit Donald en le regardant de nouveau.

— Parce que tout le monde part ? C'est ça ? Tu penses que cela fera moins mal si tu es celui qui repousse les gens ? Ce n'est pas le cas. Ça fait mal de la même manière, et tu sais quoi ? Tu as garanti le résultat. Et si un miracle arrive alors et je pense toujours que tu es un gars sexy qu'il m'arrive de vraiment apprécier, et peut-être plus ? Alors quoi ?

Carter relâcha Donald et recula.

— Tu sais, parfois tu parles sacrément beaucoup trop.

— Et parfois, tu es beaucoup trop têtu pour ton propre bien.

Carter fit un rapide sourire à Donald.

À la surprise de Carter, Donald ne se détourna pas.

— Il n'y a rien de sexy à découvrir à quel point quelqu'un est un beau bordel.

Carter secoua la tête.

— Tu sais ce qui est sexy ? La confiance. Savoir que quelqu'un est disposé à te faire confiance avec leur plus grand secret. C'est réellement sexy.

— Non, ça ne l'est pas, dit Donald en secouant la tête.

— Si, ça l'est.

Carter s'appuya contre le comptoir.

— La confiance, l'affection, la gentillesse, ce sont tous des composants de quelque chose de plus grand avec le potentiel de durée. Mais si tu ne prends pas ta chance, tu ne le sauras jamais. Nous ne le saurons jamais.

— OK.

Donald se retourna pour finir le dîner.

— Quel est ton plus grand secret ?

— Un que mes parents ne connaissent pas ? Une fois, j'ai piraté le système d'un ordinateur d'une agence fédérale du gouvernement pour obtenir des informations pour un cas qu'il refusait de partager avec nous. Nous ne pouvions pas nous en servir dans notre dossier, mais cela a permis de mettre un homme dangereux derrière les barreaux. Un que les fédéraux essayaient de protéger sous le prétexte de la sécurité nationale. J'aurai pu aller en prison s'il l'avait découvert. Je pourrais toujours.

Le rythme du cœur de Carter grimpa en flèche en y repensant.

— Mais je le ferais encore si ça permet de retirer un voyou des rues.

— Ils ne s'en sont jamais rendu compte ?

— Non. Mais j'ai passé un appel anonyme pour leur dire où se trouvait le trou dans leur sécurité. J'ai supposé que c'était la bonne chose à faire.

Carter lui fit un clin d'œil, et Donald secoua la tête dans ce que Carter supposa être de l'incrédulité.

— Tu l'as réellement fait.

— Bien sûr. Nous sommes du même côté, et si je peux m'y introduire alors quelqu'un de malveillant aussi. J'avais juste besoin d'informations spécifiques et je n'ai pris que ce dont j'avais besoin. Quelqu'un d'autre pourrait prendre tout ce qu'il voudrait et faire de réels dommages. Je n'ai pas vérifié s'il avait fixé le trou dans leur sécurité parce que je ne voulais pas tenter ma chance. Carter s'écarta du comptoir. Donc tu vois, je suis encore plus un geek que tu ne le pensais. Et juste pour que tu le saches, je ne l'ai jamais dit à personne. Pas même mon capitaine. Ils ont demandé comment j'avais obtenu l'information, et je leur ai dit qu'ils ne voulaient pas le savoir. J'ai lâché le dossier sur le bureau du capitaine et je suis sorti de son bureau. Je suis un flic réglo. Je suis toujours les règles, et je me suis senti sale après ça comme je me suis senti après avoir regardé ces vidéos sur le compte de Harker.

— C'est parce que tu es un homme bon et décent, dit Donald.

— M. Carter, appela Alex depuis l'autre pièce.

— Vas-y, vérifie qu'il va bien. J'appellerai quand le dîner sera prêt.

Carter acquiesça et alla dans le salon. Alex avait empilé tous ces jouets dans un coin de la pièce. Carter n'était pas convaincu que c'est ce qu'avait voulu dire Donald quand il avait demandé à Alex de ramasser ses jouets, mais au moins ils n'étaient plus éparpillés autour de la pièce. Alex semblait ravi de ce qu'il avait fait.

— Est-ce que tu as faim ?

Alex acquiesça. Bien sûr. Ce gosse avait toujours faim.

— Allons nous laver les mains et puis nous pourrons aller voir ce que M. Donald nous a préparé.

Alex se précipita vers la cuisine et Carter le suivit. Donald était toujours occupé, donc Carter maintint Alex en hauteur pour qu'il atteigne l'évier pendant qu'il se lavait les mains. Carter soupira plus fortement que prévu.

— Es-tu triste M. Carter ? demanda Alex.

— Non. Je vais bien.

Il se força à sourire et déposa Alex.

— Allez, va t'installer à table.

Donald mit un peu de pâtes dans un bol pour Alex puis prépara des assiettes pour eux deux. Alex, bien sûr, attaqua son bol comme s'il n'avait pas mangé depuis des jours.

Carter ne pouvait s'empêcher de regarder Donald pendant qu'ils mangeaient, fasciné par ces incroyables yeux. Il supposa qu'il serait plus simple de deviner les mystères de la vie que d'essayer de comprendre ce qui agaçait Donald ou pourquoi c'était si intéressant. Peut-être que Donald était juste un défi ou Carter un masochiste. Peut-être que c'était le fait que Donald ait été le seul homme avec qui il s'était connecté depuis si longtemps qu'il était sexuellement en surrégime.

C'était tellement vrai. Juste regarder Donald faisait battre son cœur plus vite et sa respiration accélérée. Quand ces lèvres se refermèrent autour de sa fourchette, Carter les imagina se refermer autour de quelque chose d'autre. Un doux gémissement se forma dans sa gorge, ce qui, Dieu merci, il put couvrir en complimentant la nourriture plutôt qu'un appétit complètement différent.

— Est-ce que ma cuisine est réellement si bonne que ça ? demanda Donald.

Carter rougit et essaya de ne pas paraitre embarrassé. Puis il se dit au diable. Il n'y avait aucune utilité à être timide. Il sourit et continua à manger, désinvolte et heureux. Après qu'il eut fini, Carter aida Donald à tout nettoyer, puis il passa un peu de temps avec Alex, jouant sur le sol dans le salon.

Finalement, Donald s'assit dans l'une des chaises, observant Alex alors qu'il continuait de jouer.

— Tu as l'expression de quelqu'un à qui on vient juste de dire que sa mère est morte, murmura Donald et Carter hocha la tête.

— C'est ce que je ressens, je suppose. Comme si quelque chose se finissait.

— Tout a toujours une fin, dit Donald montrant un peu d'émotion.

Carter se tourna vers lui, mais ne dit rien, ils s'assirent en silence pendant un moment avec Carter sombrant dans des pensées troublantes.

— Je pense qu'il est l'heure pour toi d'aller au lit, déclara Donald à Alex.

— Quelques minutes de plus ? demanda doucement Alex, mais il s'arrêta de jouer.

— Range tes jouets puis nous monterons afin que tu puisses prendre ton bain et ensuite mettre ton pyjama. Et si tu le demandes gentiment, je suis sûr que M. Carter te lira une histoire avant de dormir.

Alex se dépêcha et rangea ses jouets dans une caisse que Donald sortit du placard. Une fois que les choses furent rangées, Donald et Alex montèrent les escaliers. Carter resta où il était et alluma la télévision, gardant le volume au minimum. Pas qu'il y faisait beaucoup attention de toute façon.

Finalement, il entendit de rapides pas dans les escaliers et Alex courut jusqu'à lui dans un pyjama avec des motifs d'avions, portant un livre et son lapin.

— Lis-moi une histoire.

Il grimpa sur le canapé et s'assit à côté de lui.

— Emmène M. Carter à l'étage et va au lit. Il te lira une histoire là-bas.

Donald se tenait dans l'escalier, Carter se leva et prit Alex dans ses bras.

— Tu es bien parti pour devenir un vrai grand garçon. Ça ne sera pas long avant que je ne sois plus capable de te porter.

161

Carter repoussa la pensée qu'il pourra plus en être capable après ce soir. Il porta Alex en haut de l'escalier, puis dans sa chambre.

Alex crapahuta pour se mettre sous les couvertures et câliner son lapin, regardant vers lui avec impatience. Carter éteignit la lumière principale puis alluma celle sur la table de chevet. Elle était plus douce et beaucoup plus propice pour endormir Alex pendant que Carter lui lisait une histoire. Puis Carter s'assura qu'Alex soit confortablement installé.

— *Thomas et ses amis,* lut Carter puis il ouvrit le livre et commença à lire sa dernière histoire du coucher à Alex.

VIII

DONALD ÉTEIGNIT la lumière et ferma la porte. La maison était silencieuse tandis qu'il montait les escaliers, à l'exception du son de la voix de Carter provenant de la chambre d'Alex. Il s'arrêta à l'extérieur de la porte ouverte pendant que Carter lisait la dernière partie de l'histoire. Donald jeta un œil dans la chambre. Alex était toujours réveillé, écoutant Carter tout en serrant son lapin fermement contre lui avec un sourire sur son visage chérubin.

— Fin, lut Carter puis il ferma le livre et le mit de côté.

Il borda Alex dans le lit et éteignit la lumière.

— Bonne nuit, murmura Carter.

— Bonne nuit M. Carter. Je t'aime.

Donald recula et faillit presque tomber dans l'escalier. Il se rattrapa, se précipita dans sa chambre et ferma la porte. Il trébucha sur le bord du tapis et tomba en avant, le haut de son corps atterrit sur le lit. Il grimpa sur le matelas et enterra sa tête dans un oreiller.

Des années de douleur réprimées refirent surface à des endroits en lui qu'il ne pensait pas pouvoir encore exister. Il essaya de les arrêter, de les remettre dans les boîtes qu'il avait gardées à l'intérieur pendant des années, mais ça ne voulait plus rentrer. Tout ce à quoi il pouvait penser, c'était combien il aurait tout donné pour entendre Alex lui dire qu'il l'aimait. Donald essaya de se rappeler la dernière fois que quelqu'un avait utilisé le mot amour en parlant de lui, mais n'y arrivait pas. Son esprit n'avait aucun souvenir de son prénom et du mot amour utilisé ensemble. Pas étonnant qu'il agissait comme si son cœur était fait de glace.

— Donald.

Il entendit des pas puis le lit s'affaissa à côté de lui.

Que s'est-il passé ?

— Va-t'en, dit-il d'une voix rauque. Laisse-moi tranquille.

— Oh pour l'amour de Dieu, dit Carter. Ne fais pas ta Jane Austen.

Avant que Donald puisse demander ce que voulait dire Carter, celui-ci le prit tendrement dans ses bras et le maintint fermement contre lui alors qu'il caressait lentement son dos.

— Que s'est-il passé ?

— Je vous ai entendu, toi et Alex, haleta Donald. Demain, je vais commencer à remplir les papiers pour que tu puisses devenir le parent d'accueil d'Alex. Il a besoin de toi. Je vais t'aider à avoir tous les supports dont tu as besoin, et je suis certain que le département de police à des programmes de soutien pour les agents qui sont parents célibataires.

Donald essuya ses yeux.

— J'aurai dû t'aider depuis le début plutôt que de te mettre des bâtons dans les roues. Je l'ai entendu dire qu'il t'aimait.

— Oui. Il a dit qu'il m'aimait, murmura Carter tandis qu'il caressait doucement les cheveux de Donald. Il a aussi dit qu'il t'aimait.

La voix de Carter se cassa.

— Il a dit ça ?

Donald essuya une nouvelle fois ces yeux, trouvant difficile d'y croire.

— Bien sûr qu'il l'a dit. Ce petit garçon a perdu sa mère et fait des cauchemars sur ce que lui ont fait les mauvais hommes, et pourtant il t'aime quand même. Il nous aime.

Carter le serra plus fortement contre lui. Donald retourna l'étreinte de Carter.

— Donc je suppose, peut-être, qu'entre nous deux, nous pourrions trouver un moyen pour nous assurer qu'Alex sache qu'il est aimé en retour. Tu penses que je devrais être son parent d'accueil. Mais je pense qu'il devrait rester ici, avec toi, parce que c'est déjà un endroit familier pour lui.

Donald acquiesça, incapable de parler.

— Va lui parler, murmura Carter. Il ne dort pas et il t'a demandé.

Donald s'assit et essuya ses yeux. Puis il se leva et s'essuya le visage tout en prenant une profonde inspiration pour se stabiliser.

— Je ne sais pas si je peux.

Il était mort de peur et il n'avait aucune idée de pourquoi. Carter prit sa main et ouvrit la porte de la chambre. Donald prit une autre profonde inspiration et traversa le couloir, agrippant fermement la main de Carter.

Alex était allongé sur son côté, mais il roula vers eux quand ils entrèrent dans la chambre.

— Je voulais dire bonne nuit, dit doucement Donald.

Il lâcha la main de Carter, marcha vers le lit et s'assit au bord. Alex se rapprocha puis se leva sur le lit et enroula ses bras autour du cou de Donald.

— Bonne nuit, M. Donald.

Alex le câlina puis retomba sur le lit avec un rebond avant de se faufiler sous les couvertures. Il se tourna sur le dos, regarda Donald avec un air adorable sur le visage. Comment Alex pouvait avoir l'air si innocent et attentionné après tout ce par quoi il était passé était incroyable pour Donald. Il avait toujours su que les enfants étaient résistants ; il l'avait été. Les choses avaient commencé à empirer quand il était devenu plus vieux.

— Je t'aime, déclara Alex.

Il s'assit une nouvelle fois et Donald se pencha pour se rapprocher, rendant l'étreinte d'Alex. Comment diable quelqu'un pouvait-il l'aimer ? Mais un seul regard suffisait pour voir qu'Alex l'aimait vraiment. C'était presque plus que ce que Donald ne pouvait croire.

— Je t'aime aussi, murmura-t-il. Je me demandais si tu aimerais rester ici avec moi ?

Donald supposa qu'Alex ne savait pas vraiment ce que celui-ci lui demandait.

— Je veux que tu vives ici et cela pourrait être ta chambre.

Donald se tourna vers Carter, qui lui sourit et hocha la tête.

— Est-ce que tu te souviens de Mme Karla à mon travail ? Eh bien, je lui parlerai demain matin et j'arrangerais les choses afin que tu puisses vivre ici si tu veux que je le fasse. Plus de mauvais hommes. Nous pourrions être une famille. Est-ce que c'est d'accord ?

Il attendit qu'Alex accepte puis l'étreignît une nouvelle fois avant de le réinstaller dans son lit.

— Je t'aime, déclara Donald pour la seconde fois en se penchant sur le lit pour déposer un bisou sur le front d'Alex.

Puis il se recula et Alex roula sur le côté, tenant son lapin contre lui. Donald ne sut pas combien de temps il resta là, debout. Finalement, Carter prit sa main et doucement le dirigea à travers le couloir jusque dans sa chambre.

— Je suis tellement fier de toi, dit Carter.

— Est-ce que c'est bon ? Si Alex reste ici ? Plus tôt j'ai dit…

— Hé. Tout ce que je veux c'est qu'Alex soit avec quelqu'un qui tient à lui.

Carter plaça ses mains sur les joues de Donald et le guida doucement pour l'embrasser, un baiser qui s'intensifia jusqu'à ce que Donald tapota légèrement le torse de Carter.

— Qu'est-ce qu'il y a ?

— Nous ne pouvons pas faire ça, dit Donald. Je ne peux pas faire ça. Pas maintenant.

Carter se tourna vers la porte.

— Mais je pensais…

— Il y a quelque chose que j'ai besoin de te dire avant que quoi que ce soit se passe entre nous.

Donald s'assit sur le bord du lit.

— Ma mère biologique m'a mis à l'adoption quand j'étais encore un bébé, et les parents dont je me souviens sont mes parents adoptifs. J'avais quatre ans quand ma mère est morte. Papa a dit qu'elle avait un cancer et qu'il allait prendre soin de moi. Je me souviens de ça aussi clairement que tout. Il était pompier, et un jour il n'est pas rentré à la maison. Un toit s'est effondré dans un immeuble pendant qu'il était toujours à l'intérieur à essayer de sauver des gens qui avaient été piégés.

Donald soupira.

— Du moins, c'est ce qu'on m'a dit, et je voulais croire que mon père était un héros. C'est ce qui me faisait continuer à avancer.

— Qu'est-ce qui s'est passé après ça ? Est-ce que tu as été vivre avec tes grands-parents ?

Donald secoua la tête.

— Je me suis retrouvé en foyer d'accueil.

166

Il baissa la tête, fixant ses chaussures.

— Les gens n'arrêtaient pas de dire que je serais adopté, mais je ne l'ai pas été. Après ça, j'ai gardé la trace du nombre de famille d'accueil que j'ai fait, de mes six ans, jusqu'à ce que j'aie dix-huit ans et passé mon bac, j'ai vécu dans douze familles d'accueil. Tu vois, je connais beaucoup de ce que traverse Alex parce que je suis passé par là. Le plus longtemps où j'ai vécu était de deux ans, et j'étais heureux jusqu'à ce que mon père adoptif décide que je devais lui donner ce que sa femme ne lui donnait pas.

Donald releva la tête.

— Je suppose que j'étais un dur à cuire enfant, parce que je m'en suis pris à lui violemment. Je lui ai jeté un verre et l'ai blessé au visage. Je l'ai coupé assez profondément. Ils ont essayé de me blâmer pour ça, et j'y ai presque cru jusqu'à ce que je sois affecté à un nouvel assistant social. Son nom était Clare, et elle est restée avec moi plus longtemps que n'importe qui. Elle m'a défendu et, oui, elle m'a déplacé dans des familles d'accueil différentes. Mais elle était là pour moi.

— Qu'est-ce qu'il s'est passé ?

— Je l'aimais bien et je pensais qu'elle tenait à moi…

— Est-ce qu'elle t'a blessé ?

Le ton coupant de Carter l'étonna.

— Non. Elle est tombée enceinte et est partie pour avoir son bébé. J'ai été réassigné et ne l'ai plus jamais revu. Je pensais que j'étais spécial, mais j'étais juste un autre cas pour elle.

— Je suis sûr que ce n'est pas le cas. Est-ce que les enfants dont tu t'occupes sont juste des cas pour toi ? demanda Carter.

— Non. J'essaie de faire de mon mieux pour chacun d'entre eux, et il y a des enfants que j'ai suivis. Même si je n'ai plus leur cas, je vais toujours les voir. Ils sont parmi les membres les plus démunis de la société. Ils n'ont pas de parents et se reposent sur la gentillesse des autres pour leurs soins et leurs bien-être. La plupart des parents d'accueils sont des gens attentionnés et aimants.

— C'est pourquoi tu es devenu un assistant social ?

— Oui. Je voulais aider les enfants pour qu'aucun n'ait à traverser ce par quoi je suis passé.

Donald rencontra le regard de Carter.

— J'ai le plus long dossier de rétention en famille d'accueil que n'importe qui dans le département. Ça veut dire que les enfants à ma charge sont moins probables d'être déplacé de famille en famille comme je l'ai fait. J'aide et je suis là pour à la fois les familles d'accueil et les enfants. Mais je ne peux pas laisser chaque histoire m'atteindre.

— Ah. Après avoir été avec tellement de gens et en avoir vu d'autres te laisser, tu as trouvé ça plus facile de devenir détaché, émotionnellement.

— C'était ainsi que je survivais. C'est la seule manière que je connaisse pour continuer d'avancer. C'était, jusqu'à ce que j'entre dans cette maison la semaine dernière. Alex et toi êtes entrés dans ma vie et y avez mis le chaos. Ce qui fonctionnait depuis tellement longtemps ne le faisait plus. Donc j'ai continué d'essayer de m'éloigner.

— Oui, je l'avais deviné.

Carter prit la main de Donald, caressant le dos avec son pouce.

— Ce que je ne comprends pas, c'est pourquoi tu aurais honte de tout ça. Tu as traversé des années difficiles et y as survécu. Cela montre que tu es une personne forte, et rien de tout ça n'est de ta faute.

Carter continua de caresser sa main, et Donald ferma les yeux. Ce qu'il avait à dire ensuite était la partie la plus difficile.

— Après avoir quitté ma famille d'accueil, j'étais livré à moi-même presque sans argent et sans emploi. Mon dernier assistant social m'a aidé à être accepté dans une fac et j'ai reçu de l'aide avec les frais de scolarité et tous autres frais de ce genre, mais si je voulais vivre, je devais avoir un travail.

Il se tourna vers Carter, mais ne fut pas capable de le regarder.

— Donc j'en ai trouvé un.

— Qu'est-ce que tu as fait ? murmura Carter, la tension se construisant dans la pièce.

— J'ai obtenu un job dans un club en tant que danseur. En gros, j'étais strip-teaseur. Je dansais et enlevais mes vêtements. Cette partie n'était pas si mauvaise, je suppose. Mais après un moment, j'ai découvert que je pouvais me faire plus d'argent après les shows. Les hommes me paieraient un sacré paquet d'argent pour aller dans un motel quelques heures, et j'en avais assez d'avoir faim et de continuer sans... tout. Les autres gosses avaient de nouveaux vêtements, des jeux vidéo, tout ce que tu veux, et j'avais du mal à manger les jours où le réfectoire était fermé. Si je travaillais quelques jours par mois, je pouvais me faire plus que ce dont j'avais besoin. Donc, oui, j'ai suivi des hommes et fait tout ce qu'ils voulaient.

— Si c'est vraiment comme ça que tu te sens, alors pourquoi en es-tu tellement honteux ? demanda Carter avec une expression innocente que Donald savait contenir beaucoup plus que ce qu'il montrait.

— J'ai fait ce que j'avais à faire à ce moment-là. Je n'en suis pas fier maintenant. Mais cela m'a permis de vivre pendant mes études et de trouver un vrai travail une fois diplômé.

— Et tu n'as rien attrapé ? Tu n'es pas malade, n'est-ce pas ?

Carter le mitraillait de questions, simplement pas celles auxquelles Donald s'attendait.

— Je vais bien. J'ai toujours été prudent et j'avais des règles que je n'enfreindrais sous aucun prétexte. Je faisais ça de manière sûre et je suis resté comme ça.

Donald jeta un coup d'œil à Carter, qui fixait ses propres chaussures. Il aurait dû le savoir. Carter ne pouvait même pas supporter de le regarder.

— C'est ce que j'avais à faire pour vivre pendant mes études.

— Quoi ? Offrir des fellations à des vieux qui te payaient ? lâcha Carter, et Donald s'éloigna. Personne ne devrait avoir à faire ça.

Carter se leva et marcha vers la porte de la chambre. Il partait, exactement comme Donald avait eu peur qu'il le fasse.

— Tu n'avais pas à faire ça. Tu aurais pu trouver un autre moyen.

— Comment ? En travaillant chez McDonald ? J'aurai dû faire un temps complet là-bas pour me faire ce que je pouvais avoir en travaillant quelques week-ends par mois. De cette façon, j'avais le temps d'étudier et était réellement capable d'avoir une éducation.

Donald secoua la tête.

— J'aurai dû savoir que je ne pouvais pas m'attendre à ce que tu comprennes. Tu as une famille qui tient à toi. Je n'avais rien du tout. Personne. Tu dis que ton père ne te parle pas, mais le mien est mort.

Après ça, j'ai eu des familles d'accueil qui étaient payées par l'état pour s'occuper de moi. Tu peux râler et te plaindre autant que tu veux, mais tu ne sais rien.

Donald berça sa tête dans ses mains.

— J'aurais dû me taire et laisser les choses telles qu'elles étaient.

Carter fit volte-face.

— Hé, claqua-t-il dans ce qu'il semblait être sa voix d'agent de police. Je suis plus qu'en colère, mais je ne suis pas en colère contre toi.

Carter marcha à grands pas vers lui.

— Ouais, tu n'aurais probablement pas dû faire les choses que tu as faites, mais c'est du passé.

— C'est quoi ? Tu quoi ?

Donald frotta ses oreilles pour s'assurer qu'il avait bien entendu ce qu'il avait entendu.

— Si tu penses une seule seconde que je suis heureux de ce que tu as fait, ce n'est pas le cas. Personne ne devrait devoir faire ce genre de choses.

Carter s'agenouilla en face de lui.

— Je déteste le fait que tu aies dû danser sur scène, et je tremble de rage quand je pense aux hommes qui t'ont utilisé ainsi. Ça me met dans une colère noire, d'accord ? Mais je ne suis pas en colère contre *toi*. Juste, en général, je suppose.

— De mauvaises choses arrivent…

— Peut-être. Mais ça fait mal quand de mauvaises choses arrivent à quelqu'un que tu aimes. Tu veux seulement des choses bonnes et heureuses pour eux. Pas ce genre de choses. Jamais de telles choses.

La voix de Carter se cassa.

— J'ai juste une question.

— Seulement une ? demanda Donald.

— Eh bien, peut-être deux. Tu ne fais plus ça, n'est-ce pas ?

— Non. Pas depuis que j'ai eu mon diplôme à la fac.

— D'accord.

Carter se rapprocha et Donald s'immobilisa. C'était trop d'espoir à avoir, trop bien pour être vrai, donc il avait vraiment du mal à y croire.

— Tu as dit qu'il y avait une seconde question, insista Donald, mais les lèvres de Carter rencontrèrent les siennes et les questions furent oubliées pendant un temps.

Donald ferma les yeux et se baigna dans la douce caresse des lèvres de Carter sur les « siennes ». Il haleta et sa gorge lui fit mal d'incrédulité et d'un soulagement incroyable.

— Est-ce que tu as déjà parlé de ça à quelqu'un auparavant ? murmura Carter, ses lèvres si proches que Donald pouvait sentir sa respiration sur son visage tel un toucher aérien qui s'évapora rapidement, mais qui avait toujours été là.

— Non, répondit Donald d'un ton à peine au-dessus d'un murmure. Ce n'est pas une part de moi que je partage avec qui que ce soit.

Il releva son regard du sol.

— Si je devais le refaire... je ne sais pas. Ce n'est pas comme s'il y avait beaucoup d'opportunités pour un enfant comme moi.

— Où as-tu étudié ?

— Shippensburg, parce qu'il me donnait le meilleur accord dans l'ensemble.

Donald pouvait déjà voir Carter cogiter.

— Un des hommes que je connaissais dansait aussi, et il m'y emmenait. Nous dansions ensemble sur scène. La plupart du temps, c'était pour des femmes, et elles sont sauvages. Mais les hommes paient mieux. À ce moment-là, cela n'importait pas vraiment. J'avais les cheveux longs, et tout le monde aimait la façon dont j'étais. J'étais sexy, ou du moins c'est ce que les gens me disaient.

Donald haussa les épaules.

— Est-ce que l'attention te manque ?

— Pas vraiment. Je suis une personne réservée. Je pense que tu le sais. Être sur scène était quelque chose que j'avais l'impression de devoir faire, mais ce n'était pas une chose que j'avais vraiment envie.

Donald déglutit difficilement.

— Ils m'ont embauché pour mon physique. Mon ami Forest dansait sous le nom de Danny Dreamboat [1] ou quelque chose de tout

1 NDLT : « Dreamboat » signifie « beau gosse », Forest se fait donc appelé Danny le beau gosse sur scène.

aussi kitsch, et, une nuit, il m'a emmené. Je lui avais dit à quel point j'étais fauché. Quoi qu'il en soit, j'avais une peur bleue. Cette pièce pleine de femmes qui criaient et hurlaient. Je pouvais danser et n'était pas une triple andouille, mais ils m'ont habillé en policier et m'ont envoyé sur scène.

» Les cris et les hurlements étaient presque assourdissants, et j'étais là, un gosse de Miffintown qui n'avait été nulle part avec quelqu'un sur scène en face de centaines de femmes ivres qui criaient et j'étais supposé enlever mes vêtements. Je pensais que j'allais être malade, mais alors la musique a commencé, je les ai ignorés et me suis simplement mis à danser. Avant que je m'en rende compte, j'étais peloté et tripoté, et je détestais ça.

Donald frissonna alors qu'il se souvenait des clientes le touchant comme s'il était le premier prix.

— Je me souviens que je devais me retenir de reculer alors qu'elles agrippaient tout ce qu'elles pouvaient. Mais à la fin de la nuit, j'avais assez d'argent pour manger pendant deux semaines. Ils m'ont engagé et m'ont donné des costumes spéciaux... et...

» Au début, ils ne faisaient pas de spectacle pour les hommes, mais après un moment les offres devinrent trop bonnes, donc ils ont réservé quelques spectacles dans des clubs gays et nous faisions même plus ces nuits-là. À la place de trois cents, je rentrais à la maison avec cinq ou six cents, et si j'étais disposé à faire quelques heures supplémentaires après le travail, parfois je rentrais avec un millier sur un seul week-end. Je n'avais rien et c'était trop tentant pour le laisser passer.

— Je ne te juge pas. Les décisions que tu as prises sont faites. C'est du passé, et Dieu seul sait que nous prenons tous des décisions que nous pourrions regretter plus tard. C'est celle prise maintenant qui compte.

Carter le serra contre lui fermement.

— Tout ça a fait de toi la personne que tu es maintenant.

Carter déposa un baiser sur sa tête tandis que Donald se reposa contre son torse, respirant l'odeur légèrement aux plantes du savon de Carter mélangé avec le musc entêtant qui lui était propre.

— Sans les aventures en famille d'accueil, en fac, en danse, et tout le reste, tu ne serais pas le Donald Ickle que j'aime.

— Hein… ?

Donald leva la tête pour qu'il puisse voir si Carter se moquait de lui.

— Tu dis vraiment n'importe quoi.

— Non, pas du tout. Je suis honnête. Si tu n'avais pas traversé l'enfer et survécu, tu ne serais pas l'assistant social fort et compétent qui fait plus qu'il en faut pour chaque enfant à sa charge.

Donald secoua la tête.

— C'est des conneries.

Carter le relâcha.

— Non, ça n'en est pas. Si tu n'avais pas traversé tout ça, tu aurais envoyé Alex au foyer d'accueil du comté et tu serais retourné vivre ta vie. C'est ce que tout le monde aurait fait.

Donald pencha légèrement la tête.

— Oui, je sais que je t'ai poussé à le faire, mais tu as quand même donné ton accord, et ce petit garçon t'aime. Pas pour ce que tu as fait pour lui, parce qu'il ne comprend même pas ça. Il t'aime pour toi.

Carter pointa du doigt la porte.

— Donc même si tu penses que je mens, tu es celui qui a tort. Nous sommes l'addition de nos expériences, les bonnes, les mauvaises, les moches.

— Est-ce que quelqu'un t'a déjà dit que tu pouvais être sacrément moralisateur ?

— Déformation professionnelle, expliqua Carter avec un sourire en coin. Donc, vas-tu être un peu plus indulgent envers toi-même ? Ou dois-je continuer à être moralisateur ? Parce que je pourrais être le fils de mon père, mais contrairement à lui, je vais parler à t'en faire mal aux oreilles. Dieu seul sait que j'aime le son de ma voix, et je peux parler et parler et…

Donald tira Carter vers lui et l'embrassa pour le faire taire. Bien sûr, cela avait été le but de Carter depuis le début. Mais qui était-il pour le lui nier ?

— M. Donald.

Ils se séparèrent.

— Reste là. Je vais voir ce qu'il a.

Il y avait une note frénétique au cri d'Alex, donc Donald se dépêcha de le rejoindre. Alex était assis dans son lit, les yeux écarquillés et tremblant lorsque Donald entra.

— Qu'est-ce qu'il y a ?

— Les mauvais hommes étaient de retour, dit Alex.

Donald s'assit sur le bord du lit et prit Alex dans ses bras.

— Tout va bien. C'était juste un mauvais rêve.

Donald savait qu'Alex allait les avoir pendant encore un moment et il se fit une note mentale pour appeler le Camp Koala dans la matinée. C'était un groupe à but non lucratif qui travaillait avec les enfants en deuil, et Donald savait qu'il serait capable d'aider Alex à gérer la perte de sa mère. Il supposait que beaucoup de ces rêves à propos des mauvais hommes étaient aussi mélangés avec la mort de sa mère.

— Je veux maman, pleurnicha Alex.

— Je ne peux pas te donner ta maman. Elle est avec les anges, mais je suis là et je serai là aussi longtemps que tu le voudras.

Donald berça Alex et lui murmura des mots doux pour le réconforter. Ce n'était pas réellement des mots, mais cela importait peu. Être tenu et réconforté était ce qui importait à ce moment-là. Alex avait besoin de savoir qu'il n'était pas seul et que quelqu'un tenait à lui.

— Je te promets que je serai là.

Il tint Alex un peu plus fort contre lui, appréciant sa chaleur près de lui. Après quelques secondes, Donald se demanda qui réconfortait qui. Peut-être se réconfortaient-ils l'un l'autre, parce que tenir Alex et l'avoir agrippé à lui en retour, comme si Donald était sa bouée de sauvetage, réchauffait son cœur et lui donnait un but.

— Je peux dormir avec toi ? demanda Alex.

Ce n'était pas une bonne idée. Il voulait dire oui, mais il ne pouvait pas jusqu'à ce que les choses soient plus permanentes.

— Pourquoi ne câlineras-tu pas Lapinou ? dit Carter doucement tandis qu'il rentrait dans la chambre. Il te tiendra compagnie.

Carter commença à faire de grands gestes exagérés de la main autour du jouet en peluche.

— Tu vois ? Lapinou est maintenant magique. Il gardera les mauvais hommes et les cauchemars loin de toi aussi longtemps que tu le tiens. S'ils se produisent encore, tout ce que tu as à faire est de dire à Lapinou de les garder éloignés et il le fera.

— Vraiment ? demanda Alex en essuyant ses yeux et en reniflant.

— Oui. Lapinou te protègera, tout comme M. Donald et moi. Souviens-toi, je suis un policier, donc je sais comment protéger les gens.

Carter sourit et Alex se réinstalla dans les bras de Donald.

Donald le déplaça jusqu'à ce que la tête d'Alex repose sur son épaule. Puis il le tint simplement jusqu'à ce que Carter lui indique qu'Alex était presque endormi. Il manœuvra prudemment Alex de retour dans son lit et le borda. Alex se tourna sur le côté, tenant son Lapinou de la même manière qu'il le faisait toujours. Donald ne se leva pas tout de suite, et Carter se tourna avant de quitter silencieusement la pièce. Donald resta assis où il était, regardant Alex pour s'assurer qu'il ne se réveillait pas. Comment un petit garçon pouvait-il entrer dans sa vie et en quelques jours tout bouleverser, de la manière la plus merveilleusement humaine possible, c'était un complet mystère pour lui ? Sa vie avait été en suspens pendant des années, comme s'il avait attendu que quelque chose se passe. Il ne l'avait même pas réalisé jusqu'à ce qu'Alex apporte Carter et un sceau rempli de changement dans sa vie. Il n'avait pas vécu, il avait juste existé.

Il se leva prudemment et s'éloigna du lit. Arrivé à l'encadrement de la porte, il vérifia une fois de plus puis il ferma la porte presque entièrement avant de retourner dans sa propre chambre. À l'intérieur, il y trouva Carter au lit, l'attendant.

— Je reviens tout de suite.

Donald alla dans la salle de bain, se soulagea puis se déshabilla avant de rejoindre Carter dans l'autre pièce. Il grimpa dans le lit et Carter se colla contre son dos, l'étreignant fermement.

Après quelques minutes, Donald se retourna pour être face à Carter.

— Plus tôt, est-ce que tu as dit ce que je pense que tu as dit ?

— Qu'est-ce que j'ai dit ? demanda Carter tout penaud et Donald serra doucement son épaule.

— Tu sais ce que tu as dit. Ou bon Dieu, j'espère que tu as dit ce que je pense que tu as dit.

Ses oreilles auraient pu lui jouer des tours. Carter avait-il réellement dit qu'il l'aimait ? Carter s'avança, roulant Donald sur le dos avant de l'embrasser durement.

— Au lieu de te le dire… encore, et si je te le montrais plutôt ?

Avant que Donald puisse répondre ou réfléchir un peu trop sur ce que Carter avait dit, il était sur son dos et embrassé de façon possessive et profondément jusqu'à en avoir le souffle coupé.

Il arqua le dos, poussant son torse contre celui de Carter, glissant leurs érections l'une contre l'autre. Donald haleta, adorant chaque centimètre de l'homme pressé contre lui.

— Je me suis arrêté à la pharmacie à ma pause déjeuner, murmura Donald.

— Moi aussi, murmura Carter entre deux respirations haletantes. Je pense que nous aurons assez de réserve pour un moment.

Donald eut un petit rire.

— Je ne compterai pas là-dessus.

— Donc, tu es en train de dire que nous aurons des occasions de tous les utiliser ?

Carter caressa sa nuque du bout du nez, léchant doucement juste l'endroit près de la base qui lui envoyait des frissons le long de sa colonne vertébrale.

— Nous ferions mieux, rétorqua Donald.

Au lieu de répliquer, Carter lécha un chemin jusqu'à son torse et suça un téton puis prit les mains de Donald et les maintint au-dessus de sa tête pendant qu'il l'explorait.

— Mon Dieu, geignit Donald quand Carter localisa un endroit juste au-dessus de sa hanche qui lui envoyait des frissons dans tout le corps.

Il essaya de s'éloigner.

— Qu'est-ce que tu fais ?

— Tu as des petits endroits partout sur le corps qui te transforme en gelée. C'est mon travail de les trouver, et la recherche n'est que la moitié de l'amusement.

Carter s'y remit directement, ne touchant pas son érection, mais léchant et embrassant tout son corps. Si le souffle de Donald faisait un accroc, Carter suçait jusqu'à ce que Donald halète. Quand il eut entièrement exploré le devant, Carter le roula sur son ventre et explora ses flancs jusqu'à ses reins.

Les jambes de Donald tressaillirent alors que Carter se rapprochait de ses fesses. Il les massa puis les embrassa et érafla la peau avec ses dents. Donald agrippa la tête de lit, restant immobile quand Carter écarta ses fesses et fit courir sa langue plus bas et plus bas, jusqu'à…

— Nom de Dieu ! cria Donald plus fort qu'il le voulait.

Il agrippa le bois aussi fort qu'il le put, poussant en arrière contre Carter et écartant ses jambes aussi largement que possible.

— Bon sang…

— Oui, murmura Carter. Je savais que cela te rendrait dingue. Je vais te baiser avec ma langue puis te remplir complètement.

Les mots s'arrêtèrent alors que Carter agissait, poussant sa langue en lui. Donald n'avait jamais pensé que recevoir un anulingus serait si époustouflant. Mais, bon sang, rien n'était comparable à ça. Il se sentait si ouvert, si confiant et en confiance. Il était totalement exposé, et pourtant il poussait contre Carter, il se sentait aussi en contrôle. C'était chaud et sexy, et…

Donald se demandait ce qu'il se passait quand Carter arrêta. Il regarda par-dessus son épaule, attendant pour ce qui allait arriver ensuite.

— Baise-moi.

— J'en ai l'intention.

Un petit clic se fit entendre puis quelques secondes après, Carter taquinait sa peau. Un long doigt entra lentement en lui, l'étirant, le remplissant. Donald gémit pendant que Carter continuait de l'étirer.

— Est-ce ce que tu veux ?

— Oui, geignit Donald en se poussant en arrière cherchant plus de sensation.

Puis Donald se retira et retint son souffle, attendant pour ce qu'il était certain d'être l'événement principal. Carter s'allongea à côté de lui, guida Donald sur le côté et lentement s'enfonça en lui.

Carter enroula ses bras autour du torse de Donald, les mains écartées sur sa peau, les rapprochant l'un de l'autre jusqu'à ce que Carter soit pressé contre lui, son érection enterrée en lui, les reliant ensemble. Donald ne s'était jamais senti si plein ou comblé.

Les mouvements de Carter étaient lents et langoureux, poussant profondément en rythme avec la respiration de Donald.

— Je t'aime, Donald.

Carter l'emplit puis s'immobilisa, le tenant contre lui encore plus fortement.

— Tu es un homme précieux et spécial. Eh oui, tu m'as bien entendu tout à l'heure. Je t'ai bien dit que je t'aimais et c'est le cas. Tu as un grand cœur que tu essaies de cacher, mais je te vois pour qui tu es. Tu es aussi chaud tout au fond de toi que tu en as l'air maintenant.

Carter bougea lentement, profondément, se retirant presque en entier avant de s'enfoncer à nouveau. Donald avait été avec des hommes avant, Dieu seul savait combien, mais jamais comme ça. Carter touchait son cœur de la même manière qu'il touchait son corps. Tu sais ce qu'est l'amour ? murmura Carter dans son oreille.

— Ça ? demanda Donald, espérant sacrément qu'il avait raison.

Il s'était posé lui-même la question quelques fois et n'avais jamais trouvé de réponse parce qu'il n'avait aucun point de comparaison.

— Non. Ça, c'est faire l'amour.

Carter bougea légèrement, respirant contre son oreille.

— L'amour, c'est ce que tu as fait tout à l'heure. L'amour, c'est laissé quelqu'un savoir qui tu es, le bon et le mauvais, le laisser entrer et tenter sa chance peu importe comment, il va vouloir de toi et tenir à toi. C'est ça l'amour. Je te vois pour qui tu es.

Carter resserra son étreinte.

— L'amour c'est ne jamais vouloir lâcher prise, toucher ton cœur et le tenir délicatement dans tes mains. C'est le sexe, les caresses, les mots, et tout ce qu'il y a entre eux, du réconfort après des cauchemars et, te tenir dans le noir. C'est tout, tout ça et ce que je veux faire avec toi pour le reste de ma vie.

Carter commença à s'enfoncer en lui plus vite, glissant une main confiante contre le ventre de Donald puis sur sa hanche avant de la glisser autour de lui, tenant son érection et la caressant au même rythme que leurs mouvements. Donald ferma les yeux, se donnant complètement à Carter. Il n'avait jamais autorisé à ce que cela se produise avant. Chaque fois qu'il faisait confiance à quelqu'un, il semblait le décevoir, mais Donald commençait à croire que Carter ne ferait pas ça.

Il frissonna et bougea ses hanches. Lorsqu'il les avança, Carter s'agrippa à lui et quand il se recula, Carter le remplit encore plus. Cela le stupéfiait, comment pouvait-il avoir tout ce dont il avait rêvé, et que cela devienne réalité en à peine quelques jours. Maintenant, il était en feu, faisant l'amour pour la première fois de sa vie.

— Donald, murmura Carter. Arrête de penser autant et laisse-toi simplement aller. Tu es incroyable quand tu ressens simplement.

Il se retira et roula Donald sur le dos. Ils verrouillèrent leurs regards ensemble, et Carter souleva les jambes de Donald, positionnant ses pieds sur ses épaules. Puis il s'enfonça lentement à nouveau en lui, glissant en lui centimètre par centimètre.

Donald inspira profondément et longtemps, essayant de contrôler le désir qui se propageait en lui.

— Oh, mon Dieu, murmura-t-il.

Il s'accrocha aux épaules de Carter alors qu'il claquait ses hanches de plus en plus vite. Le lit trembla et la force déferla dans tout son corps avec chaque claque des hanches de Carter en lui. Donald attrapa son érection, se masturbant lui-même sauvagement dans une envie incontrôlable de jouir.

— C'est ça. Tu peux te lâcher autant que tu veux. Je serai là pour t'attraper.

— Bien, parce que je suis en train de tomber.

Tout autour de lui se réduisit jusqu'à ce qu'il n'y ait plus que Carter et lui. Rien d'autre ne semblait exister. Les profonds yeux marron de Carter brillaient à la lumière qui venait du lampadaire par la fenêtre. Il pouvait se prélasser dans ce regard pour toujours. C'était ce que voulait Donald plus que tout, et maintenant il osait réellement espérer que cela arriverait.

Donald agrippa les draps d'une main, se masturbant de l'autre alors que Carter le remplissait comme personne avant lui. Son amant était gros, mais pas trop. En d'autres mots, parfait pour lui, et même si Donald voulait qu'il ne s'arrête jamais, le rythme de Carter devint irrégulier. Donald savait exactement comment il se sentait. Toutes les sensations menaçaient de le submerger. Il trembla d'extase à peine contrôlée, resserrant ses muscles autour de Carter, et commença à glisser dans l'hébétude de la jouissance.

En quelques secondes, son souffle fit un accroc, ses muscles se contractèrent et il eut un cri alors qu'il atteignait l'apogée et s'y maintenait, se balançant au sommet pour ce qu'il sembla être une éternité. Puis il retomba dans l'aveuglant éclat de la jouissance, avec Carter le suivant de près.

Donald sombra presque dans l'oubli, son esprit flottant, le poids glorieux de Carter lui servant d'ancrage à l'ici et maintenant. Il s'accrocha et garda les yeux fermés en souhaitant que l'effet planant de l'endorphine dure le plus longtemps possible. Quand les pensées conscientes revinrent, il trouva Carter l'embrassant doucement et caressant ses joues tandis qu'il le calmait.

— Je te l'ai dit, tu es incroyable quand tu lâches prise.

— J'essaie.

Carter secoua la tête.

— C'est toute la beauté de la chose. Tu n'as pas besoin d'essayer. Tout ce que tu as à faire c'est d'être toi-même et faire confiance.

C'était la partie la plus difficile pour lui. Donald ne donnait pas sa confiance facilement, mais il était prêt à essayer avec Carter.

— Je sais que c'est difficile, mais tu dois le faire, dit Carter. Une relation qui dure est construite sur la confiance, en plus d'autres choses.

— Comme quoi ?

Carter l'embrassa.

— La passion, l'amour… Mon Dieu, ne me fais pas essayer de les lister. Je peux difficilement penser pour l'instant. Accepte-le simplement.

— D'accord, accepta Donald.

Il était trop fatigué pour argumenter et il se sentait aussi incroyablement bien pour ne pas vouloir penser que Carter avait raison. Il ferma les yeux et resta allongé, immobile, se prélassant dans le sentiment de satisfaction qui suivait après le sexe. Finalement, Carter se glissa hors des draps. Donald savait qu'il était en train de se nettoyer un peu, et quand Carter revint, Donald sourit alors qu'il nettoyait et séchait son ventre. Quand il revint de la salle de bain, ils se lovèrent sous les couvertures.

Un « ding » brisa le silence de la pièce. Donald sursauta légèrement alors que Carter s'éloignait. Carter fouilla dans son pantalon et en retira son téléphone. Il le regarda, la lumière de l'écran éclairant son visage. Il sourit au premier abord et puis leva les yeux vers Donald avant de les retourner sur l'écran. Carter passa une seconde à passer en revue quelque chose puis remit son téléphone dans sa poche.

— Qu'est-ce que c'est ?

— Une des recherches que j'avais lancées à trouver une correspondance positive.

Donald se tendit.

— Quelles recherches ?

Carter roula sur son flanc vers lui.

— J'ai lancé les recherches dont nous avons parlé. Celle sur la famille d'Alex.

— Et tu as trouvé quelqu'un.

Donald ferma les yeux et souhaita qu'il puisse aussi arrêter ses oreilles d'entendre. Il ne voulait pas connaître la réponse. Le fantasme qu'il s'était autorisé à croire réel pourrait alors durer plus d'une heure.

— Possible. Je ne sais pas à quel point est le rapprochement de la correspondance, juste qu'il y a un résultat positif qui correspond aux paramètres que j'ai instaurés. Cela pourrait être rien. Je vais devoir regarder ça de plus près quand je retournerai au bureau.

— Mais ces paramètres que tu as mis, c'était les bons ? insista Donald.

Il devait savoir.

— C'était ceux que je pensais qui me conduiraient au plus proche. Cela ne veut pas dire qu'il va effectivement me fournir un proche parent, ou au-delà de ça, quelqu'un qui va vouloir élever Alex.

Carter l'attira plus proche de lui, et Donald essaya de s'enfuir, mais Carter ne le laissa pas faire.

— Ne sois pas bouleversé.

— Je ne le suis pas.

— Si, tu l'es, rétorqua Carter. Je peux le dire et je le comprends.

— Non, tu ne comprends pas.

— Si, je le comprends. Tu t'es ouvert. Tu as décidé de laisser Alex et moi entrer dans ta vie.

Carter se déplaça puis s'assit.

— Dans les quelques heures où tu as fait ça, où tu as obtenu la famille que tu as toujours désirée, mais n'as jamais eue, c'est immédiatement menacé.

Carter s'interrompit.

— À quel point suis-je proche ?

Donald cligna des yeux.

— Ne fais pas ton connard, Freud.

— J'ai peut-être raison, mais tu sais que tout va bien se passer. Tu es fort, et le résultat est seulement une possibilité.

Carter se pencha au-dessus de lui puis abaissa ses lèvres sur les siennes sans tout à fait les rencontrer.

— Je ne vais nulle part.

Le léger accroc dans la voix de Carter lui dit qu'il se sentait de la même manière. Quelque part, cela fit se sentir Donald un peu mieux. Mais son cœur lui faisait mal. Pourquoi, il n'était pas certain. Il s'était battu pour repousser Alex, et Carter hors de son cœur depuis l'instant où ils les avaient rencontrés. Maintenant, il capitulait, étonnamment heureux, et cela pourrait lui être enlevé.

— Bon sang, souffla Donald.

— Hé, dit Carter, essuyant ses joues.

— C'est juste qu'Alex est la première personne à dire qu'il m'aime, et… bon sang.

Il n'allait pas pleurer. C'était stupide et cela n'allait pas arriver.

— En fait, si tu te souviens, *j*'étais le premier à te dire que je t'aimais.

Carter rencontra son regard et Donald jeta ses bras autour de lui et le tint fermement contre lui. C'était vrai et Donald l'avait presque raté. Pas que cela importe.

— Tout ce qui compte vraiment, c'est que tu es aimé et, peu importe ce que cette recherche nous apprend, Alex ne va pas arrêter de t'aimer. Et tu l'aimes, n'est-ce pas ?

Donald hocha la tête. Toute cette situation l'atteignait beaucoup plus qu'elle ne le devrait.

— Alors cela ne s'en ira jamais. Les gens qui t'aiment et ceux que tu aimes en retour restent avec toi.

— Comment sais-tu ça ?

— J'avais un autre frère. Il s'appelait Chip.

Carter sortit du lit et prit son portefeuille dans la poche de son pantalon.

— Personne ne parle beaucoup de lui.

Il ouvrit son portefeuille et en retira une photo d'un enfant pas beaucoup plus âgé qu'Alex.

— Il est mort il y a vingt ans. J'avais huit ans et il en avait cinq presque six. Il s'est réveillé une nuit en criant à plein poumon à quel point ça faisait mal, que tout faisait mal. Maman et papa l'ont emmené d'urgence à l'hôpital, mais ils ne sont pas arrivés à temps. Son appendice avait éclaté et répandu des infections un peu partout. Il a tenu seulement quelques jours après ça.

Carter rangea attentivement la photo dans son portefeuille.

— Mais je sais qu'il m'aimait.

La voix de Carter se brisa.

— C'était mon enquiquinant petit frère qui adorait le sol sur lequel je marchais et voulait faire tout ce que je pouvais faire. Chip était un enfant joyeux, énergique, amusant et la prunelle des yeux de mon père. Il était aussi le meilleur petit frère au monde. À la maison, j'ai un dessin qu'il m'a fait pour mon huitième anniversaire. Ma mère l'a gardé et me l'a donné quand elle a fait du rangement dans de vieilles affaires il y a quelques années.

— Il te manque toujours, murmura Donald dans la pièce presque dans le noir.

— Oui, mais il nous a quitté il y a longtemps. Maintenant, c'est comme s'il était avec moi quand j'ai besoin de lui. Tu sais. Ça fait longtemps que le deuil est passé, mais bien sûr, il me manque et je me demande quel genre de personne il serait devenu en grandissant. J'aime penser que lui et moi serions amis et même frères d'armes. Chip a toujours dit qu'il voulait être policier et que nous serions partenaires un jour.

Carter gloussa doucement.

— Je le garde ici, avec Alex et toi et le reste de ma famille.

Carter l'embrassa puis se réinstalla dans le lit.

Donald s'allongea et souhaita qu'il puisse relâcher son inquiétude. Si Alex avait de la famille, il méritait d'être avec eux. Peu importe à quel point cela pouvait faire mal… et dire au revoir à Alex allait faire mal, aucun doute à ce sujet. Donald espérait simplement que cela n'arracherait pas complètement son cœur de sa cage thoracique.

IX

CARTER SE retourna quand Donald bougea pour la nième fois, son agitation et sa nervosité augmentant au fil que la nuit avançait. Carter se demandait ce qu'il pouvait faire pour l'aider, souhaitant qu'il ait gardé le message pour lui. Il avait essayé d'expliquer que beaucoup de choses pouvaient résulter en une fausse lecture, mais il n'y avait rien pour arrêter Donald de devenir de plus en plus silencieux et nerveux.

— C'est l'heure de se lever ? demanda-t-il.

— Je ne sais pas, répondit Donald d'un ton endormi.

Carter vérifia l'heure et se rallongea. C'était le milieu de la nuit. Il glissa dans le lit pour se rapprocher de Donald, enveloppant un bras autour de son torse.

— Rendors-toi si tu peux. Nous n'avons pas besoin de nous lever pendant encore quelques heures.

Donald soupira et sembla se détendre un peu.

— Je suis inquiet.

— Je sais. Mais essaie de ne pas l'être. C'est juste une possibilité. Ça va me prendre un peu de temps quand je vais aller au boulot pour tout vérifier, donc s'il te plaît ne t'inquiète pas de ça.

Il essaya de calmer Donald autant que possible.

— Il y a encore beaucoup de choses sur le profilage ADN que nous devons apprendre et perfectionner. Ce que j'ai fait était basique au mieux, et cela ne va m'obtenir que les premiers pas. Cela pourrait même ne rien vouloir dire.

Carter caressa la joue de Donald.

— Pourquoi n'irais-tu pas vérifier qu'il dort ? T'assurer qu'Alex va bien.

— Il dort, protesta Donald.

— Probablement.

Carter ne voulait pas insister, mais sa mère lui avait dit une fois qu'elle avait passé les deux dernières nuits avec Chip à le regarder dormir. Elle savait que son fils s'éloignait, mais passé tout le temps qu'elle pouvait avec lui l'aidait. Cela voulait dire qu'elle avait fait tout ce qu'elle pouvait pour lui aussi longtemps qu'elle l'avait. Ce que ressentait Donald pour Alex n'était pas exactement pareil, mais Carter supposa que c'était dans les mêmes lignes. Sa mère avait su que son temps avec Chip était limité, et Donald pensait pareil avec Alex.

Depuis le début, leur temps avec Alex avait toujours eu le potentiel d'être limité. Alex aurait pu être envoyé immédiatement en famille d'accueil, ou il y aurait pu avoir des parents proches pour le prendre. Mais Carter savait que pour Donald tout avait changé quand il avait dit au petit garçon qu'il l'aimait. Donald avait ouvert son cœur, et la pensée qu'il pourrait être piétiné faisait mal à Carter pour lui. Il savait que Donald était blessé et il voulait arrêter cette souffrance.

Donald repoussa les couvertures et se leva, puis enfila sa robe de chambre avant de quitter la pièce. Carter voulait le suivre, mais ne le fit pas. Donald avait besoin d'un peu de temps seul avec Alex, et même si c'était le milieu de la nuit et qu'Alex était endormi, cela autorisait quand même Donald à être seul avec lui. Carter ne voulait pas s'immiscer dans leur moment ensemble.

Carter se retourna, et après quelques minutes ses paupières se refermèrent toutes seules. Il essaya de rester réveillé jusqu'à ce que Donald revienne au lit, mais la fatigue gagna la bataille. Il se réveilla seul quelques heures plus tard. Il leva la tête de l'oreiller pour vérifier l'heure et grogna. Il repoussa les couvertures, sortit du lit, ramassa ses vêtements au sol ainsi que ceux de Donald et les étendit au bout du lit. Il s'habilla rapidement et partit à la recherche de Donald.

Il était dans la chambre d'Alex, assit dans la chaise à côté de son lit, la tête rejetée en arrière, la bouche ouverte, profondément endormi. Carter le réveilla doucement et aida Donald à retourner dans sa chambre.

— Je dois y aller afin que je puisse savoir ce qui se passe vraiment. Je devrais savoir quelque chose dans quelques heures. Donc si tu veux, amène Alex au poste et nous pourrons aller déjeuner. À ce moment-là, je devrais avoir de meilleures informations, bonnes ou mauvaises.

Donald hocha la tête.

— Je me sens tellement bête. Je devrais être heureux qu'il y ait une chance qu'Alex puisse vivre avec quelqu'un qui lui est apparenté. À la place, tout ce que je peux penser c'est que s'il le fait, alors je ne vais plus…

— Hé. Tu as ouvert ton cœur, et quand tu le fais, cela peut parfois arriver. Mais ne gérons que les faits et ce que nous savons plutôt que ce que nous ressentons. Je dois me préparer à partir, et tu dois réveiller Alex et commencer ta journée. Je te promets que je t'appelle si je trouve quoi que ce soit.

Carter l'embrassa, savourant le goût des douces lèvres de Donald avant de reculer.

— Dis à Alex que je le vois plus tard.

Donald acquiesça et Carter l'embrassa une nouvelle fois avant de quitter la pièce et descendre les escaliers. À l'extérieur, il monta dans sa voiture et conduisit directement chez lui, où il se doucha et mit son uniforme avant de se diriger vers le poste de police. Quand il arriva, il vérifia ses horaires de service puis se dépêcha de descendre à son bureau. Il vérifia les résultats de ses recherches et découvrit qu'il avait trois résultats potentiels. Deux d'entre eux purent être éliminés après seulement quelques minutes. Ils avaient concordé avec tous les paramètres qu'il avait mis en place, mais après une inspection plus approfondie ils étaient facilement rejetés. Mais le troisième était beaucoup plus proche.

— Avez-vous eu plus de chance avec la voix ? demanda le Capitaine Murphy alors qu'il s'arrêtait dans bureau de Carter.

— Malheureusement non. Les voix ne sont pas des choses que nous gardons dans notre base de données.

— C'est ce que je craignais. Quelques-uns des agents pensent que la voix leur semble familière, mais c'est difficile quand c'est juste une voix. Et les mots sont si… inhabituels.

Le capitaine frissonna et fit de son mieux pour le cacher.

— Où allons-nous à partir de là ?

— Alex nous a donné une description basique, mais ce n'est pas grand-chose. J'ai rassemblé tout ce que j'avais et l'ai rajouté au dossier.

J'ai bien peur que nous soyons à court d'informations supplémentaires, nous sommes au point mort.

Son capitaine inspira, et Carter sut qu'il n'était pas content.

— Nous pourrions être capables d'en savoir plus de la part d'Alex si nous lui montrions la vidéo, mais c'est peu probable que les services sociaux l'autorisent. Merde, je ne l'autoriserai pas. Il a déjà beaucoup traversé.

— Donc, qu'est-ce que vous suggérez ? Laisser cette pourriture continuer à abuser d'enfants ?

— Non, monsieur. Nous devons continuer de suivre toutes les pistes. Mais je soupçonne notre suspect de chier dans ses bottes, effrayé à l'idée que Harker le balance.

— Harker ne parle pas du tout. J'ai encore essayé hier soir, et tout ce que le type a fait, c'est de croiser les bras et de me fixer. C'est un sacré morceau.

— Certaines personnes ne travailleront pas avec la police, peu importe quoi, et il ne va rien faire parce que lorsqu'il sortira, il retournera tout droit faire ce qu'il fait et il aura besoin de ses contacts. Donc il reste silencieux et est récompensé à la fin.

C'était juste une observation de la part de Carter, mais son capitaine acquiesça. Ils semblaient avoir le même avis.

— C'est pourquoi nous devons coincer cet homme. Continuez de travailler dessus.

— Très bien.

Carter n'était pas sûr où il devait chercher d'autre.

— Sur quoi êtes-vous en train de travailler ?

Le capitaine Murphy jeta un œil par-dessus son épaule.

— Nous avons reçu l'ADN d'Alex, et Donald des services sociaux m'a suggéré de lancer une recherche ADN pour voir si nous pouvions trouver un parent. Ce n'était pas gagné, mais j'ai eu trois résultats. Deux étaient faux, mais le troisième semble être une proche correspondance. Je fais une double vérification pour l'instant, puis je vais faire remonter le nom de l'individu. À cause de la base de données que j'utilise, je dois protéger la vie privée de l'individu. Avec ce cas, il suivait les règles à la lettre. Je veux être certain.

Il devait être certain avant de décevoir Donald et de lui apprendre les mauvaises nouvelles. Même s'il trouvait un parent, ils pourraient ne pas être disposés ou capables de prendre Alex.

— Très bien. Mais ne laissez pas ça interférer avec vos tâches prioritaires.

— Ça ne se produira pas, monsieur.

Carter ne faisait pas de progrès pour trouver une correspondance pour la voix sur la vidéo, et à ce stade, il ne semblait pas qu'il en ferait de sitôt. Cela l'énervait infiniment et il n'arrêtait pas de penser qu'il devait y avoir quelque chose qu'il pouvait faire. Mais les pornographes et agresseurs d'enfants venaient de tous les milieux et n'avaient pas nécessairement l'air suspects, comme ils l'étaient dans les films.

— J'aurai bientôt fini.

Un de ses systèmes bipa, et le capitaine déplaça son regard vers la source du bruit.

— Je fais aussi une recherche pour Smith. Ce n'est pas lié à ce dossier.

— Vous avez apparemment les choses bien en main. Continuez.

Le capitaine Murphy se tourna et quitta la pièce. Carter retourna au travail, envoyant à Smith les informations qu'il avait demandé puis approfondit sa recherche sur la correspondance génétique qu'il avait obtenue. Cela avait l'air vraiment bien, mais il voulait un deuxième avis, donc il comprima les informations dans un seul dossier et prit le téléphone pour appeler son ami Roddy. Ce dernier et lui étaient allés à la fac ensemble. Carter en justice criminelle tandis que Roddy avait fait de la génétique. Ils avaient été des amis proches à l'école, mais le travail de Roddy l'avait emmené à Philadelphie, donc Carter ne le voyait pas très souvent.

— Roddy, dit Carter joyeusement quand son ami et en quelque sorte collègue décrocha.

Après qu'ils eurent été diplômés, Roddy avait décidé d'enseigner et était considéré comme un expert en génétique. Comment vas-tu ?

— Bien. Est-ce que tu as quelque chose d'intéressant pour moi ?

— Un gosse et un parent possible. Je t'envoie leur profil ADN. Ils ont l'air assez proche et j'ai besoin d'une confirmation dès que possible.

— Qu'est-ce qui presse ?

— Cela pourrait être le seul parent vivant du gosse.

La pensée traversa son esprit que s'il enterrait tout ça, alors Donald serait heureux. Mais Carter ne pourrait jamais plus se regarder en face dans le miroir. Il ne pouvait pas enlever la famille d'Alex de lui… encore. Il avait déjà vu sa mère lui être enlevée, et Harker avait volé une partie de son enfance ; Carter n'allait pas être une autre personne à lui prendre quelque chose. J'ai juste besoin d'une confirmation.

— Je peux faire ça. J'ai un peu de temps ce matin, donc envoie-moi ça et j'y jetterai un œil dès que je peux.

— J'apprécie vraiment. J'ai besoin d'être certain à cent pour cent avant que j'essaie de localiser l'individu.

— Bien sûr, dit Roddy. Sur une note plus personnelle, est-ce que tu vas bientôt venir à Philly ?

— Je ne sais pas.

Carter sourit.

— J'ai rencontré quelqu'un et…

— Bâtard, taquina Roddy. Il était temps que tu rencontres quelqu'un.

— Est-ce qu'il y a des chances que tu t'installes bientôt ?

— Moi ?

Roddy eut un petit rire.

— Tu dois me faire marcher. J'aime le voisinage gay et les clubs. Je ne pense pas que j'arrêterai ma vie de fête, et cette ville est parfaite.

— OK. Pourquoi ne viendrais-tu pas ici pour une visite ? Tu pourrais rencontrer Donald et peut-être Alex. C'est le petit garçon dont nous essayons de trouver la famille ? L'histoire entière était trop longue à expliquer au téléphone. Je te raconterai tout lorsque tu viendras me rendre visite.

— OK. Je serai content de te voir. J'appellerai plus tard dans la semaine et nous organiserons ça.

Des voix retentirent derrière Roddy.

— Je dois y aller, mais je t'appellerai dès que j'ai une réponse pour toi.

Roddy raccrocha, et Carter replaça son téléphone sur son socle, envoya les informations à son ami et retourna travailler.

Le téléphone de Carter sonna plusieurs fois, et chaque fois il se jeta dessus, espérant que ce soit Roddy, mais ce n'était jamais lui. Il appela Donald et lui expliqua ce qu'il avait trouvé et ce qu'il attendait, sachant qu'il serait nerveux.

— Veux-tu toujours aller déjeuner ? demanda Donald.

— Oui. Pourquoi n'amènerais-tu pas Alex au poste ? Ainsi, nous pourrions marcher jusqu'au Back Door Café pour le déjeuner. Ils ont des choses qu'Alex va aimer, et avec un peu de chance, j'aurai une réponse d'ici là et nous serons débarrassés de ce problème.

Il essaya de rassurer Donald qu'il n'y avait pas de raison de s'inquiéter, mais il ne semblait pas que cela fonctionnait, et Carter ne pouvait pas le blâmer.

— Je te verrais dans environ une heure.

Carter raccrocha et continua de travailler.

Il n'avait toujours pas eu de nouvelles de Roddy au moment où il reçut un appel disant que Donald et Alex l'attendaient dans le hall. Il prit quelques minutes pour mettre en place quelques recherches que d'autres agents lui avaient demandées et il verrouilla son système avant de sortir pour déjeuner.

Alex courut vers lui aussitôt que Carter passa la porte. Il sauta presque dans ses bras. Carter l'étreignit et porta Alex jusqu'où Donald attendait nerveusement. Carter secoua la tête afin que Donald sache qu'il n'avait pas encore eu de réponse.

— Es-tu prêt pour aller déjeuner ?

— Oui ! s'exclama joyeusement Alex. J'ai fait ça pour toi.

Donald lui tendit une feuille et Alex la donna à Carter.

— Je l'ai dessiné pour toi.

Carter déposa Alex et regarda le dessin.

— Est-ce que c'est Lapinou ?

— C'est Roger, répondit Alex comme si Carter était censé savoir qui était Roger.

— Louise, une collègue à mon bureau, a apporté son chien, Roger, à la garderie ce matin. Apparemment, Alex s'est particulièrement attaché à lui, et Roger et lui sont maintenant de très bons amis, expliqua Donald. Il n'a pratiquement parlé que de Roger sur le chemin.

— Merci, dit Carter en souriant, étreignant Alex en remerciement pour son cadeau. Je l'adore.

Il regarda vers l'accueil.

— Est-ce que ça ira si je le laisse ici avec le policier jusqu'à ce que je revienne ?

Alex acquiesça de la tête, et Carter le donna à l'un des agents qui fit un clin d'œil et tout un spectacle en le plaçant dans un endroit vraiment important. Alex bomba le torse et se tint plus droit. Puis, Carter le prit par la main et le dirigea en dehors du poste de police jusque sur le trottoir.

— Est-ce que tu veux marcher ? demanda Donald.

Il semblait que Alex le voulait, donc ils prirent chacun une de ses mains et se dirigèrent vers le restaurant à quelques rues d'ici. Alex était fatigué au moment où ils atteignirent High Street, la principale rue est-ouest en ville. Carter le prit dans ses bras, et ils se tournèrent en direction du restaurant.

— Non ! cria Alex puis se tourna dans les bras de Carter, cachant son visage, agrippant le cou de Carter assez fortement pour qu'il ait du mal à respirer. Mauvais hommes. Pas de mauvais hommes.

Alex tremblait et Carter jeta un œil à Donald puis dans la rue. Un homme qui venait juste de sortir d'un des magasins correspondait à la description qu'il avait eue d'Alex. Il leur jeta un coup d'œil puis se détourna. Carter passa Alex à Donald.

— Va à l'intérieur du restaurant et restes-y, lâcha-t-il.

Carter passa discrètement un appel radio et commença à marcher sur le trottoir derrière l'homme. Il n'était pas certain que ce soit l'individu sur la vidéo. Tout ce qu'il savait, c'est qu'il devait essayer de lui parler. Il sortit son téléphone et prit une photo de l'homme quand il s'arrêta au passage piéton. Usant d'un vieux piège, Carter sortit son portefeuille, prit un billet de cinq, et rangea son portefeuille. Monsieur, avez-vous fait tomber ça ? demanda-t-il.

L'homme se tourna.

— Je ne crois pas, répondit-il.

Carter reconnut immédiatement la voix.

— Je suis désolé de vous avoir dérangé.

Carter n'était pas sûr de quoi dire d'autre. Il n'avait pas assez de preuves pour l'arrêter seulement à cause de sa voix. Il ne pouvait pas non plus le suivre sans un peu de renforts. L'homme sembla soulagé et se tourna, s'éloignant en marchant un peu plus vite que nécessaire, comme s'il voulait se dépêcher, sans paraitre s'enfuir.

Une voiture de patrouille se gara et Smith en sortit.

— Qu'est-ce qui se passe ? J'ai reçu un appel de ton ami.

— Alex a paniqué. Il appelle les hommes qui l'ont blessé « mauvais hommes », et je pense qu'il a vu l'un d'entre eux. Je lui ai brièvement parlé et j'ai reconnu sa voix. Il me semblait un peu familier et j'ai été capable de prendre une photo de lui.

Il montra le cliché à Smith.

— C'est lui ? demanda Smith le pointant du doigt sur la photo. Je le connais. C'est Gordon March. Il fait partie du conseil municipal. Je le connais depuis des années.

Smith était bouche bée.

— Mon Dieu. Maintenant que tu le dis, je reconnais aussi sa voix. Seigneur Dieu, ça va faire du remue-ménage, et nous devons être prudents, mais ça nous donne définitivement une piste pour l'enquête.

Smith sourit.

— Bon travail, et tu as bien fait de le laisser partir. Nous n'avons pas assez pour l'inculper, et quand nous le ferons cela devra être irréfutable. Je vais voir ce que nous pouvons trouver dans les archives financières. Où est Alex ?

— Donald et lui sont dans le restaurant. Je les voulais hors de la rue et dans un endroit public.

— Va les rejoindre et retourne au poste à ton heure habituelle. Il se dirigeait très probablement vers la mairie à côté du poste, et s'il voit beaucoup d'activité immédiate, en particulier si tu es impliqué, étant donné que tu l'as approché, il pourrait devenir suspicieux.

Smith se frotta les mains l'une contre l'autre.

— On va coincer ce bâtard.

— Je l'espère.

Carter avait détesté le laisser simplement s'éloigner. Il aurait voulu le plaquer à terre et l'emmener immédiatement en détention.

— Nous l'aurons.

Ils marchèrent vers le restaurant, et Smith entra avec lui. Donald et Alex étaient assis à une table dans le fond, Alex s'agrippant à Donald comme à une bouée de sauvetage.

— Tout va bien, bonhomme. Il est parti. C'est lui ?

— Alex le pense, et on dirait sa voix, répondit Carter très calmement. Je pense qu'on doit vous emmener tous les deux au poste. J'ai réussi à prendre une photo de l'homme. As-tu commandé ?

— Non, mais Alex a vraiment faim, dit Donald.

— Restez tous ici et déjeunez. Je vais retourner au poste et mettre en route les choses. Une fois que vous avez fini, revenez comme si rien ne s'était passé, ordonna Smith.

— Qu'est-ce qui se passe ? demanda Donald dans un murmure.

— Pas ici. Nous vous expliquerons quand nous serons au poste. Pour l'instant, concentrez-vous sur nourrir Alex et le calmer.

Smith était un homme intelligent. Il savait qu'ils avaient besoin de temps pour calmer Alex, et le poste de police n'était pas particulièrement propice pour ça. Smith quitta le restaurant, et Carter le regarda monter dans sa voiture et s'éloigner.

Carter s'assit.

— Est-ce que tout va bien, monsieur l'agent ? demanda un serveur.

— Oui. Je pense que nous sommes prêts à déjeuner. Désolé si nous vous avons dérangé.

Carter prit le menu et l'ouvrit pour Donald. Il commanda leurs boissons, et le serveur en âge d'aller à l'université revint, ils passèrent leurs commandes.

— Il tremble toujours, dit Donald doucement.

— Je sais. Mais nous nous rapprochons et c'est bientôt fini.

Il vaudrait mieux.

— Qu'en est-il de… l'autre ? demanda Donald.

— J'ai un ami qui vérifie les résultats.

— Donc il y a une possibilité ? demanda Donald puis il regarda ailleurs.

— Oui. Je ne sais pas encore qui c'est parce que j'ai supprimé toutes les informations personnelles de la recherche. Je les ferais correspondre quand j'aurai une confirmation.

Carter ne voulait pas bouleverser encore plus Alex, ou Donald, d'ailleurs. Il avait espéré une réponse rapide de la part de Roddy, mais ces choses prenaient du temps.

— Je sais que c'est difficile.

Cela l'était également pour lui.

— Nous ferons ce qui est juste. Peu importe si cela fait mal ou pas, dit Donald fermement alors qu'il resserrait sa prise sur Alex. Est-ce que tu as faim ? demanda-t-il au petit garçon. J'ai un peu de lait pour toi et le déjeuner devrait bientôt arriver.

Alex se retourna lentement et s'assit à côté de Donald.

— Tu as promis plus de mauvais hommes.

— Je sais et il est parti.

— Tu lui as fait peur.

Alex sembla s'égayer après avoir dit ça, comme si le mauvais homme étant apeuré par Carter le soutenait. Il devrait être effrayé, parce que Carter et le reste du département de police étaient après lui. Il ne pourrait pas se cacher maintenant. Carter savait qui il était, et s'il y avait n'importe quelle piste conduisant jusqu'à lui, ils la trouveraient.

— Je sais.

Il partagea un sourire en coin avec Alex pendant qu'il attendait leur nourriture.

— Est-ce que tu sais qui c'est ? demanda Donald.

De toute évidence, à son ton, il l'avait reconnu.

— Oui. Et ce n'est que la moitié de la bataille. Maintenant que nous connaissons son identité, nous allons construire un lien et le coincer.

Une partie de son propos n'était que de la bravade, mais c'était comme il se sentait tout au fond. Les indices étaient là, quelque part ; ils avaient juste à les trouver. Assez de preuves pour un mandat de perquisition pouvaient faire retrouver des preuves sur des ordinateurs. Il avait un chemin vers où se diriger, et Smith le pourchassait maintenant comme un bulldog pendant qu'ils discutaient.

Le serveur revint avec leurs assiettes. Alex mangea de la même façon que d'habitude, pendant que Donald picorait son sandwich et aidait Alex. Carter mangea quelques bouchées, puis prit la main de Donald sous la table pendant qu'ils attendaient l'addition.

— S'il te plaît, ne me dit pas que tout ira bien.

Donald essuya les mains d'Alex avec une serviette de table.

— Les choses que je veux ont tendance à tomber à plat.

— Qu'est-ce que tu veux, M. Donald ? demanda Alex.

— Ce n'est pas important.

Carter savait que c'était un mensonge. Ce qui allait se passer ensuite était très important pour Donald… et pour lui. Alex méritait d'être heureux, mais Donald aussi. Carter les voulait tous les deux heureux, et il avait l'impression que cela devenait impossible.

Le serveur apporta l'addition, et Carter paya à la caisse. Puis tous les trois retournèrent au poste de police, avec Donald portant Alex et Carter hyper-conscient de tout et tout le monde autour d'eux. Quand ils arrivèrent, Carter conduisit Donald et Alex dans la même pièce qu'ils avaient utilisée la dernière fois et dit :

— Je reviens tout de suite.

Carter trouva Smith à son bureau. Il était au téléphone, parlant de manière très animée, puis il raccrocha.

— Le capitaine Murphy a appelé le FBI. Ils sont en chemin et devraient bientôt arriver. Et basé sur l'identification d'Alex, de toi reconnaissant la voix de l'homme, et moi sachant qui il est, le capitaine travaille pour obtenir un mandat délivré pour la maison de March ainsi que son bureau. Le FBI veut être impliqué, ainsi ils pourront nous aider à tout boucler si les choses sortent de notre juridiction. Est-ce que tu veux faire partie de l'enquête ?

— Seigneur, oui. Donald et Alex sont dans la salle de repos.

Smith se leva immédiatement.

— Allons-y.

Smith partit à grands pas vers la salle de repos et Carter le suivit. Il s'arrêta devant la porte.

— Je voudrais voir si nous pouvons avoir la confirmation d'Alex que c'est notre homme avant que nous allions plus loin, dit Smith. Peux-tu lui montrer la photo ?

Carter ne voulait pas le faire, mais il n'avait pas le choix.

— Alex, dit Carter en entrant dans la pièce. Je te présente l'agent Smith. C'est un très gentil monsieur et il a besoin de ton aide. Est-ce que tu peux faire ça pour nous ? Nous voulons mettre le mauvais homme en prison.

Alex acquiesça et Carter sortit son téléphone.

— Tu te souviens quand M. Byron te donnait des fessées ?

Alex hocha la tête et frotta son petit derrière. Carter s'habituait à voir l'Alex plus animé, mais instantanément il ressemblait exactement au petit garçon terrifié qu'il avait trouvé derrière ce lit dans le grenier.

— M. Byron est en prison, et il ne va plus jamais te faire de mal. M. Donald et moi te l'avons promis.

Carter s'assit et attira Alex sur ses genoux.

— Tu sais que M. Donald et moi t'aimons, et cela veut dire que nous ne te ferons jamais de mal.

— Oui.

— D'accord. Quand M. Byron te fessait, parfois il y avait un autre homme présent.

— M. Boss, dit Alex.

— Oui.

Carter afficha à l'écran la photo qu'il avait prise.

— Est-ce que c'est M. Boss ?

Alex commença à trembler aussitôt que Carter lui montra la photo. Alex la fixa puis frappa fort la main de Carter, envoyant presque valser le téléphone.

— Est-ce que c'est lui ? demanda Carter.

Alex hocha la tête et cacha son visage contre la chemise de Carter.

— Pas de mauvais hommes, pleurnicha-t-il.

— Obtiens le mandat, et je veux sacrément être présent, dit Carter à Smith.

Puis il étreignit Alex et le laissa pleurer.

— Tout va bien. C'est juste une photo. Il n'est pas ici et tu es en sécurité.

— Maman, Lapinou, Maman, appela Alex en se balançant d'avant en arrière.

— Je vais aller chercher Lapinou, dit Donald en se levant pour partir.

— Donnez-moi vos clés, dit Smith. Je vais envoyer quelqu'un le chercher. Nous ne voulons pas que l'un de vous sorte du poste pendant que tout est en cours. Votre sécurité est primordiale, et nous ne savons pas s'il a vu ou reconnu Alex à l'extérieur du restaurant. Appelez qui vous avez besoin pour leur faire savoir que vous allez bien, mais cela doit être sécurisé.

Smith quitta la pièce, marmonnant à propos de leur cas ne tenant qu'à un fil.

Donald le regarda avec de l'inquiétude dans les yeux. Carter attendit jusqu'à ce qu'il soit hors de portée d'écoute.

— Smith est un excellent agent, et il est de notre côté.

Carter se rapprocha.

— Il a la réputation d'un dur… tu sais.

Quelques minutes plus tard, White, un bleu, entra portant Lapinou et ayant l'air incroyablement mal à l'aise. Alex bondit et courut vers lui, attrapa le lapin et le tint contre lui. Chaque fois qu'il faisait ça, cela brisait le cœur de Carter. Alex méritait de se sentir en sécurité.

— Schunk, nous nous apprêtons à remettre le mandat de perquisition, dit Smith.

— J'arrive.

Carter se tourna de nouveau vers Donald.

— S'il te plaît, reste ici. Appelle ton bureau et explique-leur ce qui se passe et où tu es. Fais-le vérifier par le sergent de bureau si besoin, mais ne pars pas. Vous êtes tous les deux en sécurité ici, et j'ai besoin de le savoir.

Carter se rapprocha et donna à Donald un rapide baiser.

— S'il te plaît.

— Nous resterons là, dit Donald et Carter quitta la pièce.

— S'il vous plaît, assurez-vous qu'ils obtiennent tout ce dont ils ont besoin, demanda Carter à White avant de se dépêcher de rattraper Smith.

Alors qu'ils sortaient du poste de police, Smith fit un signal subtil à deux autres policiers en uniforme, qui montèrent dans une voiture de patrouille garer derrière celle de Smith, et deux hommes en costume se tenant près d'une Crown Vic. Ce devait être les agents du FBI, réalisa Carter. Il était impressionné qu'ils soient arrivés si rapidement sur la scène.

— Est-ce que tu as déjà fait ça auparavant ? demanda Smith. Je ne cherche pas à t'insulter. Tu fais un travail d'enfer avec ces ordinateurs et tu as aidé tout le monde à clore un cas à un moment ou un autre.

— Oui, je peux prendre soin de moi.

— Bien, parce que tu surveilles mes arrières et je surveille les tiens.

Smith conduisit jusqu'à l'un des quartiers les plus aisés en ville et s'arrêta devant une maison au style ranch modifié. Elle était large et on y avait rajouté des parties et modernisé au fil des ans. Il y avait une pelouse parfaitement tondue et des arbustes taillés de façon à ce qu'aucune branche ne soit pas à sa place. Carter laissa Smith passé en premier et le groupe s'approcha de la maison. Smith frappa à la porte, annonça leur présence, et ajouta qu'ils avaient un mandat.

Une femme dans un ensemble de créateur avec un verre de ce qu'il semblait être du Scotch à la main, répondit.

— Nous avons un mandat pour fouiller la maison et tous les ordinateurs trouver dans la propriété, dit-il fermement.

— Est-ce que c'est à propos de mon mari ? Ou devrais-je dire, futur ex-mari ? demanda-t-elle, d'un ton sec.

— Oui, madame, répondit Smith.

— Alors, ne vous gênez pas. Regardez partout où vous voulez. Son bureau est tout au bout à droite et sa chambre est sur la gauche au fond du couloir.

La véhémence et la référence à sa chambre voulaient tout dire.

— Je serais dehors dans la véranda, indiqua-t-elle, et Smith lui demanda de signer le mandat.

Elle le fit puis s'éloigna, la glace tintant dans son verre presque vide. Ils se dispersèrent dans la maison.

— Schunk, prends les ordinateurs pendant que nous fouillons le reste, ordonna Smith.

Il fit signe à l'équipe d'entrer dans le bureau. Carter s'assit au bureau et se mit à regarder s'il pouvait trouver quelque chose pendant que les autres fouillaient la pièce. L'ordinateur était irréprochable, mais un second disque dur trouvé verrouillé dans un tiroir contenait tout ce dont ils avaient besoin et plus encore. Vidéos, photos... des choses dégoûtantes, mais tout était là.

Il trouva même des photos individuelles d'Alex, le garçon penché sur l'accoudoir du canapé. Elles semblaient avoir été prises avec une caméra. Carter en saurait plus une fois qu'il aurait examiné les dossiers.

— J'ai trouvé pas mal de choses ici, appela Carter. Embarquez l'ordinateur, le disque dur, tout. Nous devons tout prendre.

Un des agents en uniforme se précipita pour faire ce qu'il avait demandé, et Carter partit à la recherche de Smith.

— Tu as trouvé quelque chose ? demanda Smith quand Carter le retrouva dans la salle à manger.

— Tout ce que nous pouvions espérer et même plus. Production, possession et distribution. Le trio gagnant.

Carter sourit tandis que les agents du FBI eurent un grand sourire.

— Nous allons avoir besoin des ordinateurs, dit l'un d'entre eux, mais Carter secoua la tête.

— Je vous ferais des copies de toutes les preuves que nous trouvons, mais les ordinateurs sont à moi et ils ont déjà été étiquetés.

Il fit un pas en avant.

— Je suis celui qui a commencé cette enquête, et je vais la résoudre. Vous pouvez aider en fermant ce site et mettre les personnes derrière ça hors d'état de nuire.

— Nous sommes déjà dessus, dit l'agent avec un léger rictus. Êtes-vous certain que vous pouvez gérer ce qu'il y a sur ces ordinateurs convenablement ? Nous avons...

— N'osez même pas, interrompit Smith. C'est l'homme qui a fait le travail à votre place. Montrez-lui un peu de respect ou vous n'obtiendrez rien si ce n'est des ennuis.

Smith bomba le torse et fixa les agents du FBI jusqu'à ce qu'ils renoncent.

— Vous vous assurerez que nous obtenions des copies de tout, dit l'agent montrant toujours un peu d'arrogance.

Smith regarda Carter.

— Vous aurez ce qu'il décide de vous donner. Donc je vous suggère de mettre le holà à votre attitude.

Smith s'éloigna et Carter quitta la pièce aussi pour s'assurer que les ordinateurs étaient emballés correctement.

Ils travaillaient toujours quand quelqu'un repéra le véhicule de March remontant la rue puis passant à toute vitesse. Carter n'était pas impliqué dans la poursuite, mais la capture de March passa aux infos, ainsi que les détails sur ce qu'il fuyait. La femme de March partit, et la maison elle-même fut mise sous scellés alors qu'il rassemblait les preuves. Carter savait que le FBI et lui allaient être très occupés pendant un long moment à tenter de localiser et contacter les différentes victimes et leurs familles.

— Retourne au poste et mets-toi au travail, dit Smith quelques heures plus tard. March est en détention, et nous allons finir ici. Assure-toi qu'Alex et Donald savent qu'ils sont en sécurité et qu'aucun d'eux n'a plus jamais à s'inquiéter de cet homme. Il passera le reste de sa vie en prison.

Smith semblait être particulièrement enchanté à cette idée.

— Je te tiendrais au courant de tout ce que tu as pu manquer ici.

— D'accord.

Carter quitta la maison, retira ses gants, et monta en voiture avec les policiers en uniforme qui rapportaient les ordinateurs. Au poste, il leur ordonna de les mettre dans sa zone de travail et promit la mort à quiconque y toucherait ou laisserait quelqu'un s'en approcher. En particulier le FBI.

— Je pensais que vous les vouliez sur cette affaire, reprocha légèrement le capitaine Murphy alors qu'il s'approchait. Vous êtes responsable de ces preuves, donc tirez en autant que vous le pouvez. March a déjà pris un avocat, mais cela ne lui fera aucun bien si nous ne pouvons pas construire un dossier en béton.

Le capitaine continua son chemin, et Carter trouva Donald assis sur le canapé de la salle de repos avec Alex endormi recroquevillé à côté de lui.

— Qu'est-ce qui s'est passé ? demanda Donald dans un murmure. Alex s'est endormi il y a quelques minutes. Il est épuisé et tellement effrayé. Il continue de s'attendre à ce que les mauvais hommes entrent dans la pièce.

— Eh bien, nous avons eu le mauvais homme cette fois. Il a été arrêté, et j'ai besoin de passer du temps avec ses ordinateurs afin que nous puissions l'inculper avec tout ce qui est humainement possible.

Carter s'assit prudemment à côté de Donald sur le canapé.

— Tu n'as pas eu de problème pour ne pas travailler aujourd'hui, n'est-ce pas ?

— Non. Ma patronne comprend ce genre de choses, et quand je vais lui dire que tu as trouvé le déchet derrière tout ça, elle sera extatique. Si cela permet aux enfants d'être en sécurité, nous sommes tous pour.

Donald commença à rassembler les affaires d'Alex.

— Hé, bonhomme, dit doucement Carter, caressant le bras d'Alex. Tout va bien. M. Donald va te ramener à la maison. Nous avons attrapé le mauvais homme, et il est en prison.

Carter caressa doucement le dos d'Alex, et après quelques minutes, celui-ci grimpa sur ces genoux.

— Je t'ai promis qu'il n'y aurait plus de mauvais hommes, et je le pensais. Il va rester en prison pendant très longtemps.

— Nous devrions y aller maintenant, dit Donald en tendant la main.

Carter plaça Alex par terre et il prit la main de Donald.

— Tiens-moi au courant si tu as des nouvelles de l'autre…

Carter avait été si absorbé par la recherche de preuves et l'arrestation de March qu'il n'avait pas vraiment pensé à la recherche ADN. Il vérifia son téléphone, mais il n'y avait aucun message. Une fois que Donald et Alex eurent quitté le poste de police, il se dirigea directement dans son

202

repère et commença à travailler. Il vérifia ses e-mails, mais toujours rien provenant de Roddy. Il avait espéré avoir un retour à l'heure qu'il est.

— Est-ce que cela vous dérange si j'aide ? demanda un des agents du FBI. On m'a dit que vous étiez ici, et j'ai beaucoup d'expertise judiciaire en informatique.

— Très bien. Je vais créer un nouveau segment et puis nous pourrons séparer les données avant d'examiner la source des fichiers. L'accusation la plus difficile à prouver va être la création de données, donc c'est là où nous devons commencer. Si nous pouvons faire ça, alors nous devrions être capables de prouver la distribution si ces dossiers ont été téléchargés sur le site.

— Cela me semble bien. Mettons-nous au travail. Je suis Brad Phillips.

Carter se présenta, et ils se partagèrent les tâches et se mirent au travail. Carter préférait travailler seul, mais à l'évidence, Brad savait ce qu'il faisait, et la découverte vint beaucoup plus vite que Carter ne l'avait espéré. Alors que les heures passaient, le montant de preuves devenait de plus en plus important. Quand l'après-midi devint la soirée, Carter suggéra de commander à manger.

— Est-ce que du chinois, ça vous va ?

— Super, dit Brad avec un sourire que Carter trouva difficile à déchiffrer.

— C'est juste chinois, dit Carter.

Il se demandait ce qui se passait avec ce sourire ridicule.

— Je voulais avoir une chance de travailler avec vous, dit Brad. J'étais curieux à votre sujet et j'ai pensé que cela serait cool d'apprendre à vous connaître.

Il continua en travaillant sur l'ordinateur, mais il levait les yeux vers lui toutes les deux minutes.

— J'ai entendu un des policiers dire que vous étiez gay, et j'ai pensé…

Maintenant, Carter comprenait.

— J'ai un petit-ami.

Dieu, il espérait qu'il en avait un. Donald et lui n'avaient pas vraiment parlé à propos de leur relation. Ils avaient déclaré leurs sentiments l'un pour l'autre, mais n'avaient pas parlé de chose comme des rendez-vous. Bon sang, il n'avait même pas une photo de Donald à monter à Brad.

— Était-ce l'homme avec qui vous parliez plus tôt ? Celui avec le gosse ?

— Oui, et juste pour que vous le sachiez, Donald est assistant social et ce petit garçon a commencé toute cette enquête. C'est un garçon vraiment adorable qui a traversé l'enfer. Il a perdu sa mère, il apparait sur certaines de ces vidéos, et il a du mal à s'ajuster à tous les changements dans sa vie. Donald l'aide à se remettre sur pieds et espère fournir une maison pour Alex.

Carter souffla.

— Ils sont tous les deux vraiment spéciaux pour moi.

— Mince.

Brad se tourna de nouveau vers son écran.

— C'était à prévoir que j'arriverai trop tard.

— Désolé, dit Carter avec un sourire.

Brad était magnifique avec de beaux yeux et des mèches dans ses cheveux. C'était attirant d'une manière très structuré. Comme s'il essayait vraiment, mais qu'il serait beaucoup mieux s'il était juste lui-même.

— Avez-vous presque fini ?

— Oui.

Brad bâilla.

— Vous savez, nous pouvons finir ça dans la matinée. Je commence à fatiguer, et vous devez l'être aussi. Nous avons les preuves principales dont nous avons besoin.

— C'est vrai, acquiesça Carter.

Il vérifia ses e-mails une dernière fois pour voir s'il avait reçu quelque chose de Roddy. Le mail était là, mais il avait peur de l'ouvrir. Il rassembla son courage et double-cliqua dessus. Carter lut le mail et s'arrêta sur les mots qu'il avait redoutés. Il avait eu raison ; les résultats avaient en effet révélé un cousin.

— Qu'est-ce que vous fixez ? demanda Brad.

— C'est en quelque sorte une bonne et une mauvaise nouvelle.

Carter était tenté de laisser tomber et ne rien dire à Donald, mais à la place il fit correspondre le résultat avec les autres informations et imprima les résultats avec réticence.

CARTER SE gara devant la maison de Donald, épuisé. Il frappa à la porte, et quand elle s'ouvrit Alex courut vers lui pour un câlin. Carter le ramassa et le fit tourner avant de le reposer.

— Tu es de bonne humeur, dit Donald.

— C'était une bonne journée, répondit Carter.

— As-tu eu des nouvelles ? demanda Donald et Carter acquiesça.

— J'en ai eu, et je pense que toi et moi devons parler. Nous pourrons le faire après avoir mis Alex au lit.

— D'accord, acquiesça Donald.

— En y repensant, il devrait l'entendre aussi.

Faire attendre Donald n'était pas juste.

— J'ai trouvé un parent à Alex. Tu vois, sa mère avait une sœur, et elle a eu un enfant que je ne pouvais pas trouver. Donc j'ai supposé qu'il avait été adopté. Il est apparu que c'était le cas, mais puisque ces archives sont scellées, je ne pouvais pas y accéder. Mais le test ADN a coupé à travers tout ça.

Carter se tourna vers Donald.

— Est-ce que tu as fait un test ADN pour retrouver tes parents biologiques ?

— Oui, il y a environ trois ans. Mais cela n'a rien donné.

— En fait, si.

Carter mit la main dans son sac, en ressortit les résultats et les tendit à Donald.

— Tu es le cousin d'Alex. Tu es né à Mifflintown, ou du moins à l'hôpital d'ici. Je peux te dire que ta mère et tes grands-parents sont morts. Je ne sais pas qui est ton père, mais ta mère était la sœur aînée de la mère d'Alex, Dorothy. Apparemment, la mère d'Alex était un bébé qu'ils ont eu sur le tard.

— Tu plaisantes, murmura Donald.

205

— Non. Toute ta vie, tu as cherché une famille. Eh bien, elle est juste là.

Carter avait du mal à parler.

— Tout ce que tu as à faire, c'est de l'accepter.

Donald semblait submerger et totalement incapable de croire les nouvelles qu'il venait juste de recevoir.

— Cela semble impossible.

— Ça ne l'est pas. J'ai fait vérifier les résultats. Les archives conventionnelles ne m'ont rien montré de plus que ce que tu as obtenu quand tu as cherché ta famille, mais l'ADN ne peut rien cacher et conduit tout droit vers la vérité. Tu avais une tante qui aura besoin d'être enterrée quand le corps sera rendu. Et tu as un cousin qui a besoin de toi.

Carter s'arrêta juste avant de dire qu'il l'avait lui aussi.

Donald tira doucement Alex à lui.

— Est-ce que tu comprends ce que M. Carter a dit ?

Alex secoua la tête exagérément.

— Cela veut dire que ta maman et ma maman étaient sœurs, et cela fait de toi mon cousin.

Alex semblait toujours aussi confus.

— Eh bien, cela veut dire que tu es ma famille et que je pourrais être la tienne si tu veux que je le sois. Tu peux vivre ici avec moi.

Alex leva les yeux vers l'escalier puis regarda à nouveau Donald.

— Je peux rester ici ?

— Oui. Toi et Lapinou allez vivre ici parce que je t'aime.

Alex jeta ses bras autour du cou de Donald.

— Je t'aime aussi, M. Donald.

Donald se leva et maintint Alex contre lui, le faisant tournoyer dans la pièce avec lui dans un élan de joyeuse fierté parental. Le cœur de Carter rata un battement puis se réchauffa considérablement quand Donald s'arrêta, tendit la main et attira Carter plus près d'eux.

— Et M. Carter ? demanda Alex.

— Il va être mon petit-ami, si c'est d'accord, expliqua Donald à Alex.

— Est-ce qu'il va rester avec nous aussi ? demanda Alex.

— Il le peut s'il le veut, murmura Donald.

Carter n'était pas certain d'avoir entendu la réponse la première fois. Donald resserra son étreinte, et Alex se déplaça jusqu'à ce qu'il soit dans les bras de Carter. Il se recula et leva le petit garçon gloussant vers le plafond. Carter pouvait voir le jour où il serait un parent, un des parents d'Alex, et il n'y avait rien qu'il désirait plus que cela.

— Est-ce que vous avez dîné ? demanda Carter en chatouillant Alex.

L'enfant était avec Donald et lui depuis moins d'une semaine, mais les changements en lui étaient remarquables. Ses yeux étaient clairs et son sourire énorme. Il était toujours petit et fin, mais cela changerait. Carter savait qu'avec le temps les cauchemars d'Alex diminueraient aussi. Les hommes qui avaient blessé Alex et avaient probablement conduit à la mort de sa mère étaient en prison et allaient être accusés avec assez de charges pour les garder emprisonnés pendant des années.

— Oui, répondit Alex en tirant Carter de ses pensées.

— Viens, dit Donald à Alex. Tu peux m'aider à préparer un repas pour M. Carter.

Alex sautilla presque en le suivant dans la cuisine. Carter les suivit et s'assit à la table, regardant Donald alors qu'il aidait Alex.

Donald était quelque chose. Ce cœur froid avait fondu grâce à un garçon de cinq ans. Carter voulait croire qu'il y était aussi un peu pour quelque chose, mais vraiment, la cause du changement en Donald était Alex. Son sourire et son énergie face à tout ce qu'il lui était arrivé étaient incroyables, et Carter jura que ce petit garçon pouvait charmer les abeilles à donner leur miel.

— Est-ce que M. Carter peut avoir de la glace pour le dîner ? demanda Alex.

Donald rit.

— Oh, *tu* veux de la glace, et oui, une fois que M. Carter aura fini de manger, nous pourrons aller chercher de la glace.

Il prit Alex dans ses bras.

— Tu es mon monstre de glace.

Ils rirent.

— Mais je suis le monstre des chatouilles.

Donald titilla légèrement le ventre d'Alex jusqu'à ce qu'il rie et crie de joie pendant qu'il essayait de s'éloigner en même temps. C'était le son le plus heureux que Carter se souvenait avoir entendu récemment.

Finalement, Donald le relâcha, et Alex se précipita vers Carter. Il souleva Alex et le fit voler une fois encore. Carter garda Alex occupé pendant que Donald réchauffait un peu du dîner puis plaça une assiette sur la table. Alex s'installa sur les genoux de Carter et, à leur grande surprise, « aida » Carter à manger son dîner.

— Tu es un puits sans fond, le taquina Carter alors qu'Alex prenait une autre bouchée des macaronis crémeux et au fromage que Donald avait fait pour le dîner.

— Je suis Alex.

Il se tourna pour regarder Carter puis vola une autre bouchée de son assiette.

— Tu es le voleur de nourriture, l'accusa Carter avec un large sourire.

Il réussit à obtenir quelques bouchées de plus avant qu'Alex en chaparde une autre pour lui.

— Il y en a encore, dit Donald alors que Carter mangeait la dernière bouchée de son assiette.

— Ça va, merci. Nous allions commander à manger, mais nous avons finalement décidé de faire une pause pour la nuit. J'aurai été à la maison il y a un moment sauf que les résultats sont arrivés et je savais que tu étais nerveux.

Carter fit un grand sourire.

— Je m'attendais…

Carter déglutit difficilement.

— … à un résultat très différent.

— Tout comme moi, admit Donald.

Carter se tourna vers Alex.

—Aidons à nettoyer la table pour que nous puissions aller chercher cette glace.

Il tapota doucement le ventre d'Alex.

— Si tu as encore de la place pour ça.

Alex sauta au sol et leva son tee-shirt, montrant du doigt son flanc.

— J'ai de la place ici.

Carter tendit la main pour chatouiller son ventre, et Alex gloussa en recouvrant son ventre de son tee-shirt et courut dans le salon. Après quelques secondes, le son des blocs de bois tombant sur le sol atteint les oreilles de Carter.

— C'est quelque chose, dit Carter.

— Oui, en effet.

Donald s'assit sur la chaise à côté de Carter.

— Je l'ai inscrit au Camp Koala cet après-midi. Ils ont de la place pour qu'il commence la semaine prochaine, et il ira là-bas quelques heures tous les jours. Ils l'aideront à gérer la perte de sa mère.

— Je pensais qu'il le prenait très bien, dit Carter.

— Il n'y a pas encore fait face. Il a pleuré quelquefois et dit qu'il la voulait, mais dans quelques semaines ou mois, l'énormité de ce qui est arrivé le percutera. Alex s'attend toujours à ce que sa mère passe la porte à n'importe quel moment. Regarde la prochaine fois que quelqu'un frappera à la porte. Tu pourras voir l'espoir scintiller dans ses yeux, et puis quand ce ne sera pas sa mère, ça s'en ira lentement. Parfois, il dit quelque chose et d'autres fois il retourne à ce qu'il faisait, mais il a presque toujours ses yeux sur la porte.

— Je vois, dit Carter.

— Les enfants réagissent à la perte d'un parent de plusieurs façons différentes. Certains deviennent silencieux pendant un long moment, pendant que d'autres sont exubérants. Certains, comme Alex, continuent de le repousser afin qu'il n'ait pas à y faire face. Mais cela finira par arriver, et le personnel au Camp Koala sera capable de nous aider quand le temps viendra. Cela donnera aussi à Alex un exutoire pour qu'il sache qu'il n'est pas tout seul.

— Cela semble compliqué, dit Carter.

— Ça ne l'est pas, vraiment. Nous devons continuer à faire ce que nous faisons et être là pour lui. Il fera face à la perte de sa mère quand il sera prêt et capable de le faire.

Carter sursauta quand une autre tour mordit la poussière, un des blocs glissa tout le chemin jusque dans la cuisine. Alex apparut quelques secondes plus tard, ramassa le bloc, et se hâta de retourner dans le salon.

— Je suppose que j'ai beaucoup à apprendre.

— Je sais. Nous sommes des adultes, nous avons tendance à gérer les choses d'une manière plus directe. Les enfants ne le font pas toujours. S'il pose des questions, sois honnête et prépare-toi pour une effusion d'émotion et de chagrin.

Carter prit la main de Donald dans la sienne et fit de petits cercles sur le dos avec son pouce.

— Je pense qu'Alex est vraiment chanceux de t'avoir.

Donald se rapprocha.

— Je pense que nous sommes tous les deux chanceux de t'avoir toi.

Il se rapprocha un peu plus, et Carter le rencontra à mi-chemin.

— Bisou, dit Alex d'une manière chantante avant de rire. Les garçons sont censés embrasser les filles, pas les garçons.

— Qui a dit ça ? demanda Carter avec un sourire.

Il maintint Donald proche et ne le laissa pas reculer.

— Chucky, dit Alex.

Carter sembla perplexe tandis que Donald secoua la tête.

— Eh bien, tu diras à Chucky que les garçons peuvent embrasser les garçons.

Carter se pencha et embrassa Donald une nouvelle fois.

— S'il demande pourquoi, dis-lui que les garçons ont meilleur goût que les filles.

Carter embrassa encore Donald, conscient qu'ils avaient une audience qui gloussait puis s'éloignait précipitamment.

— Je suppose que nous n'étions pas si intéressants que ça.

— Je n'arrive pas à croire que tu aies dit ça. Maintenant, il va dire à tout le monde à propos de nous deux et que les garçons ont meilleur goût que les filles. Il pourrait même vouloir le prouver.

— Oh, mon Dieu, dit Carter en se reculant. Moi et ma grande bouche.

— Oui, eh bien. Nous devrions la mettre à une meilleure utilisation.

Donald l'embrassa encore une fois.

— Nettoyons tout ça et nous pourrons aller chercher de la glace avec Alex.

Ils se mirent au travail, rangeant la nourriture au frigo et faisant la vaisselle. Toutes les quelques minutes, Carter jetait un œil sur Alex pour s'assurer qu'il allait bien. Une fois qu'ils eurent fini, Alex rangea ses jouets et ils quittèrent tous les trois la maison. Ils décidèrent de marcher les quelques rues jusque chez *Brewster*. Alex tenait la main gauche de Donald, et après quelques minutes, Carter prit la droite. Finalement, Alex se déplaça jusqu'à ce qu'il soit entre eux deux, sautant pour être balancé de temps en temps.

— Est-ce votre fils ? demanda une vieille dame à Carter pendant qu'ils attendaient dans la queue en tenant la main d'Alex.

Carter secoua la tête et fut pris immédiatement d'un sentiment de perte. Il réalisa qu'il voulait dire oui, mais ne pouvait pas. Alex n'était pas son fils ni celui de Donald.

— C'est mon cousin, répondit Donald. Mais à cause de certaines circonstances, je vais l'adopter.

Il sourit, mais Carter vit les lignes d'inquiétude autour de la bouche de Donald.

— Mon fils et son partenaire viennent juste d'adopter leur premier enfant. Ils sont extatiques, et de ce que j'ai compris, ils pensent à essayer pour un deuxième.

Elle leur sourit.

— Je n'ai jamais pensé que je serais grand-mère après que Phil a fait son coming out, mais tellement de choses ont changé maintenant.

Elle se retourna quand la file avança.

Ils continuèrent de tenir les mains d'Alex alors qu'ils se rapprochaient de plus en plus de la fenêtre. Alex n'arrêtait pas de changer d'avis. D'abord, il voulait arc-en-ciel puis, fraise, et au moment où ils atteignirent l'avant, c'était chewing-gum. Heureusement, il revint sur fraise juste à temps, et ils passèrent commande ajoutant beurre de noix de pécan pour Donald et chocolat noir pour Carter. Une fois qu'ils eurent leurs cônes, Carter leur trouva une table.

— Assieds-toi et mange, ordonna Donald, et Alex s'assit avant d'inhaler à moitié de sa glace.

— Qu'est-ce qui te dérange ? murmura Carter à Donald.

211

— Je n'arrête pas de me demander si je suis assez bon. Et si je fais quelque chose qui ne va pas ?

L'inquiétude était clairement réelle chez Donald.

— Que dirais-tu à un père qui te poserait exactement la même question quand tu es au travail ? demanda Carter avant de lécher son cône. Tu lui dirais que les enfants ne viennent pas avec un mode d'emploi et les parents prennent les choses comme elles viennent. Et tu feras la même chose.

Donald tendit la main et prit celle de Carter.

— Nous ferons pareil.

Carter souleva son sourcil droit.

— Je ne pense pas que je peux faire ça sans toi. Bon sang, je ne *veux* pas le faire sans toi.

— Alors c'est une bonne chose que tu n'aies pas à le faire.

Carter serra la main de Donald puis se tourna vers Alex, qui était en train de croquer dans le dernier morceau de son cône. Mince, ce gosse pouvait manger à une de ces vitesses.

— Alex, bonhomme, tu dois ralentir. Donald et moi n'allons pas prendre ta nourriture, et tu peux toujours en ravoir si tu veux.

Sa lèvre inférieure tremblota.

— Je suis désolé.

— Je ne suis pas en colère.

Carter réalisa qu'il avait l'air de le gronder alors qu'il n'en avait pas l'intention. Il mit son bol de côté et attira doucement Alex sur ses genoux.

— Tu n'es pas en difficulté. Je veux juste que tu manges plus lentement afin que tu ne tombes pas malade.

Il garda sa voix douce et aussi calme que possible.

— Je ne suis pas mauvais.

Alex trembla dans le bras de Carter.

— Non, tu n'es pas mauvais.

Il devait accepter que tout dans la vie d'Alex n'allait pas changer en une nuit. Alex pourrait avoir des insécurités sur la nourriture pendant un moment. Il allait certainement avoir peur de mettre en colère les gens.

— Je suis désolé si je t'ai fait te sentir ainsi. Veux-tu un peu plus de glace ?

— Non. Je suis plein maintenant.

Alex s'installa sur ses genoux, reposant sa tête contre le torse de Carter.

— Je pense qu'il a eu une longue journée, commenta Donald. Nous avons tous eu une longue journée. Il y a eu beaucoup d'excitation, et Alex a dû parler avec beaucoup de policiers.

Donald leva le regard.

— Ils ont vraiment été gentils avec nous deux pendant que nous attendions. Ils se sont tous arrêtés pour dire bonjour à Alex chaque fois qu'ils avaient quelques minutes. Il a dessiné une tonne de dessins et les a donnés à tout le monde.

— Je travaille avec des gens bien. J'étais nerveux à l'idée de faire mon coming out, mais Red avait déjà tracé le chemin, donc ce n'était pas grand-chose.

Carter finit sa glace, puis Donald alla jeter les déchets. Carter déplaça Alex dans ses bras puis se leva. Alex se réinstalla confortablement puis somnola sur le chemin du retour.

— Tu sais, tu avais raison. Ça fait un moment que je cherche une famille. J'ai essayé de trouver ma mère biologique, mais j'ai fini par abandonner.

Carter s'arrêta, et Donald marcha jusqu'à être en face de lui, caressant doucement le dos d'Alex.

— Je n'arrive pas à croire que je l'ai trouvé... que nous l'avons trouvé. J'ai une famille maintenant.

— Oui, tu en as une. Et tu en as une aussi grande que tu pourrais le vouloir. Ma famille t'aime. Eh bien, je ne peux pas parler pour mon père, mais le reste oui. Et je pense qu'elle serait heureuse si tu devenais une addition permanente dans ma vie.

— Est-ce ce que tu veux ? demanda Donald à peine au-dessus d'un murmure.

— Bien sûr que ça l'est, dit Carter, tendant sa main. Pourquoi penserais-tu autrement ?

— Je ne sais pas. Je suppose que j'ai encore du mal à croire que tu voudrais être avec moi. Je peux comprendre que tu veuilles Alex – qui ne voudrais pas ? –, mais moi…

Donald hésita.

— Tu dois te sortir cet esprit d'enfant de foyer de la tête. Tu n'es plus un enfant, mais un homme qui peut prendre ses propres décisions et qui vaut le coup d'être connu. Tu es l'une des personnes les plus fortes et attentionnées que je connais, mais tu as passé trop de temps à te cacher derrière tes murs…

Carter arrêta de marcher.

— Tu t'es tellement emmuré que tu as gardé tout le monde à distance. C'est le moment de te laisser t'attacher aux autres et qu'on prenne soin de toi.

Donald acquiesça doucement.

— Tu es très perspicace. Peut-être que tu aurais dû être l'assistant social.

— Ce que nous faisons est juste les deux côtés d'une même pièce, et ils requièrent des compétences similaires. Tu dois comprendre les gens et ce dont ils ont besoin aussi bien que le système du gouvernement pour être capable de les aider. Je dois lire les gens afin de savoir quand ils mentent ou essaient de cacher la vérité, ou s'ils représentent un danger pour moi ou eux-mêmes. Je dois aussi comprendre les procédures gouvernementales et le système afin de pouvoir les aider, tout comme toi. Nous avons des compétences similaires, mais nous les utilisons de manière différente. De plus, il semble que j'ai étudié un certain homme magnifique aux cheveux noirs ces derniers jours.

— Je suppose que c'est ce que tu as fait.

Donald recommença à marcher et Carter le rattrapa et marcha au même rythme que lui.

— Rentrons à la maison que je puisse faire une autre de ces études, extra proche et très personnelle, murmura Carter, et si cela n'avait pas été pour Alex étant dans ses bras, il aurait pu aller un peu plus loin.

Bon sang, il le voulait. Mais il se contenta de marcher un peu plus rapidement.

Au moment où ils arrivèrent chez Donald, le cœur de Carter battait la chamade. Bien sûr dès qu'ils entrèrent, Alex se réveilla et Donald mit Alex au lit. Une fois qu'il fut installé sous les couvertures, il appela Carter pour lui lire une histoire.

— Pourquoi M. Donald ne peut pas te lire une histoire ? demanda Carter alors qu'Alex lui tendait un livre.

— Tu fais de meilleurs bruits de vache, répondit Alex en regardant Carter impatiemment tandis que ce dernier lisait le titre du livre : *Clic, Clac, Meuh !*

Carter ne savait pas s'il devait se sentir ou non insulté. Donald essaya de couvrir sa bouche, mais finit par éclater de rire.

— OK. Je vais lire l'histoire avec les bruits de vache et de poulet, puis tu devras dormir.

Carter s'installa confortablement et commença à lire l'histoire de Brown le fermier et de ses animaux. Il voulait demander où Donald avait eu celui-là, mais oublia quand il se mit à la lecture.

Au moment où tous les animaux et Brown le fermier furent bordés dans leurs lits pour la nuit, Alex était presque endormi. Carter ferma le livre et embrassa Alex, lui souhaitant une bonne nuit avant d'éteindre la lumière et de quitter la pièce aussi silencieusement qu'il le put.

— Tu fais vraiment de meilleurs bruits de vache que moi, le taquina Donald une fois que Carter eut presque fermé la porte d'Alex.

— Merci, dit Carter d'une drôle de voix.

Donald sourit.

— Il aime quand tu lui lis une histoire, et tu sais que cela n'a rien à voir avec les bruits de vache.

Donald ouvrit la porte de sa chambre et entra. Carter le suivit et Donald referma la porte. Aussitôt que la clenche cliqua, Carter attira Donald contre lui.

— Je t'aime, murmura-t-il. Tu me rends vraiment heureux.

— Je ne sais pas comment. Je n'ai jamais été une personne joyeuse.

Donald sourit.

— Eh bien, du moins pas jusque récemment.

Il se rapprocha.

— Je dois te remercier pour ça.

— Non. Tu as *toi* à remercier pour ça. Tu es celui qui t'a laissé t'ouvrir, et quand tu as fait ça, alors Alex et moi avons pu t'aimer, murmura Carter.

— Je pense que tu modifies un peu les choses, protesta Donald.

— Nope, contra Carter satisfait de lui-même, embrassant tous autres arguments que Donald pourrait avoir, approfondissant le baiser alors qu'il poussait Donald vers le lit.

Ils tirèrent sur les vêtements l'un de l'autre. Pour Carter, c'était comme s'il ne pouvait pas atteindre Donald assez vite. Il avait besoin de sentir le corps de l'autre homme pressé contre le sien, et une fois que leurs sous-vêtements rejoignirent la pile grandissante de leurs vêtements, leur désir devint de frénétiques baisers et explorations. Carter était déjà familier avec les contours du corps de Donald, mais il prit son temps à tout réapprendre encore et encore. Les petits gémissements et cris qui dénotaient le plaisir de Donald grandirent et se construisirent les uns sur les autres comme les composants d'une symphonie. Quand leurs corps se rejoignirent, Carter regarda Donald dans les yeux, c'était comme si la lune et les étoiles s'y réfléchissaient.

— Je t'aime, murmura Carter dans le noir.

— Je t'aime aussi, grinça Donald entre ses dents serrées puis il bascula dans un doux oubli, emportant Carter avec lui.

CARTER REVINT de la salle de bain un moment après et rejoignit Donald au lit après s'être rapidement nettoyé. Il roula sur son côté et lentement caressa le torse de Donald, sa peau chaude avec ses poils parsemés glissant sous sa paume.

— Tu as toujours su comment me toucher, murmura Donald. Si je n'avais pas été idiot, nous serions ensemble depuis des mois.

— Non. Tu n'étais pas prêt.

Carter sourit.

— J'aime penser que nous nous sommes rencontrés trop tôt. Heureusement, cela n'a pas pris des années pour que nos chemins se recroisent.

Donald resta silencieux quelques minutes.

— Donc tu crois au destin, alors ?

— Je ne sais pas. Peut-être que le destin a mis la main à la pâte. Si c'est le cas, alors je suis reconnaissant pour l'intervention.

Carter se rapprocha et trouva les lèvres de Donald, il l'embrassa doucement.

— Je pense que les gens qui sont censés être ensemble finiront par se trouver… c'est le destin, la chance, ou peut-être que Cupidon fera en sorte que ça se passe.

Il rit.

— Parce que Dieu seul sait que si c'était laissé dans tes mains ou les miennes, nous coulerions dans le noir.

— Cupidon ? demanda Donald, taquin.

On frappa à la porte de la chambre puis celle-ci s'ouvrit. Alex se tenait dans l'encadrement, sa silhouette découpée par la lumière venant du couloir. Donald prit sa robe de chambre de la chaise près du lit et l'enfila.

— J'ai fait un mauvais rêve, dit Alex, tenant son lapin en face de lui.

Donald se leva et prit Alex dans ses bras. Carter prit quelques secondes pour mettre ses sous-vêtements et enfiler sa robe de chambre. Puis il suivit les murmures de Donald dans la chambre d'Alex.

— Tout va bien. C'est juste un mauvais rêve.

Donald calma Alex de retour dans son lit.

— Personne ne va te blesser parce que M. Carter est ici et c'est un policier.

— Tu veux dire qu'il va tirer sur les mauvais hommes ? dit Alex.

— M. Carter va te protéger, tu peux compter là-dessus, dit Donald. Donc, va dormir et rêve de chiots et de lapins.

— Je veux un chiot comme Roger, dit Alex.

— Commence par rêver de chiots.

Donald se pencha par-dessus Alex et lui fit un bisou sur le front puis il se leva.

— Dors bien, murmura Donald et il quitta la pièce.

Carter qui était dans le couloir, enroula un bras autour de la taille de Donald et jeta un œil dans la chambre d'Alex.

— À quoi penses-tu ?

— Rien. Seulement que tu te moquais de mon analogie il y a quelques minutes.

— Qu'est-ce que tu veux dire ? murmura Donald.

Carter indiqua Alex d'un mouvement de tête.

— Cupidon.

ÉPILOGUE

— ALEX, TU dois finir de t'habiller afin que nous puissions aller chez Grand-mère, dit Carter alors qu'il essayait de le faire se dépêcher un peu.

Alex courut en descendant l'escalier et s'affala dans le canapé.

— Tu ne veux pas être en retard ou Oncle William va manger toute la dinde.

Alex mit ses chaussures puis son manteau quand Carter le lui tendit. Donald descendit les escaliers, et contre toute attente ils étaient dans la voiture et sur leur chemin dans les dix minutes.

— Détends-toi et repose-toi, dit Donald en conduisant.

Carter avait travaillé la plupart de la nuit pour qu'il puisse obtenir la majeure partie de leur premier Thanksgiving ensemble de repos. Carter soupira, abaissa le dossier de son siège et ferma les yeux. Ce fut la dernière chose dont il se souvint jusqu'à ce qu'Alex lui tapote l'épaule.

— On est presque arrivé, lui dit Alex, excité.

Carter l'imagina rebondissant dans son siège auto alors qu'il remontait son siège. Alex adorait rendre visite à la famille de Carter. Les choses n'étaient pas encore au beau fixe entre lui et son père, même s'il semblait s'être glissé dans une trêve silencieuse. Carter avait arrêté d'essayer de comprendre pourquoi ils avaient du mal à s'entendre et faisait juste de son mieux pour ne pas commencer une dispute qui pourrait gâcher l'occasion.

— Merci, bonhomme, dit Carter, frottant ses yeux et essayant de trouver un peu d'énergie.

Il allait probablement s'endormir sur l'une des chaises, mais ça allait. Il avait aménagé son emploi du temps pour Alex et Donald et il n'allait pas les décevoir, en particulier une fois qu'il avait appris qu'aucun des deux n'avait eu de vrai Thanksgiving en famille. Sa mère avait imploré qu'ils viennent.

Donald ralentit et se gara dans la rue en face de la maison. Alex était hors de son siège et avait la porte ouverte presque avant l'arrêt de la voiture.

— Mets ton manteau, ordonna Donald,

Alex s'arrêta pour pousser ses bras dans les manches de son manteau avant de continuer à traverser la cour. Blaine et Robert le rencontrèrent à la porte d'entrée et les firent entrer.

— On dirait qu'il s'est bien acclimaté, fit remarquer Carter puis il bâilla avant de pouvoir s'en empêcher.

Il ressentait toujours du stress quand il venait leur rendre visite, Donald prit sa main sans un mot et serra doucement ses doigts.

— Tout va bien se passer, murmura Donald de manière rassurante alors qu'ils marchaient jusqu'à la porte d'entrée. Je sais que tu es inquiet à propos de ton père, mais reste juste loin de lui si tu veux. Tu es fatigué, et si tu te prends la tête avec lui, tu vas dire quelque chose que tu regretteras.

Carter hocha la tête. Il était trop fatigué pour se disputer sur quoi que ce soit.

— Je vais essayer.

Donald tint la porte pour lui, et Carter entra dans la maison, qui était emplie de conversations se superposant les unes sur les autres. Les garçons s'étaient déjà installés sur le sol du salon pour jouer. Les hommes étaient devant la télévision, les conversations et les rires des femmes dérivaient depuis la cuisine. Pour Carter, c'était un Thanksgiving très typique, mais quand il jeta un coup d'œil à Donald, tout ce qu'il vit fut un sourire de contentement. Les membres de la famille bruyante de Carter s'étaient ouverts à Donald. Il y avait peu de choses qui le rendaient plus heureux que d'être capable de donner à son partenaire ce qu'il voulait vraiment.

— Donny, appela la mère de Carter tandis qu'elle l'étreignait fermement, de la façon dont elle accueillait tous ses enfants.

Une fois qu'elle relâcha Donald, elle étreignit Carter aussi.

— Tu as mauvaise mine, fit-elle remarquer.

Carter leva les yeux au ciel.

— Il a travaillé toute la nuit pour pouvoir être ici, expliqua Donald.

— Le dîner sera prêt dans une heure. Est-ce que tu veux t'allonger ?

La mère de Carter l'avait déjà pris par le bras et le dirigeait dans le couloir.

— Je vais bien, maman. J'ai fait une sieste dans la voiture et je vais probablement somnoler après le dîner.

Carter tapota sa main et elle recula. Après avoir étreint chacune de ses sœurs, Carter alla dans le salon et s'installa sur l'une des chaises. C'était vraiment confortable, et en dépit du match et des conversations, Carter ferma les yeux. La première chose dont il prit conscience fut Donald lui murmurant qu'il était l'heure de manger. Carter était confortablement installé et ne voulait pas se lever, mais il le fit quand même. Il s'assit à côté de Donald et Alex pendant que la nourriture était mise sur la table. Son père s'assit au bout de celle-ci et découpa la dinde, comme il le faisait toujours. Les assiettes furent remplies et passées autour de la table de la même façon qu'elles l'étaient depuis que Carter était enfant.

Il y avait quelque chose de réconfortant à propos du rituel familial. Bien sûr, Alex commença à manger dès qu'il eut son assiette, et Donald lui rappela d'attendre que tout le monde ait la sienne.

— Tout va bien. Les petits peuvent manger, dit sa mère et Alex attaqua son assiette.

— Merci, mamie, dit Alex entre deux bouchées.

Carter allait le gronder pour parler la bouche pleine, mais décida de ne pas le faire. Alex s'était amélioré et n'engloutissait plus sa nourriture, mais il mangeait toujours vite et beaucoup. Durant les cinq derniers mois, il avait gagné un peu de poids et était plus vivant. Il avait aussi beaucoup gagné en maturité. Il transportait toujours son lapin avec lui parfois, mais il avait rattrapé les autres enfants de bien des manières. Carter et Donald l'avaient inscrit dans une école maternelle. Il allait commencer après les vacances et continuerait jusqu'à l'automne.

— Il semble aller très bien, dit Karen depuis l'autre côté de la table.

Son petit-ami, Steven, en profita pour faire tinter son verre.

— Karen et moi avons une petite annonce à faire, commença Steven.

— Nous allons nous marier en septembre prochain, coupa Karen tout excitée et elle regarda Carter et Donald. Nous voudrions qu'Alex soit le porteur des alliances.

Donald acquiesça, mais Carter remarqua qu'il ne disait rien.

— C'est vraiment gentil, finit-il par dire. Mais ne voulez-vous pas choisir un de vos neveux ?

Karen se pencha sur la table.

— J'ai choisi l'un de mes neveux.

Elle s'adossa de nouveau contre sa chaise, et Carter prit la main de Donald sous la table.

— Quand allez-vous officialiser ça tous les deux, maintenant que le mariage pour tous est en place en Pennsylvanie ?

— Ils ne vont pas le faire, dit son père désagréablement.

— Bien sûr qu'ils peuvent papa. Ne sois pas un vieux prude, répliqua Karen puis elle se retourna vers Donald et Carter. Donc, y avez-vous pensé ?

Donald bougea nerveusement tandis que Carter répondit.

— J'ai fini d'emménager avec Donald et Alex cette semaine. J'ai vendu l'appartement. Donald passe toujours par les processus légaux pour adopter Alex, et une fois que ce sera fait, lui et moi allons discuter d'une date.

— Donc vous allez vous marier ?

Karen était comme un chien avec un os parfois.

— Carter m'a fait sa demande la semaine dernière et j'ai accepté.

Donald bougea nerveusement sur sa chaise. Nous n'avons pas décidé d'une date, mais nous voulons le rendre officiel.

— Nous voulons rendre tous les trois, notre famille, réelle.

Les autres autour de la table eurent l'air perplexe, mais Donald continua.

— Je n'ai pas eu une véritable famille la majorité de ma vie, et Carter, ainsi que vous tous, m'avez aidé à comprendre que c'est ce que je voulais. Nous devons compléter l'adoption d'Alex parce que c'est déjà en cours, mais ensuite Carter et moi allons nous marier. Mais, je promets que cela ne sera pas en septembre prochain, ajouta Donald et tout le monde rit.

— Ça demande un autre toast, dit William en se levant. À tous les nouveaux membres de notre famille.

Tout le monde leva leur verre et but.

— Nous sommes tellement reconnaissants.

Carter savait qu'il l'était certainement.

— Il y a une dernière chose, et nous avons attendu aussi longtemps que nous le pouvions, dit la mère de Carter. Les enfants ont fini de manger, donc j'ai une surprise pour eux.

Sa mère se leva et marcha vers la porte arrière. Elle l'ouvrit, et deux chiots noirs coururent dans la cuisine. Les enfants étaient hors de leur siège et sur le sol dans la seconde.

— Le chien d'un ami proche a eu des chiots, et ils ont besoin d'une maison. Un pour Blaine et Robert et l'autre est pour Alex.

— Moi ? demande fortement Alex alors qu'il s'asseyait sur le sol.

Un des chiots grimpa sur ses genoux et se leva pour lécher son visage, la queue remuant à toute vitesse.

— Oui, chéri. On dirait que le petit chiot est pour toi.

Carter se leva et marcha vers où sa mère regardait ses petits-fils sur le sol avec les chiots.

— Il en demandait un, dit Carter à sa mère.

— Quel petit garçon ne veut pas d'un chiot ? dit-elle doucement en se frottant les yeux. C'est une chose merveilleuse, ce que vous faites tous les deux.

Elle l'étreignit, et Carter pensa qu'elle était en train de pleurer.

— Quand tu m'as dit que tu étais gay, je ne pensais pas que tu pourrais avoir ta propre famille.

Elle le relâcha et recula prudemment.

— Les garçons, emmenez soigneusement les chiots dans le garage pour jouer pendant que nous finissons de manger.

Alex ramassa son chiot et le porta jusque dans le garage, avec Blaine et Robert le suivant.

— Je vais aller les surveiller, proposa Liz en quittant la table.

— Est-ce que tu étais au courant ? lui demanda Donald.

Carter secoua la tête.

— Est-ce que ça va ? demanda Carter.

Il aimait l'idée d'Alex ayant un chien.

— Oui, dit Donald en souriant avant de retourner à sa chaise.

Les autres firent la même chose, et reprirent leur dîner.

— J'ai acheté tout ce dont vous aurez besoin à rapporter chez vous, dit joyeusement Karen.

La porte arrière s'ouvrit et Alex courut dans la pièce et jusqu'à la table.

— Il a fait pipi sur les journaux.

Donald rit et Carter attira Alex jusqu'à lui.

— Une partie de ton travail va être de m'aider à lui apprendre à faire ça dehors.

Alex l'étreignit puis se tourna et étreignit sa grand-mère avant de courir dehors puis dans le garage.

Les adultes finirent leur dîner, puis Carter et Donald allèrent dans le garage. Les trois garçons étaient assis avec leur chiot leur grimpant dessus.

— C'est un petit garçon très heureux, dit Liz en marchant vers eux. Je sais qu'il a beaucoup traversé, et son bonheur est un témoignage à vous deux.

Carter n'était pas sûr de quoi dire à ça. Il aimait penser qu'elle avait raison.

— Alex, est-ce que tu as pensé à un nom pour lui ? demanda-t-il.

Alex secoua la tête.

— Chiot ?

— Je ne pense pas que ça va fonctionner. Qu'en est-il quand il sera plus grand ?

Alex sourit et caressa le joyeux et tortillant chiot.

— Oh.

— Et si nous réfléchissions à un nom.

— Tortille, intervint Alex avec un large sourire.

Carter ne pouvait pas s'imaginer Donald et lui appelant Tortille pour qu'il rentre.

Carter s'agenouilla.

— Et pourquoi pas Cupidon ?

Alex réfléchit quelques secondes et hocha la tête.

— Cupidon, dit doucement Donald, testant le nom.

— Le Dieu romain de l'amour.

— C'est parfait, murmura Donald dans son oreille avant de mettre ses bras autour du cou de Carter, le tenant contre lui.

Alex s'approcha, tenant le chiot, et ils l'intégrèrent tous les deux à leur étreinte. Aucun d'eux ne réalisa que Liz fit leur première photo de famille avant bien plus tard.

ANDREW GREY a grandi dans l'ouest du Michigan avec un père qui aimait raconter des histoires et une mère qui adorait les lire. Depuis lors, il a vécu partout dans le pays et a voyagé dans le monde entier. Il est titulaire d'un master de l'Université du Wisconsin-Milwaukee et maintenant travaille à temps plein sur ses écrits. Les loisirs d'Andrew incluent la collection d'antiquités, le jardinage, et laisser la vaisselle sale partout sauf dans l'évier (particulièrement quand il écrit). Il se considère lui-même béni d'une famille ouverte, de fantastiques amis, et le mari le plus aimant et encourageant du monde. Andrew vit actuellement dans la magnifique ville historique de Carlisle en Pennsylvanie.

E-mail : andrewgray@comcast.net

Website : www.andrewgraybooks.com

FEU ET EAU

ANDREW GREY

LES FLICS
DE CARLISLE
1

Les flics de Carlisle, tome 1

L'agent de police Red Markham sait bien à quel point la vie peut être moche depuis qu'un accident de voiture l'a privé de ses parents et l'a laissé défiguré. Son métier, qui l'amène à sillonner les rues de Carlisle, en Pennsylvanie, ne fait qu'ajouter à l'horreur, d'autant plus que le nombre des overdoses a dernièrement considérablement augmenté. Puis, un après-midi, il est appelé au centre de loisirs pour une noyade impliquant un enfant. Arrivé sur les lieux, il découvre que le petit garçon a été sauvé par un jeune maître-nageur du nom de Terry Baumgartner. Red n'est guère surpris lorsque cet homme magnifique fait tout son possible pour ne pas avoir à regarder son visage couturé de cicatrices.

Quand Terry surprend un jour un commentaire de Red le décrivant comme un homme superficiel, il en vient à se dire qu'il n'est pas vraiment aussi généreux qu'il veut bien le croire. Son amie Julie lui suggère alors d'aider les plus démunis en livrant des repas aux personnes âgées. Cette action de bénévolat lui permet de faire la connaissance de Margie, une vieille dame au franc-parler, qui s'avère être par ailleurs la tante de l'agent de police.

Les mondes de Terry et de Red entrent en collision alors que Red s'efforce de découvrir la source du trafic de drogue et de protéger Terry d'un ex qui refuse leur séparation. S'ils parviennent à voir au-delà des apparences, il se pourrait que les bénéfices qu'ils retirent de l'aventure dépassent leurs plus grandes espérances.

www.dreamspinner-fr.com

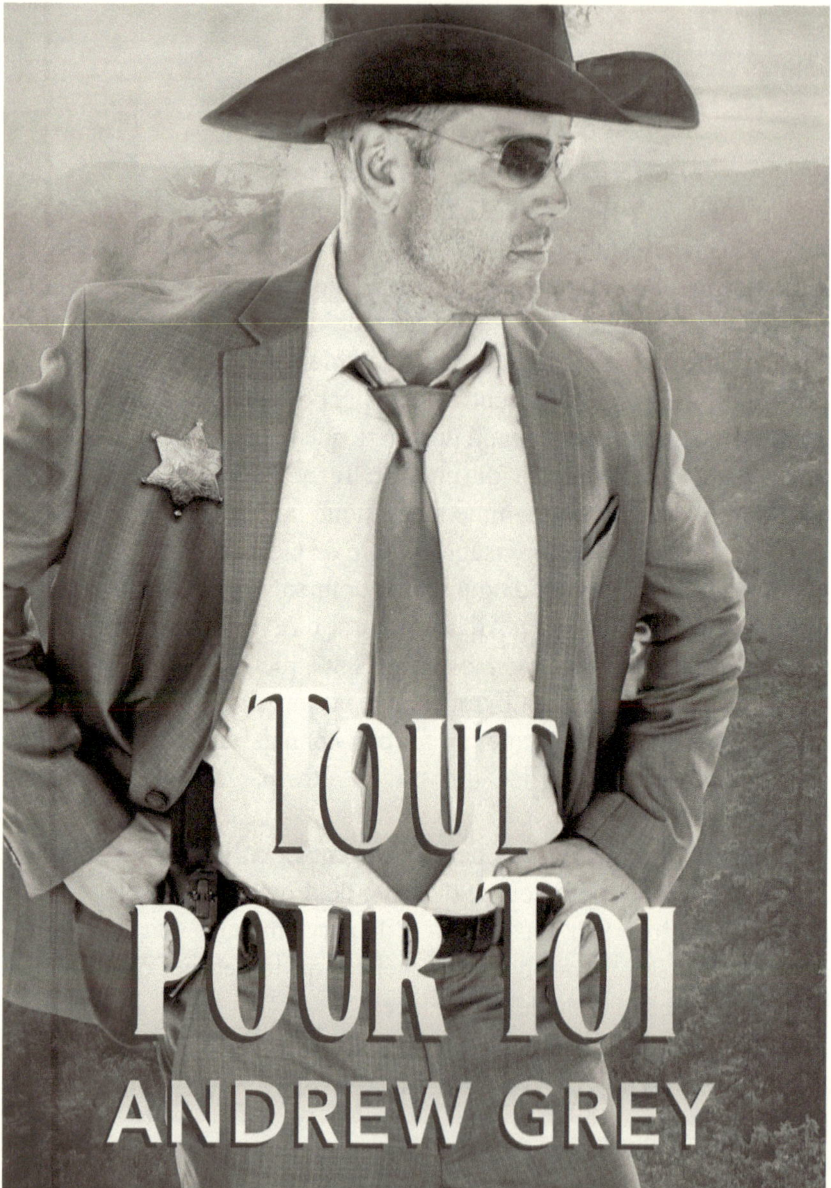
TOUT POUR TOI
ANDREW GREY

Le seul chemin vers le bonheur c'est la liberté : la liberté de vivre – et d'aimer – comme le cœur le désir. Revendiquer cette liberté nécessitera tout le courage que possède un jeune homme… mais il n'aura pas à l'affronter seul.

Dans la petite ville conservatrice de Sierra Pines en Californie, le Révérend Gabriel est la loi. Son fils, Willy, suit ses directives… jusqu'à ce qu'il rencontre un homme à Sacramento, et puis le croise à nouveau dans sa ville natale – juste sous le nez de son père.

Reggie est le nouveau shérif nommé à Sierra Pines. Son dévouement pour son travail signifie qu'il ne fait pas étalage de sa sexualité, mais quand il voit Will de nouveau, il ne peut échapper au sentiment qu'ils sont destinés à être ensemble. Il gardera le secret de Will jusqu'à ce que celui-ci soit prêt à laisser le monde voir qui il est réellement. Mais si aller à l'encontre de l'Église et des habitants de la ville n'est pas suffisant, les risques du métier que Reggie aime tellement pourraient signifier la fin de leur romance avant même qu'elle prenne son essor…

www.dreamspinner-fr.com

FERRER
le POISSON
ANDREW GREY

Cela pourrait être la chance d'une vie.

Deux fois par an, William Westmoreland échappe au sentiment d'insatisfaction que lui procure sa vie à Rhode Island en se rendant en Floride et louant le bateau de pêche de Mike Jansen pour une sortie dans le Golfe. L'eau bleue cristalline et les paysages tropicaux ne sont pas la seule vue qu'il aime, mais il n'est jamais passé à l'acte. Un amour de vacances n'est tout simplement pas à l'horizon.

Mike a commencé son service de location de bateau de pêche à Apalachicola comme un moyen de subvenir aux besoins de sa fille et de sa mère, faisant passer leur sécurité avant les besoins de son cœur. Niant son attirance, qui devient de plus en plus en plus forte à chaque visite de William.

La récente excursion de William et Mike commence par un temps magnifique, mais la course erratique d'un ouragan change tout, piégeant William. Alors que la pluie et le vent font rage à l'extérieur, la passion à laquelle les deux hommes ont tenté de résister depuis des années s'abat sur eux. Dans le sillage de la tempête, il ne reste que deux hommes qui aspirent à prolonger ce qu'ils ont trouvé. Mais la vie réelle ramène William à ses obligations. Peuvent-ils trouver un moyen de réduire la distance entre eux et découvrir un endroit où leurs âmes pourraient se retrouver ? La traversée sera mouvementée, mais l'avenir brillant qui se profile pourrait valoir la peine d'affronter la houle.

www.dreamspinner-fr.com

FERMIER MALGRÉ LUI

ANDREW GREY

Brighton McKenzie vient d'hériter d'un des derniers domaines agricoles de la banlieue de Baltimore. Cette petite ferme du Maryland a été dans sa famille depuis le temps des premiers colons. La vendre à des développeurs immobiliers serait la solution de facilité, mais Brighton veut honorer les dernières volontés de son grand-père et la travailler à nouveau. Malheureusement, depuis quelques mois, un accident l'oblige à utiliser une canne au quotidien : il a donc besoin d'aide. Tanner Houghton avait l'habitude de travailler dans un ranch du Montana jusqu'à ce que son ex le fasse virer à cause de sa sexualité. Invité par son cousin, il débarque dans le Maryland, où il est ravi de se voir offrir une nouvelle opportunité de travail.

Immédiatement, Brighton se trouve attiré par la beauté sauvage de Tanner, qui est tout ce qu'il cherche chez un homme, mais il se retient, car Tanner est un employé… Et aussi parce qu'il ne comprend pas pourquoi un homme aussi viril serait intéressé par lui. Mais ce n'est pas le pire de leurs problèmes. Ils vont devoir faire face aux machinations d'une tante, au retour inattendu d'un ex et à la nécessité de trouver un moyen de rentabiliser la ferme, s'ils ne veulent pas perdre l'héritage familial pour toujours.

www.dreamspinner-fr.com

DREAMSPUN DESIRES

LE RANCHER
SOLITAIRE
Andrew Grey

*Il est prêt à tout dévoiler
pour sauver le ranch.*

Il est prêt à tout dévoiler pour sauver le ranch.

Aubrey Klein a de gros ennuis : il a besoin d'argent au plus vite pour sauver le ranch familial. La solution ? Travailler comme strip-teaseur le week-end dans un club de Dallas. Chaque samedi soir, le temps de deux spectacles, il est le Rancher Solitaire. Il est la star.

Un jour, il fait une découverte inattendue : à l'issue d'un spectacle, Garrett Lamston, un vieil ami d'enfance, l'aborde alors qu'il est toujours masqué, pour lui proposer de s'amuser… Aubrey n'avait jamais soupçonné que ce garçon était gay. Confrontés à des mères envahissantes qui veulent à tout prix leur trouver des épouses, les deux amis se rapprochent et deviennent de plus en plus intimes.

Aubrey sait bien qu'entre le ranch et le club, sa vie n'est qu'un château de cartes. Il espère seulement tenir le coup suffisamment longtemps pour mettre l'exploitation familiale hors de danger, bâtir la vie à laquelle il aspire et trouver l'amour.

www.dreamspinner-fr.com

Par ANDREW GREY

Publié par DREAMSPINNER PRESS
www.dreamspinner-fr.com